スローライフを楽しみながら
鑑定技能《スキル》をフル活用して
お困り事も解決しちゃいます！
最強の鑑定士って誰のこと？
Who is the strongest appraiser?
～満腹ごはんで異世界生活～
20

少ない油と生姜を
使ってさっぱりと！
竜田揚げ
顆粒だし、醤油、
ごま油を混ぜて馴染ませる！
ゆで玉子のナムル
絶品料理に！

たらこの皮から
身を剥がすのがポイント!
豆腐たらこスープ
定番メニューに一手間加えて

キャラクター紹介
character
釘宮悠利
異世界転移した男子高校生。
冒険者育成クラン《真紅の山猫》に身を寄せる。
鑑定系最強チート持ちだが
戦いなどには活用せずマイペースを貫く。
家事全般が得意。
カミール
《真紅の山猫》の見習い。
口を開くと残念だが、見
た目は良家のお坊ちゃま。
身軽で気配に聡く、
情報収集能力が高い。
ウルグス
《真紅の山猫》の見習い。
見た目はガキ大将だが、
実は良家のお坊ちゃま。
面倒見が良い(特にマグの)。
マグ
《真紅の山猫》の見習い。
基本、無口で単語でしか話さない。
ただし、出汁が絡むと口数も増え、
テンションも爆上がりする出汁信者。
ヤック
《真紅の山猫》の見習い。
一番下っ端だが周囲への
気配りが出来るしっかり者。
美味しい食べ物に目がない。

最強の鑑定士って誰のこと？

Who is the strongest appraiser?

~満腹ごはんで異世界生活~

20

港瀬つかさ ill.シソ

口絵・本文イラスト
シソ

装丁
木村デザイン・ラボ

お品書き

Who is the strongest appraiser?

プロローグ　おやつに美味しい野菜スティック

趣味特技が家事という十七歳の男子高校生・釘宮悠利《くぎみやゆうり》は、ある日、帰宅途中に何故か異世界へと転移してしまっていた。

そして、転移特典なのか異世界でとてつもない威力を誇る【神の瞳《ひとみ》】という鑑定系最強チート技能《スキル》を授かってしまった。しかし彼は、与えられた凄《すさ》まじい技能を有効活用する方向を少しばかり間違えていた。別に名を上げたいとか、敵を倒したいだとか悪事を暴きたいだとかそういった壮大な目標は持ち合わせていない。彼がその与えられた凄まじい能力を使うのは、食材の目利きであったり、仲間達の体調管理であったり、後は時々周囲の困りごとを助けるためであった。

悠利の鑑定能力が桁違《けたちが》いであることは仲間達も把握しているのだが、それがどれほどぶっ飛んでいるかを正しく理解しているのはアリーだけだ。ダンジョンで迷子になっていた悠利を拾ってくれたアリーのお陰で、悠利は《真紅の山猫《スカーレット・リンクス》》というクランで趣味特技である家事の腕前を生かしておさんどんをしている。

ちなみに、《真紅の山猫》は初心者冒険者をトレジャーハンターに育成するためのクランだ。その性質上、比較的年若い面々が多く、悠利としては友達が沢山増えて嬉《うれ》しいとも感じている。

なお、悠利の能力を正確に把握しているアリーの「これを表に出すと厄介なことになる」という判断によって規格外のチートっぷりは隠されている。なので悠利は、保護者であるアリーによるツッコミを受けつつも、日々を平和に生きているのであった。

さて、そんなふうに日々を仲間達と仲良く楽しくのんびりと過ごしている悠利だが、今日は少しお出かけをすることに。向かったのは、王都ドラヘルンより徒歩十五分ほどの距離にあるダンジョン、収穫の箱庭。季節を問わず様々な食材が手に入るということで、王都の住民達に大人気のダンジョンだ。

このダンジョンは、ダンジョンマスターが人間に友好的でたくさん遊びに来てくれると嬉しいというスタンスなので魔物は出てこない。いや違う。魔物はいるのだが、その魔物達にしたって人間に友好的なのだ。収穫を手伝ってくれたり、挨拶《あいさつ》をしてくれたりする。ダンジョンコアの部屋に続く通路だけは少々強力な魔物が配置してあるが、そこに一般人が入り込まないように兵士が見張っているので問題ない。

ダンジョンコアというのは、その名の通りダンジョンの中心であり、命の源のようなものである。そこをダンジョンマスターが守るのは当然なので、誰も文句は言わない。そもそも、友好的とはいえ己の急所を守るために戦力を配置するのは普通だ。これはあくまでもダンジョンマスターが友好的だからこその今の距離感なので、人間側は下手にちょっかいをかけずにそれを維持するのが得策である。

そんなダンジョンではあるが、近くに住む王都の人々の認識ではスーパーとか農園のような扱いである。

一応ダンジョンではあるので、悠利は護衛として従魔のルークスとリヒトを連れて今日は訪れていた。なお、今いるのはそのダンジョンの中枢、ダンジョンコアのある場所だ。何故そんなところにいられるのかといえば、悠利のお友達がこのダンジョンのダンジョンマスター・マギサだからである。

お友達が出来て嬉しいと大喜びするマギサの下に、悠利はちょくちょく遊びに来ている。食材の採取が目的のときもあるが、あくまでも友達のところへ遊びに来ているという感覚だ。お昼ご飯やおやつを持参してやって来る悠利を、マギサはいつも笑顔で迎えてくれる。

なお悠利の頼れる従魔である可愛いスライムのルークスも、同じ魔物ということでマギサとは大の仲良しだ。遊びに来たよー、というノリで、今日も元気に挨拶をしている。

そして、同行者の訓練生のリヒトお兄さんは、胃が痛くなることが起こりませんようにと祈りつつそこにいた。彼は訓練生とはいえ、本業以外の基礎を学ぶために所属しているだけなので、立派な大人枠だ。場合によっては指導係と同じ位置に据えられるので、何やかんやで悠利のお目付役というか、護衛役を仰せつかることが多い。

そして、収穫の箱庭に来るときは高確率でリヒトが護衛に選ばれる。これにはちゃんとした理由がある。

それは――。

「オ兄サン来テクレタンダネ。嬉シイ。コンニチハ」

空中に浮かんだままくるくると回りながら、マギサはとても嬉しそうに声を弾ませた。そう、この愛らしい幼児にしか見えないダンジョンマスターは、何故か解らないがリヒトに物凄《ものすご》く懐いているのだ。リヒトとしては、なんでこんなに懐かれているのか解らないというのが正直なところ。というか、誰にも理由は解らない。リヒトは子供に好かれやすいので、そういうものなのかもな、と皆が生温《なまぬる》く見守るだけである。……相手は幼児の姿をしているだけで、魔物だが。

「こんにちは、マギサ」

ちなみに悠利は、ただ遊びに来たわけではない。マギサにあることを報告するためにやって来たのだ。そしてマギサは、その報告を心待ちにしていた。わくわく、わくわく、という気配が隠しきれていない。

「ソレデ、ウォリーノトコロデノオ泊マリハドウダッタノ？」

キラキラと目を輝かせた（目深に被《かぶ》ったフードで目元が隠されているので見えないが、雰囲気から多分目が輝いているのだろうなあと悠利は思っている）状態で、マギサが問いかける。お泊まりという単語は、ダンジョンにはとても似つかわしくないのだが、お泊まりとしか言いようがないことを悠利はしてきたのだ。

ウォリーというのは、マギサを先輩と呼び慕う、別のダンジョンのダンジョンマスターを務める青年のことだ。本名はウォルナデット、元人間の冒険者だ。彼がダンジョンマスターを務めるダンジョンは、無明の採掘場及び数多《あまた》の歓待場という場所だ。数多の歓待場部分はウォルナデットが己の権限でお客さんがいっぱい来てくれればいいな！　というノリを詰め込んでいるので、まるで観

光地のように「ウェルカム、お客様！」という状態である。

罠《トラップ》はちっとも罠になっていないし、魔物もやって来た人間を見たら驚いて逃げるぐらいだ。ただし、本体部分である無明の採掘場に関しては、物騒ダンジョンの名をほしいままにしている。悠利の類い稀《まれ》なる鑑定能力で調べた結果、あちこち真っ赤、なのだ。鑑定結果の赤は危険判定なのだが、致死量の危険判定が普通にそこらじゅうに転がっていた。とてもとても物騒なダンジョンである。

その物騒なダンジョン部分はとりあえず横に置いておいて、外側の部分だけで客を呼び、ダンジョンにエネルギーを与えてもらおうという趣旨のもと、ウォルナデットはダンジョン宿屋化計画を進めていた。なお、発案者は悠利である。アイデアを考えたのが悠利なので、色々とぶっ飛んでいるのはまあ察してほしい。

とりあえず、各地の建物を模した構造をしているダンジョンなので、そこにお客様が泊まれるようにすれば人気が出るのではないかという発想だった。所謂《いわゆる》コンセプトホテルみたいな感じだ。その意見を採用して、ウォルナデットは建造物の中に宿泊施設を作った。そして、本格的に客を招く前に、宿屋として問題ないか確認のため悠利がお試しモニターとして選ばれたのだ。

そのお泊まりのときの様子をマギサはどうであったかと、わくわくしながら聞いている。なお、二つのダンジョンは通路でしれっと繋《つな》がっているので、ウォルナデットとマギサはしょっちゅう会っている。ついでに、そのウォルナデットから「ユーリくん、楽しんでましたよ」という報告はマギサも受けている。

しかし、やはり友達の口からお泊まりがどんな感じであったのかを聞きたいのだ。ウォルナデットの報告はあくまでウォルナデットの主観であり、悠利がどう感じ、何を楽しみ、何を喜び、どういう構造をした宿ならば快適に過ごせると考えたのか、それをマギサは聞きたいと思っている。何故ならば、自分のダンジョンにも悠利が快適だと思ったお泊まり部屋を作れば、お友達が泊まってくれるかもしれないと考えているからだ。

なお、このダンジョンは王都ドラヘルンから徒歩十五分というとてもいい立地なので、別に宿泊施設を備える必要はない。マギサがやりたいのは、友達とのお泊まり会である。招かれるのは悠利達のような一部の知り合いだけなので、まあ大事にはならないだろう。

実際にダンジョンにお泊まりするとなれば、ダンジョンを管理している王国に対して何らかの報告が必要になるだろうが……。そういうややこしい話に関しては、マギサは何も考えていなかった。その辺は魔物なので、人間の常識が通用しないのだ。

まぁ、実際に何かが起こったら、兵士を通して連絡をしてもらうことになるだろう、多分。ただ、今はまだ何も決まっていないので大丈夫なはずである。……諸々《もろもろ》の面倒くさそうな気配を察したリヒトが一人、そっと目をそらしているだけで。

「そうだねえ。ウォリーさんが知ってる色んな建造物で作られてるから、内装は多分、各フロアによって違うんだと思う。僕達が宿泊したのは、赤をベースにした建物で、ベッドは天蓋《てんがい》付きだったんだよね。お風呂《ふろ》もトイレもあったし。そうそう、枕がふかふかでね、とても気持ち良かったんだ」

「フカフカノ方ガ良イノ？」

「うん、僕はね。ふかふかっていうか柔らかい方が落ち着くというか、首が楽なんだよね。負担が少ないんじゃないかな、多分」

「ソッカァ」

悠利の発言を聞いて、マギサはふむふむと頷《うなず》いていた。どうやらポイントを脳内にメモしているらしい。反芻《はんすう》するように呟《つぶや》いている。幼児が雨合羽を着込んだような、小さな隠者みたいな姿をしたマギサなので、真剣な雰囲気すらとても可愛らしい。正体がダンジョンマスターだと知らなければ、ただただひたすらに可愛いのである。

「オ風呂必要？」

「お風呂あった方がいいなぁ、僕は」

しみじみと呟く悠利に、マギサはソッカともう一度呟いた。ダンジョンマスターであるマギサにとって、お風呂はそれほど重要ではない。元は人間の冒険者であったウォルナデットにとっても、お風呂はさして重要ではなかった。入れるときに入れば良いやぐらいの認識である。

しかし、宿屋にするならば風呂は必須《ひっす》と悠利が訴えた結果、各部屋にお風呂が備え付けられることになったのだ。ダンジョン宿屋化計画は着実に進んでいる。

「他ニ何カアッタ？」

「水道はあったけど、キッチンはなかったんだよね。ダンジョンの周りに屋台とかが出来るから、そっちで食べ物を買ってもらうようにしたら共存共栄出来るだろうって話になってたよ」

悠利の説明に、リヒトはそれはそうだろうなぁと思ったが口には出さなかった。誰もが自炊するとは限らないし、キッチンがないなら屋台で食事を購入することになる。お互いが客を呼び合える関係ならば、好意的に受け入れられるだろう。

「個人的には、温かい飲み物を部屋で飲むのにお湯が出たら嬉しいから、そこだけ提案したよ」

「オ湯……？」

どうやって？　と首を傾《かし》げるマギサ。ダンジョンにはセーフティーゾーンという安全圏が必ず存在し、そこには飲める水が湧く泉がある。言わばダンジョンの基本装備みたいなもので、水ならば簡単に用意出来るらしい。しかし悠利《ゆうり》が求めているのはお湯なので、そのお湯はどうやって確保するのだろうと言いたげなのだ。

そんなマギサに、悠利はウォルナデットの考えを伝えた。

「ウォリーさんはお風呂を作るのに罠を利用したって言ってたよ。熱くなる鉄板の罠の温度を調節してお風呂に活用したらしいんだけど、それを応用して蛇口から出る前の段階で水を温めたらお湯に出来るかもって言ってた」

「罠ノ活用……！　ウォリー凄《すご》イ！」

「うん、それは僕も凄いと思う」

罠を罠として使わず応用して使うなんて、とマギサは顔を輝かせた。ダンジョンマスターであるマギサには、そういった応用は思いつかなかったからだ。この辺りの柔軟さは、やはり元人間というのが効いているのだろう。人間は道具を使うことに長《た》けた種族であり、色々と改良を重ね、応用を繰り返して生きているので。

なお、魔改造民族日本人は異世界基準でも随分と魔改造をしているので、悠利がやらかしているアレコレは比較してはいけない。悠利が口にする現代日本のアレコレは、こちらでは魔改造の天元突破みたいな扱いなので。

そんな風に盛り上がっている二人を横目に、リヒトは野菜スティックを食べていた。ちなみにこの野菜スティックは、本日のおやつである。収穫したばかりの野菜をカットして、悠利が作ったのだ。ダンジョンマスター特製というか、ダンジョンマスターお墨付きの採れたて新鮮野菜を使っている。ちなみに野菜は、キュウリ、大根、人参の三種類だ。

人参は生で食べても軟らかく、程よい甘みがあるものだ。サラダに適しているというか、茹《ゆ》でずともこの甘さがあるのは珍しい。大根は瑞々《みずみず》しさがありシャキシャキとした食感が楽しめるし、キュウリはたっぷりと水分を含んでいて美味しい。

何故これが本日のおやつかというと、先日悠利が「野菜スティックはおかずやおつまみにもなるけれど、おやつにも出来るんだよ」と言ったためである。

自分のダンジョンで採れるお野菜が、誰かのおやつになる可能性に目を輝かせたマギサのために、悠利は多種多様な味のディップを作って持ってきたのだ。マギサが用意してくれたテーブルの上に、それらが並んでいる。

マヨネーズにたらこを混ぜたり、梅干しを混ぜたり、バジルソースを混ぜたり、タルタルソースにしてみたり、オーロラソースを作ったりしている。後はちょっと別枠で、田楽味噌《みそ》も作った。嬉々《きき》としてそれらを用意してきた悠利は小さな器にディップ用としてソースを並べ、採れたての野菜をスティックにして、さあ、召し上がれとふるまったのである。なので、その野菜スティックをつまみながら、彼らは雑談をしている。

キュウリにタルタルソースをつけて齧《かじ》りながら、リヒトは思う。目の前の光景は、会話内容を考えなければ、ほわほわした雰囲気の少年とぽやぽやした幼児が仲良く話しているという姿。その足元には二人の会話に耳を傾けながら、楽しそうに身体《からだ》を揺らす愛らしいスライムがいる。重ねて言うが、実態を知らなければ、見た目だけは実に微笑ましい光景である。

そしてリヒトは、深く考えるのをやめた。そもそもが、彼の手に負える面々ではないのだ。少なくとも今日は報告会であり、この会話から妙ちきりんなことに発展する可能性はなさそうである。何かあったときに備えて、ちょっとやばそうな話題になった場合は帰還後アリーに報告するという重要な役目が彼にはある。なので、出来ればそんなことをしなくて済むことを祈っているのだ。平和が一番なので。

そんなリヒトには気づかず、とりあえず会話が終わったのか悠利とマギサは野菜スティックに手を伸ばしてポリポリと食べていた。

「オ野菜、ソースガ色々デ美味シイネ」

「マギサの野菜が美味しいからだねー」

「エへへ」

楽しそうに会話をする二人。マギサにも味覚はあるので、色々な味のディップを楽しんで食べている。スライムのルークスに比べれば、まだ人間に近い味覚をしているのだろう。以前、キーマカレーを食べたときは辛いと悲しそうな顔をしていたぐらいなので。……なお、カレーそのものは美味しくて気に入ってはいる。スパイスが利きすぎていると辛くて泣きそうになるだけで。

マギサは小さな手で、人参スティックを手に取りぶすっと田楽味噌に突き刺した。マヨネーズやオーロラソースは今までも食べたことがあるが、田楽味噌は初チャレンジなのだ。どんな味がするのか気になったらしい。

田楽味噌をつけた野菜スティックの人参を両手で持って、マギサはカリカリポリポリと食べている。人参自体にも甘さはあるが、田楽味噌の甘味はそれとはまた違う。上書きされるような濃い味に、けれど決して負けない人参そのものの甘み。その調和にマギサが少し不思議そうな顔をして、すぐにほわりと表情を変える。

「美味シイネ」

「マギサの口に合ったなら良かった」

「僕ノオ野菜、コンナ風ニ色ンナ味デ食ベラレルノ、楽シイ」

ニコッと笑うマギサ。野菜や果物をそのまま食べることはあるが、こんな風に調味料で味を変えたり調理をしたりというのは、マギサには出来ないことなのだ。調味料は王国側に頼めば手に入るだろうが、そもそも料理をするという概念が存在しない。何せ相手は魔物であるダンジョンマスターだ。その発想がなかったとしても仕方ないだろう。

そんな風に喜ぶマギサを見つめつつ、悠利はバジルソースを混ぜたマヨネーズで大根を食べていた。人参ほど甘くなく、キュウリほど水分が多いわけではないのだが、癖のないすっきりとした涼やかな味わいが大根にはあった。バジルの風味とマヨネーズの酸味が良い感じに調和して、口の中が楽しい。

悠利の足元ではルークスが、面白そうに梅マヨネーズとたらこマヨネーズをつけたキュウリを食べている。ルークスは器用なので、身体の一部を伸ばして野菜を掴《つか》むと、上手にソースをつけてから吸収しているのだ。とても利口である。

梅は酸味があり、たらこは魚卵の旨味がぎゅぎゅっと凝縮されている。スライムにその違いが解るんだろうかと見守るリヒトの前で、ルークスは幸せそうにキュイキュイと鳴きながらお代わりをしていた。ルークスなりにこの野菜スティックパーティーを楽しんでいるらしい。

しばらくのほほんとしながら、野菜スティックを食べていた一同であるが、不意にマギサが悠利とリヒトに声をかけた。

「ネエ、二人ノ仲間ハドンナ人ガイルノ？」

真剣な感じで問われて、悠利とリヒトは顔を見合わせた。この質問は彼らにとって予想外だった。まさか、マギサが《真紅の山猫《スカーレット・リンクス》》の面々に興味を示すとは思わなかったのだ。

勿論《もちろん》、悠利と共にダンジョンに顔を出す面々に、「イラッシャイ」と歓迎の意を示すことはある。だが、マギサの方からこんな風に《真紅の山猫》の面々について聞かれることは今までなかったのだ。

その疑問が解りやすく顔に出ていたのだろう。マギサは二人を見て、「アノネ……」と口を開いた。

「オ泊マリシテモラウ時ニ、ドウイウ風ニシタラ喜ンデモラエルカ考エヨウト思ッテ」

愛らしいダンジョンマスターは照れたようにそう告げた。悠利からおもてなし精神を学んだ後輩のウォルナデットの影響を受けたのか、生粋の魔物であるこのダンジョンマスターまでも、おもてなしの精神を発揮しようとしている。

いや、そもそも彼は、このダンジョンを王都の人々が喜ぶ場所にしたいと考えて作っているのだから、おもてなしの精神は最初から持っていた。それがお友達である悠利達限定のお泊まり会向けにちょっと趣向を変えただけなのかもしれない。

悠利はなるほどと納得したが、リヒトはちょっと頭を抱えた。友好的なのは良いことだし、自分達のことを考えてくれるのも嬉《うれ》しい。嬉しいのだが、何をどうしたらダンジョンマスターにおもてなしを受ける方向に話が進むのかさっぱり解らず、現実逃避をしてしまいたくなるのだ。主に、常識カムバックという意味合いで。

そんなリヒトのことなどそっちのけで悠利はにこにこ笑顔で仲間達について説明を始める。大好きで可愛いお友達が、大事な仲間に興味を持ってくれたのが嬉しかったのだ。

「えーと、そうだね。マギサが会ったことがあるのは、最初にここへ来たときとリディと一緒に来たときのメンバーかな」

悠利の言葉に、マギサは記憶を辿《たど》るようにしながら頷いた。リディとは、ワーキャットの若様で、悠利とマギサの共通の友人だ。まだまだお子様でちょっぴり我が儘《まま》だったりするが、友達思いの良い子である。

「それじゃあ、そのときのメンバーから説明しようか？」

「ウン」

「まずアリーさん。眼帯をしてた人だよ。クランのリーダーで怒るとちょっと怖いけど、優しくて頼りになるお父さんって感じ」

「オ父サン……。ユーリノ？」

「あ、えっと違う。違うよ！　えっとね、僕の後見人、保護者って感じだよ。……まぁ、時々、うっかりお父さんって呼んじゃうんだけどね」

エヘヘ、と照れたように笑う悠利。その背中を見ながらリヒトは思った。アリー、まだ三十代なんだけどな、と。

悠利の外見は幼く見えるが、実年齢は十七歳。その年齢の子供がいるお父さんにするには、アリーはまだ若い。時々ブルックがからかうようにお父さんと呼んでいて、そのたびにキレ散らかしているのをリヒトは知っている。あと悠利が時々間違えてお父さんと呼んでしまっては、ツッコミとしてアイアンクロー（きちんと手加減済み）を喰《く》らっていたりする。

「ブルックさんは解る？　最初に来たときにいた剣士の人なんだけど……」

「大丈夫、覚エテル」

悠利の言葉に、マギサはこくんと頷いた。マギサは記憶力が良いので、きちんと記憶に紐付《ひもづ》いた存在のことは覚えているのだ。

「ブルックさんは指導係って言って、クランの皆に色んなことを教える先生役の人。とっても強くて頼りになるんだよ。後ね、甘いものが大好きで果物も好きだけど、ブルックさんが特に好きなのはスイーツかな？　ケーキとかクッキーとか、いわゆるお菓子だね」

「オ菓子……。オ菓子ハ用意出来ナイ」

悠利の言葉にマギサは少しだけしょぼんとした。おもてなしをしたいと思ったが、マギサにはお菓子を用意することが出来ない。材料となる果物ならばいくらでもあるのだけれど。そんなマギサに、悠利はクスクスと笑った。

「大丈夫。そんな風に心配しなくてもマギサが出迎えてくれるだけで、皆喜ぶよ」

「ソウカナ？」

「そうだよ」

「ソレナラ良カッタ」

悠利の言葉に安心したらしいマギサ。マギサが落ち着いたと理解して、ルークスも満足そうに笑っている。やはり、お友達には笑顔でいてほしいのである。

「他ハ？」

「ん？」

「他ノ人」

「ああ、えーっと、そうだね、じゃあ、ブルックさんの説明をしたついでに、他の指導係の人を説明しておこうか。指導係はアリーさん、ブルックさんを含めて全部で五人だから、後三人だね」

「三人」

反芻《はんすう》するマギサに、悠利はこくりと頷《うなず》いた。頷いて、細かい説明を続ける。いつもいつも色々と助けてくれる、とっても頼れる指導係の皆さんについてなので、説明にもそういう憧《あこが》れの雰囲気が加わっていた。

「そう、三人。まず、ブルックさんと同じように戦闘技術を教える感じでいるのが、弓使いのフラウさん。キリッとした恰好良《かっこい》いお姉さんでね、とっても頼りになるんだよ。強くて優しくて、えーっと、何て言うのかな？　弱きを助け、強きを挫《くじ》くという感じで、誰かが困ってると颯爽《さっそう》とやって来て助けてくれるの」

「頼リニナルオ姉サンナンダネ」

「うん、とっても頼りになるよ。もう一人、女性の指導係でティファーナさんっていう人がいてね、穏やかな微笑みの似合うとっても優しい素敵なお姉さんなんだよ。斥候職ってことでナイフを使った近接戦闘と斥候の技術を皆に教えてくれてるんだ」

「斥候ッテ、先発隊ミタイナヤツカナ？」

「そうそう。マギサ、斥候を知ってるの？」

「ウン。僕ガココヲ表ニ出シタトキニ、王国ノ人タチデ一番ニ来タノガ斥候ノ人ダッタヨ」

「なるほど。それは正しい斥候の役目だねぇ」

のほほんと会話をしているが、王国所属の斥候がやって来るというのは滅多にないことだ。今でこそ友好的なダンジョンとして楽しく共存共栄しているが、突然ダンジョンが出現したときには王国側も大慌てだったのだろう。何せここは、王都ドラヘルンから徒歩十五分の距離である。あまりに近すぎるので、警戒して当然だ。そりゃあ斥候が放たれるというものである。

話が逸《そ》れた。斥候がどういうものかを理解したマギサは、それを生業《なりわい》にしている女性がいるのだということも、ちゃんと理解した。「オモテナシドウシヨウ……」などと呟《つぶや》いているが、頼むから斥候をもてなすという意味合いの方向では頑張らないでほしいなあ、とリヒトは思った。

「最後の一人は、学者のジェイク先生。主に座学を受け持ってくれてるんだよ。お勉強担当の人だね」

悠利《ゆうり》の説明に、マギサは「オ勉強……」と呟いた。マギサはダンジョンマスターなので人間の生態をよく知らないが、それでも勉強がどういうものかは解っている。座学と実技の違いも何とはなしに把握しているらしい。

なので、指導係のうち四名がどちらかというと実技を受け持つのに対して、約一名は座学を受け持つのだと聞いて、少し毛色が違う人がいるということまでは把握したようだ。そんなマギサに、悠利は真剣な顔で告げた。

「ジェイクさんはこう、日常生活で遭難しちゃうんだよね」

「遭難……!?」

あまりに物騒なセリフに、マギサは驚いた顔をしている。いや、相変わらずフードのせいで顔は見えないのだが、その雰囲気や気配から、驚いているのだろうなと把握出来る。しかし、事実は事実なので仕方ない。

《真紅の山猫》の座学を担当するジェイク先生は、学者として見るなら間違いなく優秀な人物である。噛《か》み砕《くだ》いて解りやすく教えるという点においても、とてもとても信頼が置ける。そういう意味では、まず間違いなく指導係として有能なのだ。

しかし、それはあくまで学者や教える側としての側面だけである。それ以外の部分に関しては、色々とがっかり残念なポンコツだった。気になることがあれば、寝食を忘れて本を読みふける。寝不足や空腹でぱったり倒れるし、体力もないので、気温が高い日などは暑さに敗北して廊下で倒れている、なんてことも日常茶飯事だ。

悠利を含めた未成年である見習い組や訓練生に発見され、回収されている姿も珍しくはない。なお、なんやかんやでジェイクの面倒をみることが多いのは生真面目で常識人のリヒトであり、アジトの掃除を頑張っているルークスであったりする。出来るスライムは、行き倒れているジェイクを発見すると、誰か人がいる場所へ運んでくれる良い子なのであった。

「オ兄サンハ？」

「え？」

「オ兄サンハ大人ダケド指導係ジャナイノ？」

マギサが不思議そうに問いかけたのはリヒトについてだった。

確かにリヒトは年齢で言うと立派に大人だ。指導係ではないのかというマギサの疑問も尤《もっと》もだった。その疑問に答えたのは悠利ではなく、リヒト本人だった。

「俺は訓練生の一人だよ」

「オ兄サン大人ナノニ？」

「うん」

「大人ナノニドウシテ？」

「まだまだ知らないことがたくさんあるからかな」

つぶらな瞳《ひとみ》、幼い雰囲気のマギサに、リヒトは丁寧に答える。その答えに、マギサは「フウン」と呟いた。今までの悠利の説明から、指導係とは頼れる大人であるとマギサは判断したらしい。だからこそ、自分と接することが多い大好きなお兄さんであるリヒトはそこに含まれないのかと気になったようだ。

確かにリヒトは何かあれば大人枠として数えられるが、一応訓練生である。とはいえ、他の訓練生とは違って、普通に冒険者として仕事が出来る大人でもある。彼はただ、自分に足りない知識を訓練生として学んでいるだけなので。

「お兄サン強イノニ、教エル側ジャナイノ？」

「俺が教わってるのはトレジャーハンターとしての知識だからな。戦闘能力は関係ないんだ」

「ソウナンダ」

「リヒトさんとヤクモさんは訓練生だけど、何かあったときは大人として頼られる側だよ」

リヒトの説明が一段落したと判断して、悠利が口を挟んだ。告げられた知らない名前に、マギサが反応する。

「ヤクモサン？」

「ヤクモさんっていう人がいてね。ずっとずっと遠い国からやって来たんだって。職業《ジョブ》は呪術師なんだよ」

「呪術師、名前ダケ知ッテル」

「流石《さすが》だね、マギサ。この辺りじゃあんまり知られてない職業だってヤクモさん言ってたから、知ってるなんてマギサ凄《すご》い」

「僕、凄イ？」

「とっても凄いよ」

悠利に褒められて、マギサはテレテレと笑った。実際、呪術師というのはこの辺りでは見かけない職業なので、それを知っているのは凄い。

リヒトと同様、大人枠の訓練生ヤクモ。彼はここからずうっと遠い場所、もうどれぐらい遠いかを本人も考えるのをやめているぐらいに遠いところからやって来た人である。

呪術師という、この辺りでは見慣れない上に響きが物騒な職業の彼は、そのために生じるであろう厄介ごとから身を守るためと、この国での常識を身につけるため、客分としてクランに所属している。名目上は訓練生でも、他の訓練生のように何かを習うこともなければ、行動に制限を受けることもない。あくまでも仮宿として《真紅の山猫《スカーレット・リンクス》》に所属しているようなものだ。

「ヤクモさんは物知りだからね。そうそう、最初にウォリーさんのダンジョンに調査に行ったときも一緒だったよ」

「調査ニ来タ人……？　ア、糸目ノオ兄サンダネ！」

「糸目のお兄さん……。うん、まあ、合ってるよ」

確かにヤクモは糸目なのだが、そんな風に伝えてたんだウォリーさん、と悠利は思った。あまりにも端的に伝えすぎじゃなかろうか、と。

「ジャア、オ兄サントソノ糸目ノオ兄サンガ、大人？」

「うん、大人枠かな。何かあったときは指導係の人と同じように頼りになるよ」

「アノオ姉サンハ違ウノ？」

「お姉さん？」

「綺麗《きれい》ダッタヨ、アノ強イオ姉サン」

悠利とリヒトは、誰のことを言っているのかをすぐに理解した。マギサが知っている綺麗で強いお姉さんは、訓練生の一人でダンピールのマリアだ。

ヴァンパイアの父と人間の母の間に生まれたマリアは、ダンピールと呼ばれる種族だ。ヴァンパイアの特性は受け継がず、けれど身体能力や戦闘本能などは受け継いでいる。抜群の反射神経と、ほっそりとした妖艶《ようえん》美人の外見からは想像も出来ないほどの怪力を誇る。そういう意味ではとても頼りになる。

実際、ワーキャットの若様リディの誘拐未遂事件のときには、犯人達をいとも簡単に捕まえて締め上げてくれた。誰もが目を奪われる妖艶美人でありながら、戦闘時は場合によってはとても頼もしい。強さという意味では頼れるのだが、そんな彼女には欠点があった。それについて口を開いたのは、悠利ではなくリヒトだった。

「マリアは頭に血が上りやすく、戦うことしか頭にない。どちらかというと問題児枠だ」

真剣な言葉だった。実に切実な訴えである。リヒトさん、よく巻き込まれているからなあと悠利は思った。

リヒトの真剣な表情に、マギサはきょとんとした後に「ソウナンダ」と呟いた。あのお姉さんは大人枠じゃない、と認識したらしい。続けて、「問題児枠ノ人」と呟いたのが聞こえた。問題児枠の人、と括《くく》るのもどうかと思うが、しかし実際に彼女は結構な問題児なのでどうしようもない。

「他にマギサが会ったことがあるのは、訓練生だね。マギサが作った道が今後も残るか確認してたのがクーレ、元気な赤毛の子がレレイ、水色の髪で大きな鎌を持ってたのがイレイス、それと魔物使いのアロールだよ」

「エット、最初ニ来タ三人ト、リディ達ト一緒ニ来タ時ノ人」

「そう」

悠利の言葉にマギサはほっとしたように息を吐いた。自分の記憶が合っていたことに安堵《あんど》しているのだろう。

訓練生のクーレッシュ、レレイ、イレイシアの三人は、悠利が初めてこの収穫の箱庭へ足を踏み入れたときに同行したメンバーだ。そのときにマギサとの初対面を済ませている。その後も、悠利がここへ顔を出すときに時々一緒に行動していたりする。ただ、悠利のお目付役は主にリヒトなので、マギサが彼らに会った回数は多分少ない。

クーレッシュは斥候をメインにしており、いずれはナビゲーターというマッピングを本業とする職業《ジョブ》に就きたいと思っている。そのため戦闘はそれほど得意ではなく、彼がここへ同行したのも、ギルドが把握しているこのダンジョンの地図の内容が合っているかどうかの確認のためだ。

悠利達がウキウキで休暇を楽しんでいた中、彼は一人仕事をしていたということになる。そんな彼は悠利と年齢も近く、気さくに付き合える親しい友達だ。親友と言ってもいいかもしれない。クーレッシュの方が少しばかり年上なので、色々と常識がぶっ飛んでいる天然の悠利に対して兄貴風を吹かせることもあるが、悠利には面倒見が良くて優しいなあと思われている。

レレイは、猫獣人の父親の身体能力を受け継いだ、元気な笑顔がチャームポイントのお嬢さんだ。喜怒哀楽がとても解りやすくて、食べることが何より大好き。体を動かすことも大好きな彼女は、いつでも元気いっぱいだ。

悠利と共に収穫の箱庭に来るときには、嬉々《きき》として収穫作業を手伝ってくれる。体力が有り余っているので、重たいものを運ぶのもお手のもの。木の高い位置に生《な》っている果物をとるときだって、その見事な脚力を使って手伝ってくれる。大変ありがたい。

強いて言うなら、血筋故の馬鹿力を制御出来ないのが彼女の欠点だろうか。感極まったレレイに抱きつかれたりすると、悠利は背骨が軋《きし》んでしまうのだ。色々と細かいことを考えるのが苦手な彼女は、感情で突っ走る癖がある。そして、そんな彼女のお目付役になっているのがクーレッシュだ。頑張ってほしい。

イレイスことイレイシアは人魚族の少女だ。職業は吟遊詩人。身を守る術《すべ》を学ぶため、また一人でも旅が出来るようにということで、このクランに所属している。彼女は戦いが不得手な、穏やかな物腰のお嬢さんだ。怒ることは滅多になく、何かあっても困ったように微笑んでいる姿が、まさにお嬢様系癒やし美人である。

アロールは、齢《よわい》十歳にして既に魔物使いとして一人前と太鼓判を押されている有能な女の子だ。魔物使いなので魔物であるマギサに対する理解も深い。自分から積極的に関わることはないが、何かあったときにはいろいろと説明をしてくれるので悠利としては大変助かっている。お年頃なのかちょっぴり照れ屋で意地っ張りな僕っ娘《こ》のアロールだが、面倒見は良く何だかんだでこちらが困っているると手助けをしてくれる。

この四人がマギサが知っている訓練生だ。

「皆、特別な配慮は必要ない人だから、普通に歓迎してくれたらそれでいいと思うよ」

「ソウ？　好キナモノトカアッタラ用意シタインダケド」

「気にしなくて良いと思うよ。ダンジョンに泊まれるっていうことがそんなにないから、それで十分だと思うけどね、僕は」

「ソウカナァ？」

マギサはまだちょっと納得していないようだが、マギサがダンジョンのあちこちをおもてなしのための部屋として再構築しているところなどを見せれば、それで十分盛り上がるような気がしたのだ。少なくともレレイは面白がって喜ぶだろうし、アロールは魔物に対して優しいのでマギサと過ごせるだけで機嫌が良くなると思う。クーレッシュも面白いことや珍しいことには興味を持つし、イレイシアは普段はそうでもないのだが、吟遊詩人を目指しているという性質から、滅多に出来ない珍しい体験が出来るとなれば、目を輝かせるに違いない。

そういうことも重ねて説明する悠利《ゆうり》。マギサはふむふむと頷《うなず》いている。マギサがここまで色々と考えているのは、お友達を招いたときには喜んでもらいたい、という純粋な気持ちからである。その姿は愛らしく健気《けなげ》であるが、やっぱり方向性が間違ってないかなあとリヒトは思った。

「他ニハ誰ガイルノ？」

「訓練生はあと四人。虎獣人のラジと羽根人のヘルミーネ、山の民のミルレインにハーフリング族のロイリスだよ」

「ナルホド」

会ったこともない四人に思いをはせるマギサ。その表情は実に愛らしい。相変わらず目元は見えないけれど。

虎獣人のラジは、身体能力に優れた格闘家の青年。どちらかというと目立つことが好きではなく、見知らぬ相手には少々引っ込み思案なところを見せる。ただ、《真紅の山猫》で色々と揉《も》まれているので、主張するべきときには主張しなければ余計大変なことになるというのは理解しているらしい。

そんな彼は、心配せずに鍛錬が出来る相手ということで、暴走気質のマリアに巻き込まれやすい。ラジが相手ならば遠慮はいらないし、かつ、ラジは理性を保ったままなので、マリアとレレイの手合わせのように双方暴走の危険性もないからだ。……ラジは、とても不遇な星の下に生まれていた。合掌。

ヘルミーネは、甘味に目がないお嬢さんだ。甘いものは別腹、を地でいく上に、その別腹が随分と大きい。普段は全く意見が合わないのだが、こと甘味に関してだけはブルックと同盟を結ぶほどの仲である。スイーツに目がないのだ。彼女はとても愛らしい金髪美少女なのだが、甘味が絡んだときの情熱には時々悠利も引いてしまう。

羽根人という種族らしく、背中に白い翼を持ち、自由に出し入れが出来る。なお、感情が高ぶると羽が出てしまうのだが、その羽を使って空を飛ぶことも出来る。彼女は弓使いとして、遊撃手としてとても有能だ。羽根人は筋肉がつかないほっそりとした種族で、彼女もその例にもれず色白のほっそりとした美少女である。

山の民のミルレインとハーフリング族のロイリスは、職人コンビだ。ミルレインは鍛冶《かじ》士、ロイリスは細工師の見習いであり、どちらも冒険者としての修業を求めているわけではない。彼らは、素材の目利きや自分にとって必要な素材を採取しに行くための知識を得るのが目的で、クランに所属している。いわば、職人と冒険者の二足のわらじのような状態。そのため彼らは、アジトで皆と一緒に勉強をするときと依頼を受けて外に出かけるとき以外は、職人の師匠の下で、つまりはそれぞれがお世話になっている工房で修業をしている。

山の民は長命種であり、小柄だが骨太の体格が印象的な種族。悠利のイメージではゲームなどに登場するドワーフが近いだろうか。製鉄技術に優れ、鍛冶を生業《なりわい》にする者がとても多い。その山の民であるミルレインも、年頃の少女ではあるが力持ちであり、鍛冶を行えるだけの体力の持ち主だ。……なお、家訓が「己の作った武器を使いこなせてこそ一人前！」みたいなノリなので、彼女は前衛としてもそれなりに仕事が出来る。

対してハーフリング族は、小柄な上に幼い子供のような外見をしている。これは成人しても人間の子供ぐらいにしか成長しないという種族特性が影響している。また、彼らは寿命も人間達より短く、そのためか精神の成熟が早い。手先が器用で何かを作る職人が多い種族であり、ロイリスもその例に漏れず大変繊細な細工物を作る少年だ。

そんな二人の共通点は、職業柄鉱物に目がないということだ。鍛冶士にも細工師にも、インゴットに精製することの出来るあらゆる鉱物が必要なのである。

「鉱物……。ジャア、ウォリーカラ分ケテモラッタラ良イカナ？」

悠利の説明を聞いていたマギサはパァッと顔を輝かせ、名案だと言いたげに告げた。ウォルナデットのダンジョンは、様々な鉱物の採れるダンジョンである。ここが野菜もとい植物系の素材が色々と手に入るダンジョンだとすれば、無明の採掘場というのはその名の通り鉱石の採れるダンジョンだったのだ。

そのため、ダンジョンマスターであるウォルナデットは様々な鉱石を生み出すことが出来る。勿《もち》論《ろん》、それぞれのランクに応じて使用するエネルギーが違うらしく、レアな素材を出そうとすればそれだけ消耗も激しいのだが。とりあえずは、マギサが野菜や果物を生み出せるように、ウォルナデットは多種多様な鉱物を生み出せるのだ。

「別にそんな風にお土産を用意してくれなくても大丈夫だよ。さっきも言ったけど、ダンジョンでお泊まり出来るっていうだけできっと皆、喜ぶから」

悠利の言葉にマギサは、やはり首を傾《かし》げた。自分に出来るおもてなしを精一杯頑張りたいと思っているのが丸解りだ。この見た目は幼いダンジョンマスターは人間が大好きなのだ。だから仲良くしてくれる人達のことは、全力で、精一杯おもてなししたい。そういう精神で生きている。

それは解るのだが、特定の誰かに対してだけお土産を用意すると妙なことになると悠利は思う。ウォルナデットのダンジョンに泊まる場合は、宿屋として利用するから対価を払う。しかし、このダンジョンで宿泊するとして、友達の家に遊びに来たという状態になるに違いない。その場合、悠利達が差し出す対価は何もないのだ。

そう考えると、お土産を用意してもらうのも何かが違うように思うのだ。対価も払わずに泊めてもらって、その上お土産までもらっては、してもらいすぎである。

「あのね、マギサ」

「ナァニ?」

「僕達がここへ泊まらせてもらうとしたら、お友達の家に遊びに来たってことになると思うんだ」

「オ友達ノ家?」

「そう。それなのに、わざわざお土産を用意してもらうのはなんか違うんじゃないかなって。むしろ、泊まらせてもらう側がお土産を持ってくる方が普通じゃないかなって僕は思うんだ。そういうものですよね、リヒトさん?」

突然話を振られたリヒトはくわえていた大根をパキッと折った。そこで俺を巻き込まないでほしいという気持ちがちょっと顔に出ていたが、それでも心優しい常識人のお兄さんは、口の中の大根を飲み込んでから口を開いた。

「そうだな。泊まらせてもらうっていうなら世話になるわけだし、やってくる側がお礼として土産を持ってくるのが普通なんじゃないか？　寝床を提供してもらうわけだから」

「ソウナンダ」

「何で僕が説明したときより納得してるのかなぁ、マギサー」

「説得力？」

「マギサにまで言われるの、僕……」

がっくりと肩を落とす悠利。確かに、天然ぽわぽわのどこからどう見ても子供の悠利の言葉より、頼れるお兄さんたるリヒトの言葉の方が説得力があるのは解る。解るのだが、そういう反応をされるとちょっぴり悲しくなる悠利だった。

「コレデ全員？」

「え？」

「ユーリノ仲間、コレデ全員ナノ？」

「ああ、待って待って。全員じゃないです。後四人いるよ」

「後四人？」

それは一体どういう人達なのかと真剣な顔をするマギサに、悠利は笑った。随分と一生懸命考えてくれているなぁというように。

「今説明したのは訓練生で、残りの四人は見習い組って呼ばれてるよ」

「見習イ……。子供……？」

「うん、年齢も子供だね。ただ、年齢が訓練生と見習い組を分ける基準にはならないよ。クランで一番年下なのはアロールだしね」

「ナルホド」

大人と子供で分けているのだろうかというマギサの考えを、悠利はやんわりと否定した。実際、最年少のアロール以外にも未成年はいるし、ロイリスはまだ十二歳だ。年齢ではなく、各々の能力で見習い組と訓練生の区別がされている。

「見習い組は、ウルグス、マグ、カミール、ヤックの四人の男の子達だよ。色々お勉強をしつつ、僕と一緒にアジトの家事をやってくれてるんだよ」

「ユーリト一緒？」

「一緒ではないね。僕は訓練生でも見習い組でもないから。ただの家事担当です」

「ソッカ」

こうして説明すると、改めて悠利の立ち位置が割と特殊であることが浮き彫りになる。初心者冒険者をトレジャーハンターに育成するクランである《真紅の山猫《スカーレット・リンクス》》において、彼はどう考えても異質なのだ。

冒険者としての修業は一切行わない。一般常識や歴史などの日常生活を送る上で知っていると助かることに関しては、見習い組や訓練生と共に勉強することもあるが、基本的にはアジトの家事しかしていない。今までそんな役目の存在はいなかったらしく、悠利が来てから随分と生活が変わったと皆が言っている。

その中でも特に影響を受けているのが、先ほど名を挙げた見習い組の四人だ。己のことは己で出来るようになるをモットーにしているクランなので、身の回りの家事は各々が行う。しかし、共有部分の掃除や洗濯、料理に関しては、今まで見習い組や訓練生が担っていたのだ。そこへ悠利が中心となることで、見習い組がローテーションを組んで家事を回せるようになったのだ。

また、何だかんだで料理が得意な悠利と共に行動することで、見習い組の料理の腕前やその他の家事を含めた時間配分が上手くなっている。時間配分を考えた行動というのはとても大事なことで、家事を通してそれらを実践という形で身につけることが出来るのは、とても効率が良い。そういう意味でも勉強になっているだろう。

見習い組は、年齢が上から順にウルグス、マグ、カミール、ヤックの四人となっている。いずれも未成年の少年達で、最年長のウルグスは十六歳。豪腕の技能《スキル》を持ち、体格も大柄な彼は、力だけならば大人にひけを取らない。その技能を生かして戦士系を目標に定めて修業を積んでいる男の子だ。

ちょっと口は悪いが、何だかんだで面倒見が良く、実は代々王宮の文官を輩出するような結構いいお家のお坊ちゃんである。普段の彼はどこからどう見てもガキ大将なので、多分マギサと会わせても、偉い人に関わるような家の子という認識はしないだろう。

ウルグスのすぐ下にいるのがマグ。年齢だけでいうなら上から数えた方が早いので、下の面倒を見るポジションにいるように見えるが、実際は個人行動がしみついている気ままな少年だ。スラム育ちということもあってか警戒心が強く、気を許した相手以外には懐かない。

後、極端に言葉数が少なく単語だけで話す癖があるので、何を言いたいのかよく解らず悠利《ゆうり》達はちょっと困ることがある。なお、そんなマグの言いたいことを何故か完全に理解出来るウルグスは、日々通訳としてアジトで皆を助けているのだ。通訳と呼ぶと怒るけれど。

カミールは商家の息子で、色々と目端の利く抜け目がない少年だ。黙っていれば良家の子息に見えるような上品な面差しをしているのだが、その容姿を活用して相手の警戒を解き、情報収集に勤《いそ》しんだりするあたり、大変図太い。

見習い組の中でも全体のバランスをとったり見極めたりすることが得意なので、合同で作業をするときには何だかんだで段取りを担当するのは彼だったりする。調整や根回しはお手の物という姿には、末恐ろしいと感じさせる強《したた》かさがある。

最後に、ヤック。彼は農村育ちのごく普通の少年という感じだ。そばかすがトレードマークで、いつも前向きに一生懸命頑張っている。これといって特筆すべき長所はないのだが、努力する才能の持ち主といえよう。コツコツと、自分に出来ることを一つずつ、腐らずに学んでいけるのはどんな才能よりも得難いものだ。

悠利と行動を共にすることも多く、最近では天然ぽやぽやかつ現代日本の感覚でアレコレやらかす悠利に対するツッコミ役も兼ねている。悠利の常識をぶっ飛ばすマイペースぶりに対して、いい感じにツッコミを入れることが出来るようになってきているのだ。

そんな風に悠利は見習い組の少年達のことをマギサに説明した。日頃行動を共にしていることもあって、彼らに対する説明は他の面々に対するよりも距離感が近く、細かい。マギサもそれを察したのか、途中からニコニコと笑っている。悠利が大好きなお仲間のことを話してくれるのが嬉《うれ》しいらしい。

「で、これがうちのメンバー全員。あ、後、僕の従魔のルーちゃんと、アロールの従魔で白蛇のナージャさんがいるね。ルーちゃんとは友達だし、ナージャさんとも会ったことあるから解るよね？」

「ウン、大丈夫。シッカリ者ノ白蛇サン」

マギサはニコニコ笑いながらそう告げた。しっかり者の白蛇。確かに間違っていない。ナージャはアロールの従魔で、彼女が赤ん坊の頃から側《そば》にいた守り役だ。本来はヘルズサーペントという大型種の魔物なのだが、普段は小さな蛇の姿に擬態して、アロールの首にマフラーのように巻き付いている。そこが定位置なのは、心臓と頭という急所を守りやすいからだ。ナージャはアロールに対して過保護なのである。

主《あるじ》と従魔というよりは、子供としっかり者のお姉さんという感じだろうか？　そんな彼らのやりとりをマギサは見たことがあるので、懐かしそうにしている。同じ魔物なので、ナージャに親しみを感じている部分もあるらしい。向こうがどうかは解らないが。何せ、ナージャはとてもクールな姐御《あねご》なのだ。

とにかくこれで、《真紅の山猫》の面々は説明は終わった。いつか彼らが遊びに来てくれる日が来たならば、そのときには精一杯おもてなしをしよう！　そんな雰囲気を漂わせるマギサがいる。そして、それを見て優しく笑っている悠利も。

お友達の家でお泊まり出来るなら楽しいよね、という雰囲気だ。空中に浮かびながらその日を想像して幸せそうなマギサ。可愛いお友達が楽しそうで嬉しいと言いたげな悠利。主とお友達が楽しそうなのでご機嫌のルークス。見た目だけならば、愛らしい幼児とほわほわした少年と可愛いスライムが幸せそうなので、実に微笑ましい光景だ。

そう、見た目だけならば。実際はスペックは色々と規格外の集まりだし、変な化学変化を起こして色々やらかす可能性がある。そんなことにならなければ良いなぁ、とリヒトは彼らを眺めていた。

……とりあえず、現実逃避も兼ねてキュウリに手を伸ばし、バジルソースマヨネーズをたっぷりつけて齧《かじ》った。

いつかお泊まりが現実になったなら、そのときは皆で枕投げとかしたいなぁと思う悠利なのでした。彼は今日も異世界で楽しく生きております。

第一章　ウルグスとお兄さんと困りごと

悠利の休日の過ごし方は、色々だ。食べ歩きをしたり、知り合いのところに遊びに行ったり、アジトで趣味に没頭したり（この場合はやりすぎ注意で監視されるが）、仲間達とショッピングを楽しんだり。そして今日は、休日が被《かぶ》ったウルグスと一緒に街歩きだった。

何故ウルグスと一緒にウロウロしているのかといえば、彼の行きつけの店を教えてもらうためだ。ウルグスは王都生まれ王都育ちなので、悠利達の誰よりも王都の店に詳しい。

普段の言動があれなのでうっかり忘れがちだが、ウルグスくんは代々王宮の文官を輩出するようなお家に生まれた生粋のお坊ちゃまである。そのため、彼が行きつけにしている店の多くは、裕福な庶民や貴族様が利用されるような、ちょっと敷居の高いお店である。悠利達が普段食材や日用品を買い求めている店とは、品揃えも価格も違う。

なので、一人で行くにはちょっと気が引ける悠利は、ウルグスに一緒に行ってもらうことにしたのだ。友達と一緒ならば、普段行かないようなちょっとお高いお店も、足を踏み入れるハードルが大分下がる。その友達がその店のお得意様であったなら尚更だ。

そんなわけで、悠利とウルグスは二人仲良く、休日に散策と洒落《しゃれ》込んでいるのである。

「このあたりはあんまり来ないんだよね」

「皆そう言うよな。けど、良い物が揃《そろ》ってるんだぜ。値段はそれなりにするけど」

「お値段それなりっていうのがねぇ……。お財布と相談しながら買い物しなきゃってやつだよ」

「いやいやいや。ユーリ、結構貯金あるだろう？」

「あるけど、でも、何ていうのかな？　無駄遣いする気はあんまりないし。お高いものっていうのは、こう、落ち着かないから」

根が庶民の悠利は、いくらお金があったとしても、バッと使う！　みたいにはならない。後先考えずに贅沢《ぜいたく》するのは得意ではないし、いきなりブランド物で全身を固めるみたいな発想にもならない。身の丈に合った生活を心がけている。

ちなみに悠利の収入源は、ほぼほぼ調味料のレシピの特許だ。普通に作ったり、錬金釜《れんきんがま》で作ったり、とにかく調味料関係でやらかした記憶がある。

なお、悠利本人は別にそれらで特許料をもらおうなどとは思っていなかった。だって故郷にあるものを再現しただけなのだ。悠利が開発者ではない。

しかし、行商人のハローズおじさんの「ちゃんと対価は受け取らなければいけませんよ」というありがたいお言葉により、今の状況に落ち着いている。錬金釜で作った調味料のレシピの大半は商業ギルドに登録され、いわゆる特許権のような感じで悠利の収入になっていた。

なおハローズがわざわざ、悠利が錬金釜で作った商品のレシピを商業ギルドに登録するのには、きちんと理由がある。レシピをギルドに登録することにより、そのレシピを用いて錬金術師達が商品を作ることが出来るからだ。どこに権利があるかはっきりしていると、無用な争いを避けることが出来るので。

　悠利には細かいことは解らないが、ハローズおじさんがそういう風に言っていたので多分そういうことなんだろうなと思っている。

　閑話休題。

「まぁ、確かに身の丈に合った値段のものをってのは解る。俺も、自分の金だけで物を買おうと思うと、この辺の店ちょっと高いなって思うことあるし」

「そうなんだ」

「実家にいるときは思わなかったけどな。基本的にツケ払いだったし」

「ツケ払いって何？」

「ツケって言って良いのか解らねぇけどな」

けげんな顔をする悠利に、ウルグスはどういう仕組みなのかを説明してくれた。

「店で買い物をするだろう？」

「うん」

「で、その場で支払いはせずに、月末にまとめて家に請求が来るんだよ。それでまとめて親父が払うって感じ」

「待って、そういうのってアリなの⁉」

「現金持ち歩かない人多いからな」

　悠利の常識には存在しない支払いシステムだったので、思わず声を上げてしまう。ウルグスの方はケロリとしていた。彼にとってはそれが普通なのだろう。

悠利がイマイチ理解出来ていないと思ったのか、ウルグスは自分の知っている範囲で説明をしてくれる。悠利も大人しくその話を聞いていた。

「このあたりの買い物って、そういう風に家同士で信頼がある場合は、後日請求みたいな形になってんだよ。勿論《もちろん》その場で払うことだって出来るぜ。買い物したことが家族にばれないようにするために」

「ばれないようにって……」

ウルグスの言い方に、悠利はちょっと困ったような顔をした。何だかそれは、いたずらがばれると困る子供のようではないかと。

しかし、実際はそういう後ろ暗い理由ではない。悠利が誤解しているのを察したウルグスは、ぱたぱたと顔の前で手を振って告げた。

「違う違う。そうやらないと、家族にこっそり誕生日プレゼントを買うとか出来ないだろう。特に親に対して」

「なるほど、サプライズのときかー」

「後、家の用事で使った分とか、私的なものじゃなかった場合は、家払いだな。そんで、自分の個人的な買い物のときは自分で払うって感じか」

ウルグスの説明は端的だった。

早い話が、公的な部分が家払いで、私的な部分が個人払いなのだろう。会社の備品を購入するときと、私物を購入するときの違いのような感じというか。とりあえず悠利はそういう感じで理解した。

上流階級の発想だなぁ、と悠利は思う。ツケ払いが通じるというのは、それだけ店と家の間に信頼があるということだ。そんなことが可能なのは、悠利の感覚で言うとよほどのお金持ちとか名家である。

しかしウルグスにとっては普通のことなのだろう。いつも通りの口調で言葉を続けた。

「女の人の買い物のときは結構そういう場合が多いんじゃないかな」

「何で？」

「女性が大金持って歩いてたら危ないだろう？　王都の治安はいいけどさ」

「なるほど、そういう発想かぁ。世の中色々あるんだねぇ」

悠利はしみじみと呟《つぶや》いた。庶民の悠利には未知の世界なので、面白いなぁと感じているのだ。

「俺としては普通のことだったから、ユーリがそこまで驚くと変な感じがする」

「だって僕、庶民ですから」

「まぁ、ユーリってちょいちょい常識外れなところあるけど、そんなもんか」

「酷《ひど》くない……？」

あまりにも流れるように非常識扱いをされてしまった悠利。言った方は一人で勝手に納得しているが、常識のないポンコツ扱いされてしまった悠利としては、色々と物申したい。

なおこの場合、悠利に諸々の常識が足りていないのは、一応異世界に馴染《なじ》んでいるとはいえ、現代日本育ちの天然ぽやぽや高校生だからだ。悪気はない。ただ、異世界での一般常識からは、ちょっぴりずれてしまうだけだ。

まあウルグスもこんな風に言ってはいるが、別段悠利を嫌っているわけではない。「何かお前、そういうところあるよな」みたいなノリである。盛大にやらかすときは仲間達が総出で止めてくれるし、そうではないときには笑って注意をしてくれる。何だかんだで仲間に恵まれているのだ。

「お高い買い物はお財布と相談してになると思うけど、楽しいね。後、ちょこちょこ僕らみたいな人もいるね」

「まあ高いけどさ、その分品物がいいから長持ちするってのはあるんだよ」

「ああ。あれだね、安物買いの銭失いとかにならないわけだ」

「何だそれ？」

「えっと、僕の故郷での格言みたいなもの」

「お前の故郷、ちょいちょい変な言葉あるよな」

「そうかなぁー」

悠利としては、ごく普通に日常で聞いていた言葉だったので、変な言葉と言われてもいまいち実感がわかない。なお、この言葉、早い話が値段は正直というような意味合いだ。高いものはそれなりに持ちが良かったり、質が良かったりするというお話。安いものに飛びつきたくなるのが人間だが、使い捨てならともかくある程度使うものは、あまり安いとすぐ壊れてしまって困るというような感じである。

そういう意味では、この辺りのお店で売っている品物は質が良い。別段、目玉が飛び出るほどの値段というわけでもない。庶民でもちょっと頑張れば手が届いて、しかも良いものなので長持ちするという感じだろうか。そうなれば、奮発して買っていく人々もいるのだろう。確かにその気持ちは悠利《ゆうり》にも解る。

今日は特に何かを買うというわけでもないので、ブラブラと歩いているだけだが、いずれこの辺りで何かを買い求めてもいいなぁと思った。そんな風に二人、のんびりと休日を満喫していたときである。

「ウルグス？　こんなところでどうしたんだ？」

優しげな声が二人を呼び止めた。

正確には、呼び止められたのはウルグスである。名前を呼ばれたウルグスと、知り合いの名前が聞こえたことで反応した悠利が振り返れば、視線の先には上品そうな一人の青年が立っていた。

茶色の短髪に青色の瞳《ひとみ》の、おっとりとした雰囲気の育ちの良さそうな青年である。服装はシャツにベストにスラックスという、まあどこでも見るような感じだ。

見知らぬ人ではあるのだが、何か妙な既視感を覚えて悠利は傍らのウルグスを見る。そして、もう一度青年を見る。よく見れば二人の髪と目の色は同じだった。もしかしてと考える悠利の耳に、驚いたようなウルグスの声が飛び込んできた。

「兄さん？　何でこんなとこに。あ、いや、いてもいいんだけど、仕事は？」

「今日は休日だよ。うちはほら、皆で交代で休みを取る感じだからね」

「あ、そっか。決まった曜日に休みってわけじゃなかったんだっけ」

「うん。それでウルグスは何をしているんだい？　買い物？　そっちの子はクランのお仲間かな？」

「ああ、この辺りの店に行ったことがないっていうから案内してたんだ」

「なるほど」

　穏やかに会話が進む。兄さんと呼ばれたということは、目の前の人物はウルグスの兄なのだろう。失礼になるかと思いつつ、悠利はマジマジと相手を見た。見て、そしてもう一度ウルグスを見る。色々と言いたいことはあったが、とりあえずぐっと呑《の》み込んだ。

　しかし、悠利が呑み込んだことに気づいたのだろう。ウルグスはジロリと睨《にら》んでくる。

「悪かったな、似てなくて」

「ええっと、似てないとは思っていないよ。うん。髪と目の色とか同じだし、仲良さそうだなあとは思うし。ただ、ウルグスの雰囲気とお兄さんの雰囲気が全然違うもんだから、色彩から血縁だろうなとは思っても、あんまり兄弟っぽく見えないなぁとか思っちゃって……」

　最初こそ言い訳めいたことを言っていた悠利だが、無言の圧力をかけられて正直に答えた。正直は悠利の美徳である。まあ、ウルグスの方もそう言われることを解っていたのだろう。特段、気を悪くした様子はなかった。

　そして、こんな会話はよくあることなのだろう。ウルグスの兄は、悠利のちょっぴり失礼な発言に対しても穏やかに微笑んでいる。むしろ、弟が仲間と仲良くしている姿にご機嫌というところだろうか。どうやら兄君は弟のことを可愛がっているようだ。

「はじめまして。ウルグスの兄、ヨナスです。君は《真紅の山猫《スカーレット・リンクス》》の仲間ということでいいのかな？」

「あ、はい。はじめまして、僕の名前はユーリです。《真紅の山猫》で家事担当をしています」

「家事担当。ああ、君が。話は聞いているよ。とても美味しい食事を作ってくれると」

「そうなんですか？」

言われて悠利は、チラリと隣のウルグスを見た。その視線を受けて、ウルグスはすいっと視線を逸《そ》らした。どうやら本当らしい。

ウルグスの家は王都にあるので、何かと実家に帰ることがある。また、実家に帰らずとも家からの使いの人が手紙を持ってきたりしているので、家族と何らかのやり取りをしているのだということは悠利も知っていた。ただ、まさか自分のことがそういう感じで話題になっているとは思わなかったので、不思議な気持ちでウルグスを見てしまったのである。そしてウルグスは、何だか奇妙な気恥ずかしさに襲われて悠利から目を逸らしたというわけである。

そんな悠利の視線と兄の生温《なまぬる》い視線を受けることに耐えられなくなったのか、ウルグスは話題を変えるように口を開いた。

「それで、ヨナス兄さんは何してたんだ？　休みとはいえ、この辺にいるの珍しいけど」

「うん、今日はちょっと捜し物をしていてね」

「捜し物？」

「そう。捜し物」

にこりとヨナスは笑った。微笑み一つとってもウルグスとは全然違う、上品で穏やかで育ちの良さを感じさせるものだった。そんなヨナスを見て悠利が思うのは、似てないということではなく、ウルグス、本当にお坊ちゃんなんだ……、ということだった。

この感想を抱くのが何度目になるのかは、当人も覚えていないが、それでもやはり、普段とのギャップのせいか、ついつい思ってしまうのだ。きっと悠利は悪くない。多分他の仲間達でもこう思うはずだ。

「職場の先輩がネクタイピンをなくしたと聞いてね。一応落とし物として届けてはいるらしいけど、もしかしたら中古品として流れてるかもしれないからそういうお店を巡って捜そうかと思って」

「待ってくれ。何で兄さんはそれを捜そうとしてるんだよ」

「えっ?」

「だからそれ、兄さんがやることじゃないよな?」

呆《あき》れたように告げるウルグスにヨナスは首を傾《かし》げた。ははは、と笑う姿は優しい。ああ、この人根っからのお人好《ひとよ》しなんだなと悠利は思った。

口にしなかったのでウルグスにはバレていないが、もしウルグスに気付かれていたら、「お前が言うか?」というツッコミをもらっただろう。安定の、自分のことに関してはちっとも解っていない悠利である。

「兄さん、まさか面倒事を頼まれたとかじゃないよな?」

「頼まれたとかじゃないよ。自発的にやってるだけさ」

のほほんと答えた兄に、ウルグスはがっくりと肩を落とした。彼は、この優しい優しい、優しすぎる兄がちょっと、いや、かなりお人好しなことを知っているのだ。

勿論、誰かに優しいのはとても良いことだ。だが、自分の休日を削ってまでやることではない気がするのだ。それが表情に出ていたのだろう。ヨナスは心配性の弟の肩をぽんと叩《たた》いて、言葉を続けた。

「別に、頼まれたわけでも押し付けられたわけでもないよ。ただ、その先輩は奥さんが産み月でね。出来る限り側《そば》にいてあげた方がいいと思うから、私や他の同僚が代わりに捜すということになったんだ」

「妊婦さんか……。それはまぁ、奥さんの側にいてあげた方が良いよな」

「あぁ。休暇だからって失せ物捜しに外に出るよりは、いつどうなるか解らない奥さんに寄り添う方が良いだろう？」

「それは確かに」

兄の主張に、ウルグスはためらいなく同意した。二人の傍らで話を聞いていた悠利も、うんうんと頷《うなず》いた。

妊婦さんは、産み月でなくたって不安を抱えているに違いない。医療従事者でもない旦那《だんな》様が側にいて何の役に立つのかという意見もあるだろう。それでも、側にいて一緒に寄り添ってくれるだけで、気持ちは大分楽になるだろう。恐らく。

「それで、そのネクタイピンを捜す目処《めど》は立ってるのか？」

「いや……。実は、中古品を取り扱ってる店に似たような商品が幾つもあってね。一応、先輩からどういうものかは聞いているから、一つ一つ確認しようかと思っているよ」

「また、気が遠くなる作業をまあ……」

「今日は休暇で特に用事もないからな」

「休暇ってのは休むためにあるんだぞ、兄さん」

「そうだね」

呆れたようなウルグスの言葉に、ヨナスはやはり笑った。ヨナスは勿論《もちろん》、休暇の意味はちゃんと解っている。それでも、困っている先輩のお役に立とうという優しさが見える。そしてウルグスもまた、小言を口にしてはいるが、兄がそういう性格だと解っているので、それ以上は何も言わない。

そんな二人の会話を聞いていた悠利は、一つ気になったことがあって問いかけた。

「あの、ヨナスさんってもしかして、前に襲撃犯を捜すために情報を調べるのを手伝ってくださった方ですか？」

「ん、ああ、そうだよ。王宮に文官として勤めています」

「そうなんですね。その節は本当にありがとうございました。おかげでとても助かりました」

相手が予想していた人物だと解った悠利の行動は、一つだった。感謝を込めて、頭を下げる。深々と頭を下げる悠利に、ヨナスは驚いたように口を開く。

「いやいや、あの程度の情報、部署に勤めている者なら誰でも引き出せるものだし、改めてそんな風に言われるほどじゃ」

「そんな風に言われるほどです。少なくともあのときの僕達にとっては、とっても重要な情報でした。ね、ウルグス？」

「ああ、そうだな。兄さんのおかげで凄《すご》く助かった」

「それなら良かった」

感謝の気持ちを精一杯伝える悠利に、ヨナスは大げさだなという態度を崩さない。きっと、彼の中では簡単なことをしただけなのだろう。

だが、友人であるフレッドが襲撃され、その襲撃犯を捜すために若手総出で走り回っていた悠利達にとっては途方もなく貴重な情報だったのだ。少なくとも王宮に文官として勤めている者でなければ、手に入らない情報だ。ウルグスを通してヨナスが手助けしてくれたのは、悠利達にとってとんでもなく幸運だったのである。

だからその言葉は、するりと悠利の口からこぼれた。

「あの、もし良かったら、そのネクタイピンを捜すのを、僕がお手伝いしましょうか？」

「え？」

何を言われているのか解らないと言いたげなヨナスと、その手があったかというような顔をするウルグス。しかし、ウルグスは悠利が今日休暇だというのは解っているので、あえてそれ以上は言わなかった。

ここで兄を手伝ってくれというのは、悠利の休暇を潰《つぶ》すことになるので、ウルグスとしても口に出来なかったのだろう。しかし、そんなウルグスの考えなど悠利には通じていなかった。見事に、何一つ、全く、気づいていなかった。

なので、満面の笑みでこう告げる。

「僕、これでも鑑定の技能《スキル》を持っているんです。なので、例えば、一緒にお店に行って、その中にある商品がお捜しのものかどうかを調べることは出来ると思うんです。勿論、お店の方に許可を取ってですけど」

「なるほど……」

「ちなみにですけど、もしそこでネクタイピンを見つけた場合は、何か届け出たりとか、ややこしい手続きをする予定ですか？」

「いや、よほど法外な値段じゃない場合は、買い取る形でいいと言われているよ。落としてしまった自分が悪いとも言っていたし」

「落とした人が悪いってなっちゃう世の中は、何か違うと思うんですけどねぇ……。まあ、壊されずに品物が見つかればいいってことでしょうか？」

イマイチ釈然としないなぁ、みたいな顔で悠利が呟《つぶや》く。落とした人はただちょっとうっかりしていたとか、運が悪かっただけにすぎない。誰にだってそういうミスはあるだろうから。

そんな風に悠利が考えるのは、やはりまだ現代日本の感覚が抜けていないからかもしれない。落とし物は適切に届け出をすれば、意外と無事に手元に戻ってくる世界で生活をしていたので。ふとしたときに垣間《かいま》見《み》えるこの世界の世知辛さは、悠利にはまだちょっと馴染《なじ》めない。

そんな風にちょっぴり考え込んでいた悠利の耳に、ヨナスの説明が飛び込んできた。聞き逃せない類いのやつが。

「結婚式のときにご両親から頂いたネクタイピンらしくてね」

「それは何が何でも探さないといけないやつじゃないですか！」

さらりとヨナスが口にした情報に、悠利《ゆうり》は思わず食い気味に叫んだ。単なるネクタイピンだと思っていたら、アニバーサリー的な意味がもの凄く刻まれたネクタイピンである。これは是が非でも捜し出すお手伝いをしなければ！　みたいなスイッチが入っていた。

「なぁ、ルークス。アイツ、今日自分が休暇だってことを忘れてないか？」

「キュピー」

いつも通りのテンションで、流れるように人助けに入ろうとする悠利を見て、ウルグスが思わずぼやく。それに応えるルークスも、やれやれと言いたげな感じであった。

ルークスは悠利のことが大好きだが、同時に悠利がお人好しで色々と首を突っ込むことも理解している。それが理解出来る程度には賢い従魔です。

「えっと、良いのかな？」

「勿論です。お世話になったお返しということで」

「それだとこちらの借り分が大きくないかな？」

「そんなことないです。僕にとって技能を使うのは特に負担でもないですし、ヨナスさんが大したことないと思って僕達を手伝ってくれたのと同じです」

悠利はちっとも引く気配を見せなかった。お礼が出来ると張り切っている。なので、最初は申し訳なさそうにしていたヨナスも、やがて折れた。

「それじゃお願いしようかな」

「了解です。ウルグスも良いよね？」

「おお、好きにしろ。俺は今日、お前に付き合ってるだけだから」

「ありがとう」

そんなわけで、悠利とウルグスの今日の予定は、ウルグスの兄の捜し物を手伝うことになった。予定は色々と変更されるものであり、突発的にこういうイベントが起こるのもまた、それはそれで楽しいものである。

それでは、いざ捜しに行こうとなった瞬間に、くぅと小さく悠利のお腹が鳴った。続いて、それに釣られるようにウルグスのお腹も鳴った。

「そろそろお昼時だったね。それじゃ、これから皆でお昼ご飯にしようか」

「賛成です」

「了解」

ヨナスの提案に、悠利は元気よく、ウルグスはいつも通りの口調で答えた。腹が減っては何とやら。どうやら、捜し物の前に美味しいご飯を食べることになりそうです。

◇◇◇

「実は僕、ここでご飯を食べるの初めてなんだよねぇ」

「えっ、マジか？」

「マジです」

真剣な顔で悠利が告げた言葉に、ウルグスは衝撃を受けた。

まずは皆で仲良くお昼ご飯を食べようということになり、ヨナスが選んだ店は大食堂《食の楽園》であった。ここは、裕福な庶民やお貴族様が来るような、なかなかリッチな感じの食堂である。

ヨナスやウルグスは家族で来ることもあり、行き慣れた店らしい。しかし、悠利はここで食事をしたことはない。

「でも、しょっちゅう《食の楽園》に来てるだろ？」

「僕が食べてたのはルシアさんのスイーツだったから」

「あー……」

「ご飯系は僕、《木漏れ日亭》で食べるんだよね」

「《木漏れ日亭》も美味《うま》いよな」

「うん。庶民ご飯って感じで落ち着くし」

「時々、何かおかしい食材あるけどな」

「そこは気にしちゃダメなんじゃないかな。多分」

きっと、ダレイオスさんが狩ってきたんだよ、と悠利は遠い目をした。ウルグスも同じくだった。

彼らがこんな顔になったのには勿論、ちゃんと理由がある。

二人が口にした《木漏れ日亭》は、宿屋に併設されている大衆食堂だ。特筆すべき点は、店主が元冒険者ということもあり、魔物の肉を自分で狩りに行っちゃうことがあるということだろうか。とても元気な親父殿である。

後、親父殿の元仲間、今も現役で食材ハンター系の冒険者として活躍している仲間達（全員が長命種なので、冒険者を引退したダレイオスよりも活動限界年齢が高い）からお届けされる、ちょっぴりレアな食材なども入ってくる。そのため、ごくたまに値段と肉の等級が合っていないというわけの解らないことが起こる。

ただし、基本的には安くて美味くて量が多い。庶民や冒険者御用達《ごようたし》の、がっつり食べられる系の食堂だ。

それに対して《食の楽園》は、内装からして上品という言葉が相応《ふさわ》しい。ルシアのスイーツを目当てにティータイムにやってくることはあるので、別に悠利は場の雰囲気に呑まれたりはしないのだが、今日に限っては、テーブルの上に当然のように並べられたカトラリーを見て、ちょっとだけ顔を引きつらせていた。

やだ、ナイフもフォークもいっぱいある、みたいな感じだ。一応、外側から順番に使えばいいことは理解している。逆に言うと、それだけしか解っていない。

ちなみにこんな風に並んでいるのは、ヨナスが流れるように注文したのがお昼のコースだったからである。コース料理頼むんだ、みたいな衝撃を受けた悠利だった。逆に、単品メニューを頼んで食べる感覚が、ヨナスにはないらしい。

そんな風に悠利が密《ひそ》かに衝撃を受けているなどとは思いもしないヨナスは、ウルグスが普段どういうものを食べているのか開けて楽しそうにしている。久方ぶりに食卓を共にするらしい兄弟の会話は、実に微笑ましい。

ふと悠利は、こちらへ近づいてくる人影に気づいた。白い料理人の制服を身にまとったその人は、悠利の知り合いだった。

「こんにちは、ユーリくん。珍しい時間に来てるわね」

声をかけてきたのは、この大食堂《食の楽園》の末娘である、パティシエのルシアだ。悠利とは、友達というのとはまた少し違うかもしれないが、よくスイーツの話で盛り上がる仲間である。

「今日はウルグスとウルグスのお兄さんのヨナスさんと一緒にお昼ご飯を食べることになったんです」

「そうなのね。ユーリくんがこの時間に来てるの珍しいし、頼みそうもないメニューだなぁと思ったから、気になっちゃって」

「ヨナスさんが、流れるようにお昼のコースを注文されまして」

「いつもご注文いただいているメニューだそうよ」

「なるほど」

先程、流れるように注文したヨナスに対し、心得たように頷《うなず》いていた店員を思い出しながら、よく食べに来るんだろうなあと思いつつ悠利は真剣な顔でルシアを見た。

「あのルシアさん、一ついいですか?」

「何かしら?」

いつもと違ってとても真剣な顔をした悠利に、ルシアも表情を引き締める。さあ、何でも聞いてちょうだいと言いたげな感じである。そんなルシアに、悠利は質問を口にした。

「あの……、食べにくいものって出てきませんよね？」

大真面目だった。悠利はとてもとても真剣だった。コース料理を食べることに対して、思いっきり緊張していた。

悠利は庶民なので、ちゃんとしたコース料理を食べたことはない。両親や姉は知人の結婚式などで食べたことがあるようだが、高校生の悠利はそういうのには縁遠く、今まで食べたことがないのだ。つまりは、ナイフとフォークを駆使して難しいものを食べられるほどの技量はない。実に切実な質問だった。

そんな悠利に対して、ルシアは真剣な顔で大真面目に答えた。

「大丈夫よ。お昼のコースはそんなに難しいものは出てこないから。基本的に、外側から使えば大丈夫だし、食べやすいものしか出てこないわ」

「良かったです」

肩の荷が下りたと言いたげに、悠利は安堵《あんど》の息を吐《つ》いた。何やら緊張していたらしい主《あるじ》が気を抜いたのを察して、ルークスは良かったねと言うように悠利の足を撫《な》でた。

ちなみにルークスは、店内に入ってからずっと大人しく悠利の足元にいる。今日は自分は一緒に食事をするわけではないということも、うろうろとお掃除に動き回ってはいけないことも理解している。実に賢い。

そこでルークスに気づいたルシアが「こんにちは」と挨拶《あいさつ》をすると、ルークスは顔馴染《かおなじ》みのルシアに向けてペコペコと頭を下げた。挨拶が出来る良い子である。

「それじゃ、ランチを味わってちょうだいね」

「はい。あ、コースに出てくるデザートもルシアさんのですか？」

「ええ、そうよ。もっともティータイムに出しているものよりは小振りだし、シンプルな感じに仕上げたけどね」

「そうなんですか？」

「お昼はどちらかというと軽めにしてあるのよ」

「なるほど」

ルシアの説明に悠利は納得した。お昼は料理がメインなので、スイーツがそこまで出しゃばってはいけないのだろう。それじゃあね、と微笑んでルシアは仕事に戻っていった。コース料理にもルシアのスイーツがあると解って、悠利は俄然《がぜん》元気になった。上手に食べられるかは解らないが、とにかくコース料理と戦ってみよう、みたいな気持ちである。頑張れ。

そうこうしているうちに最初の料理、前菜が運ばれてきた。

前菜というだけあって、野菜を中心に作られた食べやすそうな料理だ。特筆すべきは、数種類のサラダがそれぞれ一口サイズでお皿に盛られていることだろうか？　これならば、フォークで刺してしまえば食べやすい。

前菜として用意されたサラダの盛り合わせの内容は、以下の通り。ポテトサラダのようなものに、マカロニサラダのようなものもある。グリーンサラダに見えるものは、くるりとスモークサーモンらしきもので巻いてあり、フォークでぶすりと刺せるように仕上がっている。

また、プチトマトをくり抜いて、その中にサラダを詰めたものもある。手が込んでるなあと思いながら、悠利はその綺麗《きれい》な盛り付けを眺めた。

「お昼のコースは比較的食べやすくて手軽なものが多いから、気楽に食べるといいよ」

「はい。実はここでコース料理って食べたことがなかったので、ちょっと緊張してたんです。でも、これなら僕でも食べられそうですね」

「そうだったのか……。確か、箸《はし》の方が使い慣れているんだよね？　それなら、頼めば箸も用意してくれるから給仕の人に声をかけるといいよ」

「どうしても駄目だったときにはそうします」

ヨナスの申し出に、悠利はペコリと頭を下げた。

なお、ヨナスが悠利にそんな風に声をかけたのは、ウルグスが「ユーリは箸を使うのが上手なんだ」と兄に伝えていたからだ。使い慣れたものがあるなら、そちらの方が良いかなという心遣いだ。カトラリーに慣れた者にとっては箸の方が難易度が高いが、悠利のように箸で育った人間にしてみれば、全てのことが箸で出来るのは事実である。お箸さんは万能なのだ。

日本でも最近は、フレンチなどでも頼めばお箸を出してくれる店があるらしい。或《あ》るいは、お箸で食べるフレンチ、お箸で食べるイタリアンなどというコンセプトの店もあるとか。だから、お箸を要求しても問題ないと言われたのは、ありがたい。

しかし、やはり目の前にカトラリーが置かれているならば、それを使って食べてみたいと思う気持ちもあるのだ。チャレンジ精神は大事である。

とりあえず、気負わなくも良いということで、悠利《ゆうり》は心置きなくこの美味しそうな料理を食べることに決めた。フォークでぷすりと刺して、スモークサーモンのようなモノで包まれたグリーンサラダを口へと運ぶ。酸味のあるドレッシングがかかっていて、雰囲気的にはカルパッチョのような味わいだ。

スモークサーモンのようなモノと思ったのは、悠利が知っているものよりも火がしっかり入っていたからだ。きちんと火を通した燻製肉《くんせいにく》に近いだろうか？　このあたりでは生魚を食べる習慣がないので、こういった料理に使う場合も、やはりしっかりと火は通されているらしい。

思っていた食感とは多少違うものの、噛《か》めば野菜の甘味とサーモンの旨味が口に広がるので、悠利はそれを堪能《たんのう》する。酸味のあるドレッシングがいいアクセントだ。この酸味は柑橘《かんきつ》系のもののようだが、隠し味程度にオレンジのような甘味が入っている気がした。そのおかげで、酸っぱさを感じすぎずに爽《さわ》やかな風味を堪能出来る。

次にプチトマトの中にサラダを詰め込んだものを食べた。食べてから悠利は気づいたが、このサラダの味付けはケチャップを使用しているようだ。オーロラソースに近い味わいを感じる。

もぐもぐと味わって食べる悠利。プチトマトの水分と恐らくはジャガイモのペーストを味付けしたであろうサラダを噛めば両者の調和がいい感じになる。これはきっと、器のプチトマトごと食べるのが正解で間違いないな、という感じだ。

中の具材は、マッシュポテトのオーロラソース和《あ》えといったところだろうか。時々アクセントとして感じる食感は、細かく刻んだ茹《ゆ》でた豆かもしれない。お豆美味しいよねえと思いながら、悠利はのほほんと食べていた。

ありがたいのは、いずれもフォークで刺してしまえば簡単に食べられることだ。ナイフとフォークを駆使して食べるという難易度の高さではなかった。まぁ、まだ前菜なのだけれど。

個人的に悠利がナイフとフォークで食べるのが難しいと思っているのが、いわゆるグリーンサラダというものだ。野菜を箸でつまむならともかく、一体どうやってナイフとフォークで食べればいいのだろうといつも思っている。レタスの芯《しん》やキュウリなどの固さのあるものを残しておくと、最後にそれで留めてまとめることで、ペラペラした葉野菜などが食べやすいというのは聞いたことがある。

しかしこの前菜は、どれもフォークで食べやすいように作られており、難しく考えることなく食べられた。料理人の優しさが身に染みる一品だ。

いずれも一口サイズのサラダの盛り合わせ。割とあっという間に食べ終わってしまった。味わって食べていたつもりなのだが、気づいたらなくなってしまっていたのである。

そんな悠利の目の前では、ヨナスとウルグスが慣れた手つきで、カトラリーを駆使していた。確かにウルグスは食事のときの所作がしっかりしていると思っていたが、こうやって改めて見るとお育ちがいいんだなぁと感じる悠利だった。口には出さないけれど。

前菜を食べ終わると、次に出てきたのはスープだった。暑い季節だからだろうか、スープは丁寧に作られたビシソワーズだった。ビシソワーズは、ジャガイモの冷たいポタージュと考えていいだろう。

だが、一口にビシソワーズと言っても、その作り方で出来が随分と変わる。そしてこれは、流石《さすが》は大食堂と言うべきか、実に丁寧に作られた味わい深い一品だった。

「わー、生クリームのまろやかさとジャガイモの匂いが凄《すご》い。丁寧に裏ごししてあるんだなー」

感心したように呟《つぶや》く悠利。お勉強会みたいになっている。そんな悠利の姿を、相変わらずだなぁと言いたげな顔でウルグスが見ていた。

美味しい料理を食べに来たのだからただ美味しいと思って食べていればいいものを、お料理大好き少年は色々と気になってしまうらしい。普通はそんなこと気にしないぞと言いたげなウルグスの視線であるが、それにも気づかないくらい悠利は目の前の料理に釘付《くぎづ》けだった。

スプーンで掬《すく》って口の中へとビシソワーズを運ぶ。丁寧に裏ごしされたジャガイモは滑らかな食感となって口を楽しませる。それだけではない。バターや生クリームを使って丁寧に伸ばしてあるのだろう。旨味がギュッと凝縮されている。

またそれらの調味料に頼らずとも、ジャガイモそのものの美味しさがしっかりと生きているのも特徴だ。暑い季節を乗り切る冷たいスープ。あっさりとしているはずなのに、不思議と濃厚な旨味がそこにあった。

悠利は特にビシソワーズが好きというわけではないのだが、今こうして食べて、暑い季節には冷たいスープが美味しいということを噛みしめていた。実際、美味しいものは美味しいで間違ってはいない。

しっかりと味わうようにしてビシソワーズを堪能している悠利を見て、ヨナスは不思議そうな顔をしている。この子はどうしてそんなに真剣にスープを飲んでいるんだろう、という顔だ。ウルグスはそんな兄に苦笑しながら告げた。

「料理が趣味だから、こういうとこに来るとどういう風に作ってあるのかが気になるんだと。だから、こんな風にじっくり堪能するんだよ」

「それはまるで料理人のようだね」

ウルグスの説明を聞いたヨナスは、微笑みながらそう告げた。他人が作った料理を、どんな材料が使われているのか、どういう風に作られているのかと気にしながら食べるのは、彼の感覚では料理人っぽく感じたのだろう。兄の言葉を、ウルグスは否定しなかった。まぁそんな感じだよな、と思ったので。

否定したのは悠利だ。口の中のビシソワーズをきちんと飲み込んでから、口を開く。

「いえ、僕、別に料理人さんじゃあないですよ。ただ単に、料理が好きなだけです」

そんな風にきっぱりと言いきった。まぁ、実際に悠利は料理人ではなく、あくまでも料理を作ったり食べたりするのが好きなだけである。しかし、それが事実だとしても、彼の料理に懸ける情熱とか料理の腕とかは、間違っても一般人ではない。自分の料理技能《スキル》がアホみたいなレベルになっていることを、悠利はよく解っていなかった。

そんな風に和やかに雑談をしていると、メインディッシュが運ばれてきた。

ちなみに、お昼のコースはメインディッシュが肉か魚のどちらかを選べるらしく、今日はヨナスのお勧めで肉料理を頼んである。スープをじっくり味わって満足した頃合いに、次の料理が来るようになっていた。

運ばれてきた肉料理を見て、悠利は目をぱちぱちと瞬《しばたた》かせた。コースの肉料理というからてっきりステーキのようなナイフを使って切る料理が出てくると思ったのだが、現れたのは一口サイズに切られた肉料理だった。サイコロステーキのようなものに見える。

ただ、よく見るとどうにも少し趣が違うように感じられる。確かにサイコロステーキっぽいのだけれど、随分と肉の大きさが不揃《ふぞろ》いな印象を受けたのだ。

「これは、いずれも違う部位の肉を使ったステーキでね。一度に沢山の肉は食べられないけれど、一口サイズなら様々な部位を味わえるというものなんだ。色んな肉をお試しに食べるのに丁度良いんだよ」

そう、ヨナスは穏やかに告げた。言われてみれば、肉は全て同じぐらいの大きさに切られているものの、断面は別々の肉のように見える。

「お試し、ですか？」

「あぁ。肉の種類や部位は好みが分かれるからね。お昼のコースは、色々なものを食べられるようにこうなっているらしい。魚料理は一匹だから、それを思うと肉料理の方がお得かなと思って、今日は肉にさせてもらったよ」

「なるほど……。じゃあこれ、全部違うお肉なんですね」

「そのはずだよ」

ヨナスの説明に、悠利は改めて皿の上の肉を見た。食べやすいように一口サイズに切られた肉が、それぞれ異なるソースをかけられて並んでいる。ウルグスとヨナスはどれがどんな肉なのかが解っているのか、迷いなくパクパクと食べている。

なお、ウルグスはよく食べる少年なので、用意されたパンを肉と一緒に食べているのだが、パンは既にお代わりしていた。悠利はまだパンには手をつけていない。目の前の肉をじっと見ていた。

悠利の持つ鑑定系最強のチート技能【神の瞳《ひとみ》】を使えば、どんな肉でどんなソースが使われているかはすぐに判明するだろう。しかし、悠利はそれをしたくなかった。

初めて食べる《食の楽園》のコース料理である。きっちりと味わいたかった。鑑定結果でどの肉、どのソースというのを知ってしまうと、感動が薄れる気がしたのだ。

だから悠利は、全く何も知らない状態で一つの肉をフォークで口へと運んだ。何かの赤身の肉なのだろうか。表面はしっかりと焼かれているが、断面はまだ赤い。軟らかく、フォークを刺しただけで肉汁がこぼれるほどだ。

かかっているソースは緑色だった。バジルかなと思ったが、匂いを嗅《か》いでも特にそういった感じの香りはしなかった。口に入れると、肉の軟らかな食感と、表面をしっかり焼かれたことによる香ばしさがじんわりと広がる。ソースはどうやらほうれん草のペーストのようで、野菜の甘味が感じられる。何の肉かは解らないけれど、赤身の軟らかいお肉ということで、悠利はもぐもぐとその味を堪能した。口の中に広がる肉汁とソースがいい感じに合わさって、とても美味しいのだ。

一つ目で既に幸せと言いたげなふにゃりとした顔をしている悠利。次のお肉は何かなとワクワクとフォークを刺すその姿を、ウルグスとヨナスは微笑ましそうに見ていた。

彼らにしてみれば食べ慣れた料理なのだが、コース料理初体験の悠利にとっては未知の領域、そして感動の連続なのだと彼らは察してくれたらしい。普段ならば、食べながら色々と雑談をするウルグスだが、今日は悠利に声をかけなかった。この料理はどういう風に作られているんだろう？　これはどういう味なんだろう？　とわくわくしながら食べているので、そっと見守ってくれているのだ。

次の肉は、一つ目の肉に比べて脂が多いように見えた。サシが入っているというべきなのだろうか。霜降りとまではいかないが、脂と赤身のバランスが絶妙だ。赤い断面に白いサシが入っているような肉。

これはどんな味なのだろうかと、悠利は口の中に二つ目の肉を運ぶ。口の中に入れると、こちらも同じく表面の香ばしさと中の肉汁がじゅわりと口の中を満たした。一つ目の肉と違う点は、その肉汁が脂の旨味をギュッと凝縮させたように感じる部分だろう。味わい深いというか、濃厚というか、肉を食べている！　という感じのパンチがある。

ソースはシンプルな塩と胡椒《こしょう》をベースにしたものらしく、悠利の感覚でいうと塩だれのようなソースがかかっていた。そのシンプルな味わいが、肉の脂の旨味を引き立てているともいえる。こちらもまたとても美味しい。先ほどの肉に比べて味が濃いように感じるなぁと悠利は思う。

そうやってゆっくりと肉を堪能すると、悠利はやっとパンに手を伸ばした。そうだった、パンも食べなくちゃと思ったのだ。別に忘れていたわけではない。ただ、目の前の肉に心が奪われていただけである。

本日のパンは、バターロールのようなふんわりとした軟らかなパンだった。形がロールパンのようになっている。バターが添えられているので、ちぎってそのバターをつけて食べてみる。バターも上質なのか、口の中に含んだ瞬間にふわりと旨味が広がった。パンから感じる小麦の甘味、バターの塩気、その二つが合わさって何とも落ち着く味がした。

今まで出てきた料理はちょっと豪勢な味わいで、食べ慣れない雰囲気があったのに対して、パンは焼きたてふわふわという感じで、どこか馴染《なじ》みがある。勿論《もちろん》、普段食べているパンより美味しいと感じはするのだが、パンの味やバターの味というのは普段食べているものとそれほど違っているようには感じないので、何だかひどく落ち着いたのだ。

「肉を食べ終わったら、後はデザートだからな」

「僕は美味しかったけど、ウルグス、これで足りるの？」

「パンをお代わりしたし、そもそも俺のは肉が大盛りだ」

「大盛りにしてたんだ」

「気づかなかったのかよ」

「食べるのに必死で」

あははと悠利《ゆうり》は笑った。確かに言われてみれば、運ばれてきたときにウルグスの分は肉が随分とたくさん載っていたような気がしなくもない。パンのお代わりを流れるように頼んでいたのは知っているが、肉に関してはあまり気に留めていなかった。

「王都では、本来コース料理というのは魚料理と肉料理があって、その二つの間に口直しのソルベもあるのだけれどね。このお昼のコース料理は手軽に食べられるようにと、肉か魚のどちらかを選んで食べるようになっているんだ」

「そういうことになっているんですね」

「そうすることで値段も下げられるからね。お昼のコース料理を食べて興味を持った人が、夜に本格的なコース料理を食べに来てくれれば良いというスタンスらしいよ」

「なるほど。確かに、お昼のコース料理ならちょっと頑張れば手が出せそうですもんね」

ヨナスの説明に、悠利はしみじみと呟いた。何せここは、大食堂《食の楽園》だ。庶民お断りというわけではないが、それなりのお値段である。勿論、値段に見合う美味しい料理を提供しているのは、皆が知っている。

だからこそ、品数を減らして値段を抑えたお昼のコース料理は、ちょっと食べてみたいと思う人々に魅力的なのだろう。周囲を見てみれば、悠利達と同じ料理を食べている人々の中には、ごく普通の庶民という雰囲気の人もいた。奮発して美味しいものを食べに来たのかもしれない。

「そしてね、このお昼のコース料理には、夜のコース料理も食べてみようと思わせるだけの美味しさがある。少なくとも店側は、そういう意図で提供しているらしいよ」

「解ります。だってお料理、とっても美味しいですから」

悠利は大真面目な顔で頷《うなず》いた。ヨナスの説明は納得出来るものだった。ちょっと奮発してお昼のコース料理を食べてみた人が、その美味しさに魅了されて夜のコース料理を食べられるように頑張ろう、と思う姿が想像出来る。実際、悠利も夜のコース料理がちょっと気になっているぐらいだ。

料理の味で客を引き込める自信があるからこそ、お昼にリーズナブルなコース料理を提供しているのだろう。ある意味でこれは、料理人のプライドによって用意されているのだ。

「後、あれだよ。昼から完全なコース料理ってなると、結構時間かかるからさ。これは品数少ないからそんなに時間かかってねぇけど、そもそもコース料理って順番に出てくるもんだからな」

「あっ、そっか。確かに、これ以上品数があったら、食べ終わるまで結構時間かかっちゃうね」

「そう。昼飯って、食った後に仕事がある人とかも多いだろ。だから、品数少なめのコースの方が喜ばれるんじゃないかって俺は思うけど」

「確かにそうだねー」

そんなところによく気付いたねー、と言いたげな悠利。なお、ウルグスがその考えに至ったのは、家族と一緒に夜のコース料理を食べたことがあるからだ。昼と夜を比べて、食事にかかる時間が随分と違うなと思ったのである。

口には出さないが、ウルグスが夜のコース料理も食べたことがあるのを悠利は薄々察した。察して、ウルグスはやっぱりお坊ちゃまなんだなぁ、と何度目になるか解らない感想を抱いた。あくまで心の中で。しかし顔に出ていたので、ウルグスに睨《にら》まれる羽目になる。

別にからかっているわけではないのだ。ただ、普段のウルグスのことを考えると、全然お坊ちゃまに見えないなあと思ってしまうだけで。これは別に悠利が悪いわけではあるまい。ウルグスの普段の言動はどう考えたってガキ大将のものなのだ。

というか、ヨナスを見て悠利は思った。貴族ではないにせよいわゆるお金持ちのお家ならば、こういう感じに育つのが、普通なんじゃないかな、と。なのに何で、ウルグスはこんなにも庶民感のある少年になったのだろうか、と。まあ、聞くのも野暮なので聞かないが、顔に出てしまうぐらいは許してほしい。悠利は腹芸がそんなに得意ではないのだ。

そんな風に悠利とウルグスがじゃれていると、デザートが運ばれてきた。

「ルシアさんのスイーツだ！」

ぱぁっと悠利は顔を輝かせる。先ほどもきちんと確認しておいたこのスイーツは、パティシエであるルシアの手作りだ。他の人が作ったスイーツが不味《まず》いとは言わない。しかし、お菓子作りに天賦の才を持つ職業パティシエのお姉さんが作ったスイーツは、やはり何かが違うのだ。

本日のスイーツは、季節のフルーツを使ったムースのようだ。ふわふわと軟らかそうなムースに、底にはしっかりとしたスポンジが見える。フルーツソースのかかった表面は艶《つや》やかで、それだけで食欲をそそられる。

小さなガラスの器に入っているので分量は控えめだが、それでもやはり美味しそうという感想を悠利は抱いた。このムースはもしかして、このコースにしかついていないのかもしれない。もしもそうならば、ヘルミーネに教えてあげるべきだろうと悠利は思った。

ルシアの友人で彼女のスイーツの大ファンでもあるヘルミーネは、食べたことがないスイーツがあれば食べてみたいと思うだろう。多分彼女も、ルシアのスイーツ目当てでしかここへ来ていないはずなので、コース料理は食べていないはずだ。

「いただきます」

改めて手を合わせ、悠利は目の前のスイーツと向き合う。いざ、実食である。

スプーンで触れれば表面はぷるんと弾力があるが、スプーンは簡単に入り込む。するりと入るほどに軟らかい。やはりここは底のスポンジも一緒に食べた方が美味しいよね、と悠利はぐいっと器の下までスプーンを入れた。

そうすると、ムースの真ん中にフルーツソースの層があることに気づいた。とろりと流れてくるソースが目を引く。

「贅沢《ぜいたく》仕様……」

思わず呟《つぶや》く悠利。ムースを作るときに、そもそもフルーツソースは入っているはずなのに、更に追いソースになっているとは思わなかった。間にフルーツソースを挟むことで、濃厚さが際立っている。

ぱくりと口に入れれば、広がるのは柑橘《かんきつ》の甘味と恐らくはブドウの甘味。なるほど、この紫色をしているのはブルーベリーじゃなくてブドウだったのかと悠利は思った。巨峰のような甘味と、マスカットのような爽《さわ》やかさが同居した不思議な味だ。何をどう使っているかは解らないが、ふわふわと軟らかなムースは口の中でシュワリと溶けて、フルーツの旨味が凝縮されている。

土台となっていた軟らかなスポンジも、どうやら生地にフルーツの果汁が練りこんであるらしい。

これだけを食べてもほんのりと甘味がした。

「うん、やっぱりルシアさんのスイーツは美味しい」

幸せそうな顔をする悠利。ふとテーブルを見れば、スイーツと共にどうぞと言わんばかりに運ばれてきていた紅茶があった。ウルグスは悠利と同じく紅茶であった。ヨナスだけがコーヒーだ。コーヒーはやはり大人の飲み物なのだろう。少なくとも悠利は紅茶の方が好きである。おそらく、ウルグスが事前に兄に悠利は紅茶の方が好きだと伝えたことがあるのだろう。多分。聞かれなかったのに紅茶が出てきていたので。

甘いスイーツと温かな紅茶を飲んで幸せに浸る。一通り料理を食べて思ったのは、意外とお腹を満たしたのはビシソワーズだったなぁということである。ジャガイモのスープは美味しいだけでなく、腹持ちも良いらしい。

「どうだったかな?」

「とっても美味しかったです。ごちそうさまでした」

「ごちそうさまでした」

悠利が挨拶《あいさつ》をすると、ウルグスも釣られたように言う。ヨナスも口の中で何かを呟いていたようだ。もしかしたらお祈りの言葉か何かなのかもしれない。

「それじゃ食事も終えたことだし、外へ出ようか」

「はい」

立ち上がり、三人は連れだって歩いていく。ずっと大人しくしていたルークスも、彼らの動きに同調してぽよんぽよんと跳ねている。

すれ違う店員に美味しかったです、と言葉をかける悠利。これはいつものことなので、ウルグスも特に気にしていない。

そして、会計場所にたどり着いたところで悠利はお財布を出そうとしたのだが、何故か先を行くヨナスはそのまま素通りした。ウルグスも平気な顔でそれに続いている。悠利は思わず声をかけた。

「ウルグス、あの、お会計！」

「あぁ、家で払ってくれるってことだろ、兄さん」

「そりゃ勿論、年長者として払わせていただきます。さぁ、行こう。後ろがつかえているからね」

「えっ、あの、ええー⁉」

奢《おご》ってもらうことに対する抵抗が多少あるのも事実だが、それ以前にヨナスがお財布を出さなかったこと、つまりはお会計をしていないという衝撃の方が強い。まさか先ほど聞いたツケ払いを、目の前で見せられるとは思わなかった。いや、ツケ払いというのが正しいかは解らないのだが。他に丁度良い言葉を悠利は知らないのだ。

店員の方も慣れたものなのか、「いつもありがとうございます」などと穏やかに声をかけてくる。ヨナスとウルグスがそうやって歩いていくので、悠利だけ「お支払いします」と言える空気ではない。仕方なくルークスを連れて二人の背中を追うのであった。

「お金払わなかった……。お坊ちゃまの生活、よく解らない……」

思わず呟いた悠利であるが、まあ庶民の彼にとってはそういう反応になる。仕方ない。未知の世界、衝撃の瞬間であった。まさか自分がそれに遭遇するとは思っていなかったので、余計にだ。

とはいえ、お昼のコースはお手頃価格でとても美味しかったので、皆にもお勧めしてみようと思う悠利でした。美味しいものは共有したいので。

なお、帰宅後、ヘルミーネに話をしたところ、「何それ！　そのムース、私知らない！」ということで、やはりあれはコース料理限定のデザートだったらしい。食べられてよかったなぁと思う悠利の背後で、お昼のコースを食べに行かねばと燃えるヘルミーネの姿があった。後、彼女と同じように燃えているブルックの姿もあるのだが、まあそれはまた別の話である。

◇◇◇

失せ物捜し。言葉にすると簡単だが、実際はとても難しいものである。捜す失せ物が何かにもよるが、求めたものが見つからないことも多々ある。

昼食を終えた悠利達は、ヨナスの捜し物を見つけるために場所を移動していた。向かったのは、中古の装飾品が売られている店が並ぶある一角だ。ディスカウントストアみたいな感じで、中古品を売る店というのはどこにでもあるらしい。

ここは、富裕層の住む地域と一般層の住む地域の間にある。物によっては高いのだが、中古ということで少しお手頃に買えたりもする。

ちなみにこの中古品は、持ち主が売りに来たり、ダンジョンなどで拾われたりしたものだ。落とし物がこういうところに流れるケースもあるようで、ヨナスは中古品を売る店に捜しに来ているのだという。

富裕層の住む地域と一般層の住む地域との中間に位置するだけあって、客層もさまざまだ。悠利のようなザ・庶民という者達もいれば、ヨナスのようにちょっとお金持ちみたいな雰囲気を漂わせた者達もいる。また、お貴族様の使いなのか、使用人らしき方々もいる。

それを見て、悠利は傍らのウルグスに言葉をかけた。

「偉い人とかお金持ちでも、中古の商品って買うんだね」

何となく、お貴族様は中古品を買わないと思っていたのだ。ピカピカの新品を手に入れられるだけの財力があるのに、何でわざわざ中古品を買い求めるんだろう、と思ったのである。そんな悠利に、ウルグスは端的に説明してくれた。

「もう作られてない商品とかだったりすると、中古で探すしかないからなぁ」

「あぁ、なるほど。確かにそういうことはあるね」

その感覚は悠利にも理解出来る。作り手がいなくなった商品とか、型が廃番になった商品などは中古で探すしかない。本当は新品で欲しいけども、もう作られていないのなら、せめて中古でもと思う人がいるということだ。

問題はその商品の出所がクリーンであるかどうかという話だが。尤《もっと》も、目に入る店舗には、不正をしているような、所謂《いわゆる》裏稼業で手に入れた商品を扱っているような気配はない。となれば、やはり持ち込んできた側がどうか、という話になるのだろう。落とし物や盗んだ物をこういうところで売りさばく輩《やから》がいると、出所が一気に怪しくなる。

悠利《ゆうり》の疑問を受けて、ヨナスが説明をしてくれた。

「一応、売り買いのときには相手の身分証を確認したり、商品をきちんと確認したりするようになっているよ。ただし、本人が本当に道端で拾っただけの場合は、それが誰かが捜している物だと結びつかない可能性もあるから困るんだけどね」

「そういうの、解らないものなんですか？」

「品物自体の目利きは出来ても、技能《スキル》の鑑定と違って見えないことが多いからなぁ」

「そうなんですね、鑑定の技能って本当に凄《すご》いんだな」

「お前、今更言うか？」

「あんまり実感湧かなくて……」

あははと笑う悠利。何せ悠利にとっては、気づいたら生えていたぐらいの技能である。たとえそれがこの世界で唯一のものであろうと、色々と規格外すぎる最強のチート技能様だろうと、悠利にとっては異世界にやってきたら何か勝手に生えていた技能でしかない。なお、技能の主な使い道は、野菜の目利きと仲間の体調管理である。色々と間違っていた。

そんな雑談をしつつ、ヨナスの案内で訪れた店で悠利達は品物を確認する。

まず、ヨナスが職場の先輩から聞いていたネクタイピンの情報を基に、それらしい商品を捜す。そして、悠利がそれを技能で確認する。店主に事情を説明し、見つかった場合はきちんと買い取る旨を告げた上での行動である。

しかし、結果は惨敗。抜群の精度を誇る【神の瞳《ひとみ》】さんに見抜けないものはない。その【神の瞳】さんが、「これはお捜しの品ではありません」と言っているのだから、そういうことなのだろう。

「うーん、どうしてですかね？　こんなに捜してるのに全然見つかりませんね」

何でだろうと首を傾《かし》げる悠利に対して、ウルグスの方は至って落ち着いていた。まだ売られてないってことかもなぁ、と呟いている。ヨナスも落ち着いている。どうやら彼らは、見つからないのが普通だと思っていたらしい。

悠利がこんな風に「何で見つからないのかな？」と思っているのは、今までだいたい失せ物捜しは【神の瞳】さんのおかげでスムーズに進んでいたからである。その今までの状況は、幸運∞が仕事をしていただけだということを、彼はあまり理解していない。

ヨナスが捜しているネクタイピンは、それほど珍しい作りではない。だからこそ、これかなと思う商品の数も多い。悠利はそれを一つ一つ丁寧に鑑定するのだが、どれだけ頑張っても結果は芳しくないのだ。三軒目の中古品店を後にした頃には、悠利はちょっぴりしょんぼりしていた。

お手伝いを頑張るつもりではあるが、見つからなかったらどうしようという気持ちになっているのだ。ヨナスの方は気長に探すつもりでいたのか、それほど気にしてはいない。ウルグスも同じく。悠利はお役に立てると思ったのに立てていないので、悲しんでいるのだ。

そんなときだった。視界を赤に近いオレンジ色が通り過ぎていくのが悠利に見えた。【神の瞳】さんの示す警戒色だ。つまりは、あんまりよろしくない相手である。

パッと顔を上げて、悠利は視線をそちらへ向けた。赤に近いオレンジ、極めて危ないと表現されている相手は、ごく普通の青年に見えた。思わず悠利は首を傾げる。とてもではないが、暴力的な行動に出そうには見えないし、自分達に危害を加えるようにも見えない。何せ、男は悠利達に全く意識を向けていないのだ。

しかし、【神の瞳】さんがそういう風に警告してきたということは、何らかの影響がある人物なのだ。

「……えー、どういうこと？」

「どうした？」

「ウルグス、あのね、何かあの人が……」

「普通の人に見えるけど」

「実は、赤に近いオレンジなんだよね」

「赤に近い……」

悠利の説明に、ウルグスは眉間《みけん》に皺《しわ》を寄せた。悠利が言う赤が危ないという意味であることぐらいは、ウルグスもちゃんと知っている。そして赤に近いオレンジということは、あまりよろしくないということも。

だがしかし、目の前の相手は彼らに全く意識を向けていないし、危険人物にも見えない。なのに何でそんな色が出るんだと言いたげなウルグスに、悠利は肩を竦《すく》めた。悠利にだって解らないのだ。

【神の瞳】さんに聞いてほしい。

とにかく、自分達にどういう風に関わってくるかは解らないまでも、悠利が示した相手が警戒するべき存在だということは二人の中で共通認識になった。ヨナスは一人よく解らないという顔をしているが、特に口を挟んではこなかった。悠利とウルグスの間でのみ通じる何かがあるのだろうと察してくれたらしい。

よろしくないという判定が出たのだから、どういう相手なのかを確認した方が良い。近寄って確認するべきか、それとも誰か応援を頼むべきか。そんなことを考えていたときだった。ウルグスが不意に、動いていた何かを引《ひ》っ掴《つか》んだ。

「え？」

「お前、こんな所で何やってんだ？」

「……邪魔」

「邪魔じゃねえよ。いや、邪魔したかもしれねえけど、とりあえず何しようとしてんのか説明しろ」

「依頼、仕事」

ウルグスが捕まえたのは、マグだった。悠利が気づかないぐらいに気配をきっちり消していたのか、それとも小さくて視界に入らなかったのか。とにかくウルグスは、そんなマグに気づいたらしい。

普段近寄らない場所でマグを見かけたので、思わず襟首を掴んだのだろう。マグは実に面倒くさそうな顔をしている。ウルグスに襟首を掴まれているので、動けないようだ。「依頼、仕事」と口にしていたので、その用事でここにいたのだろう。

とりあえず、悠利はウルグスに捕獲されたままのマグに声をかけた。聞いたら答えてくれるだろうと思って。

「マグ、何しているのか教えてもらっても良いかな？」

「依頼」

「依頼って、誰からの？」

「ギルド」

「……ウルグスごめん、僕、よく解らなかった……」

「いや、今のはそれ以外に説明ねぇみたいだな。冒険者ギルドで仕事を受けてきて、ここをうろちょろしてたってことか？」

ウルグスの言葉に、マグはコクリと頷《うなず》いた。冒険者ギルドの依頼ということは、正規の仕事だ。マグは見習い組だが、自分に出来る範囲で仕事を受けているのでそこは問題ない。

「お前が追ってたの、あの男か？」

「……諾」

それがどうした？　と言わんばかりのマグである。小柄な少年であるマグは、スラム出身ということもあり、気配を消すのはお手のもの。誰かを尾行したり、こっそり忍び込んだりということに長《た》けている。そんなことに長けている子供というのもどうかと思うが。

とりあえず、悠利達が警戒するべきと判断した相手をマグが尾行していたらしいということまでは理解した。そしてそれがギルド経由の依頼、つまりはお仕事であることも。

ヨナスは、こんなに小さいのに仕事をしているのか、エライねぇと言いたげな顔をしている。口に出さないだけの分別はあるのだろうが、表情が一切隠せてない。なお、マグはというと、そういえば知らない奴がいるなという感じで、ちらりとヨナスを見て、そしてふいっと視線を逸《そ》らした。野良猫が顔見知りではない人間に対して興味を失うような反応である。

実際は興味を失っているわけではなく、人付き合いが苦手なマグは若干の警戒対象としてヨナスを分類しただけだ。兄に対してそういう扱いをされても、ウルグスは何も言わなかった。マグのことはよく解っている。第一、今ここでそんな問答をしても意味はない。

「キュピキュピ！」

わちゃわちゃしている人間達に、ルークスが声を上げた。悠利の足元で大人しくしていたはずのルークスがいきなり鳴いたので、全員が視線を可愛い従魔に向ける。愛らしいスライムは、真剣な眼差《まなざ》しをしていた。

「どうしたの？　ルーちゃん」

「キュー」

ルークスは小さく鳴くと、身体《からだ》の一部をちょろりと伸ばしてまるで指差すようにした。つまりは男がどこかへ行ってしまうけれど良いのかということらしい。出来るスライムは今日も賢い。

ルークスの指摘に気づいたマグは、ウルグスに自分を解放するように目で訴える。目で訴えつつ、自由になる手足で攻撃に出ていた。なお、慣れているのでウルグスは殴られることなくマグを解放する。

解放されたマグはそのまま、遠ざかっていく男の背中を追い始めた。悠利達もついていく。ついてくる悠利達に気づいたマグは、面倒くさそうな顔をした。邪魔なんだがと言いたげである。

その気持ちは解るのだが、悠利達としても赤に近いオレンジという微妙な判定が出ている相手を野放しには出来ないのだ。切々とそう訴える悠利の気持ちを聞いても、マグはやっぱり面倒くさそうな顔をした。しかし、帰れと訴えることはしないので、一応悠利達の気持ちは汲《く》んでくれたらしい。

そうやって移動する道すがら、ウルグスはマグに事情を聞いていた。マグがあの男を尾行しているというのは解ったが、一体何故そんなことをしているのかという疑問が残る。マグの言いたいことはよく解らないので、悠利は大人しく黙っている。マグと知り合いというわけでもないので、ヨナスも同じくだ。ただし、皆でてくてくとついていくことはやめない。

目的の男が、時々立ち止まったり店をのぞきこんだりしているので、適度に休憩を挟みつつ悠利達は距離を取りながら男を追う。

「つまり、怪しい動きがあるから見張れって言われたってことか?」

「悪評」

「あー、もうやらかしてるだろうっていう目処《めど》は立ってんのか。でも、確証がないから、とりあえず動きを見張ってろと」

「諾」

「それで何でお前なんだよ?」

「大人、気づかれる」

「大人は警戒してんのか？　そういう知恵は回る、と」

二人が会話を続けているのを、悠利達は静かに聞いている。聞いているが、よくそれで意味が解るなあという感想を抱いた。マグの言いたいことは基本的に悠利にはよく解らないのだ。どうしてウルグスには解るんだろうといつも思っている。

「ウルグスは凄いね」

「はい？」

感心したようなヨナスの言葉に、悠利はぱちくりと瞬《まばた》きをした。何が凄いのだろうと言いたげな悠利に向けて、ヨナスはしみじみと呟《つぶや》いた。

「私には、彼が何を言いたいのかさっぱり解らないよ」

ああ、そういうことかと悠利は即座に理解する。そして、口を開いた。

「大丈夫です。マグの言いたいことは、ウルグス以外には解りませんから」

全然大丈夫じゃないことをきっぱりと言いきった。確かに事実なのだが、自信満々で言うことでもあるまい。

そんな風に歩いているときだった。男のポケットから、何かがポロリと落ちた。地面に落ちる前にそれをルークスがキャッチして戻ってくる。出来るスライムの動きは素早く、前を見て歩いていた男は気づかなかったようだ。

「ルーちゃん、素早かったしナイスキャッチだけど、それ、拾ってきちゃって良いものかな？」

「キュウキュウ」

見て見てと言うように、ルークスが拾ったそれを悠利《ゆうり》に差し出す。何でこんなにやる気に満ちているんだろうと思った悠利だが、ルークスが差し出してきたものを見てぱちくりと瞬きを繰り返した。

そこにあったのはシンプルな作りのネクタイピンである。それを差し出しながら、捜し物はこれじゃないかな？　と言いたげに首を傾げるような仕草をするルークス。確かに、今まで店で見てきた商品とよく似ていた。

そして、悠利は気づいた。気づいてしまった。これは捜し求めていたネクタイピンである。【神の瞳】さんがそういう判定を出したので、間違いない。

「ヨナスさんこれです」

「え？」

「お捜しのネクタイピン、これです。あの人が持ってたのかな？」

「持ってたにしても、何で持ち歩いてんだよ」

面倒くさそうにウルグスはツッコミを入れた。確かにそうだ。偶然拾ったのならば、遺失物として届ければいい。もしくは、持ち主が見当たらなかったからと中古品店に売るとか。それもせずに何故持ち歩いていたのかという疑問が残る。

そんな風に考えていると、愉快な【神の瞳《ひとみ》】さんが新たな鑑定結果を教えてくれた。

——追記。

このネクタイピンは、落とした男が盗んだようです。

ほとぼりが冷めるまで自分で持っていて、その後売り払おうと思っていた模様です。窃盗の常習犯のようですので、注意して観察してください。


【神の瞳】さんは、今日も相変わらずだった。愉快にフレンドリーでとても解りやすく親切だが、やっぱり何かが色々と間違っていた。鑑定結果の表示文言では絶対に有り得ない。今更だが。

とりあえず見てしまったからには仕方ない。悠利は、男を尾行していたマグにとりあえず詳細を伝えることにした。情報の共有は大事だ。

「マグー、あの人窃盗の常習犯って出てるから、もしかしたら追いかけてたらどこかで盗みやっちゃうかも」

「承知」

「それを狙って見張ってんだと。で、そのネクタイピンは本当にそうなのか？」

「少なくとも、僕の鑑定ではそうなってるね。あの人に盗まれちゃったみたい」

悠利の説明に、マグは解っていると言うように返事をした。会話をしつつも、視線は男から離さない。ちゃんとお仕事をやっていた。

「盗まれるほど高価ではないって先輩は言っていたんだけれどね。まあとりあえず手元に戻ってきたから、これでいいかな？」

「それでいいんですか？」

「少なくとも、向こうが中古品店に売る前にきちんと確保出来たからこれでいいかな？」

「気付かれたらあっちに何か言われるんじゃねえの？」

「問題ないよ。落としたのを拾ったら私の知り合いが捜しているものだった。ああ、親切な人が拾ってくれていたんだなという話にしてしまうから」

向こうだって後ろ暗いだろうからねぇ、と柔らかくヨナスは笑った。何かを言われたら、窃盗犯を相手に笑顔で「貴方《あなた》が拾ってくれたんですね。ありがとうございます」と押し通すという話だ。まあ、確かに持ち主はヨナスの先輩なので、こちらが持っていても問題はないと思うのだが。

そんなことを考えていると、ルークスとマグが同時に動いた。

「え、ルーちゃん？」

「マグ、お前何やってんだよ」

悠利とウルグスが思わず声をかけるが、小柄な少年と出来るスライムの動きは速かった。そして彼らは、離れて尾行していた男と、その側《そば》にいる女性を確保した。マグが女性の腕を掴み、ルークスが男の腕に伸ばした身体の一部をクルクルと巻きつけている。

あまりに素早く移動したので、彼らとの間にちょっと距離があいてしまった。悠利達は慌てて彼らを追いかける。

「何だ、てめぇら！」

「あの、何ですか……？」

いきなりスライムに巻きつかれた男も、いきなり少年に腕を掴《つか》まれた女性も、驚愕《きょうがく》の声を上げている。しかし、マグもルークスも真剣な顔だ。どちらも譲る気配を見せなかった。

そこへ駆けつけた悠利達は、どういうことかを確認する。よく見れば、マグは女性の腕を掴んでいるが、口の開いた彼女のバッグの方を気にしていた。そしてルークスはといえば、男の手をグルグル巻きにして、かつ男が握り込んだ拳《こぶし》を開かせないようにギュッと押さえつけている。

「ルーちゃん、それ何やってるの？」

「キュピピ！」

「マグお前、もしかして……」

「現行犯」

悠利の問いかけにルークスは、見てみてと言いたげな態度。そしてマグは、淡々とした口調で答えた。あまりにも端的な答えに、ウルグスは頭を抱えた。

どうやら一人と一匹は、窃盗の決定的瞬間を目撃して、駆けつけたらしい。普段のマグならばここまで素早くは動かない。しかし、今回はこの男を尾行し、怪しい動きがないかを見張り、かつ決定的瞬間があれば確認しろと言われている。だから動いたのだろう。

それは解ったが、まだ見習いのマグが一人で動くのは危険ではないかとウルグスは頭を抱えている。まぁ、マグの言い分としては、自分と同じタイミングで動くだろうルークスがいたので、問題ないと思ったのだろう。それに、一応ウルグス達もいたので、何かあれば応援を頼めば良いと思っていたのかもしれない。思い切りが良すぎる。

「いったい何なのでしょうか？」

「あぁ、すみません。あの、ちょっと確認してもらっていいですか？」

困惑している女性に、悠利は穏やかに声をかける。「ルーちゃん、解《ほど》ける？」と悠利に問われたルークスは、心得たと言いたげに鳴いた。そして、男の拳に絡み付けていた身体の一部を器用に使って、男が握っている拳を無理やり開いた。

次の瞬間、ポトリと何かが落ちる。予想していた悠利が危なげなく受け止める。それはそれなりの細工のブローチであった。とても綺麗《きれい》な一品である。

「あの、こちら、貴女《あなた》のものではありませんか？」

「私のです。え、どうして……」

鞄《かばん》の中に入れておいたのに、と驚愕する女性にマグの静かな声が届いた。

「現行犯」

「解りづらくてすみません。窃盗の現行犯だと言いたいようです。この男が鞄の中から何かを取るのが見えたので、走ってきて止めたのだ、と」

「まぁ、そうだったんですね。ごめんなさい、驚いてしまって」

「いえ、驚いて当然だと思います」

マグが自分を助けてくれたのだと理解して、女性はぺこりと頭を下げた。態度が悪くてごめんなさいと告げる彼女に、悠利達は頭を振った。どう考えても、見知らぬ少年がいきなり出てきて腕を掴んだら、驚いて当然である。

男の方は顔を青くしたり白くしたり、まあとりあえず、大変解りやすく動揺している。何とか拘束を振り払ってこの場から逃げようとしているようだが、ルークスとウルグスに押さえ込まれて動けないでいるようだ。

体格こそ良いもののまだ少年にしか見えないウルグスと、どう見ても小さく愛らしいスライムなルークスに確保されて動けない事実に、男は驚愕していた。豪腕の技能《スキル》持ちと、超レア種の変異種かつ名前《ネームド》持ちなので諦《あきら》めてほしい。

「何なんだお前ら？」

「依頼達成」

「おい、どういうことだよ！」

「依頼達成じゃねぇだろ、マグ。これ、どこに報告するんだよ」

「……衛兵？」

「何で疑問形なんだ。……えっ、まさかお前、報告先聞いてないけど、現行犯だったからとりあえず動いたとかなのか？」

「先手必勝」

「考えずに動くなよ！」

確かに現行犯で確保は大事だけど、と小言を言うウルグスを、マグは面倒くさそうに見ていた。なお、男がギャーギャー文句を言っているのだが、誰にも相手にされていない。悠利達すら相手にしていない。

ちなみにマグが報告先を把握していなかったのは、初日でこうも簡単に尻尾《しっぽ》を出すとは思わなかったので、突き出す先を聞いていなかったからだ。依頼をまさかの最速クリア状態である。どう考えても、どこかの誰かの幸運値が仕事をしているとしか思えない。

報告先が衛兵なのかギルドなのかさっぱり解らぬまま、どうすんだよと困っているウルグス。マグも顔には出さないがどうしようか悩んではいるらしい。そして、この手のことに詳しくない悠利も、どうしようかなぁと思っている。

そんな中、適切に動いていたのはヨナスだった。近くの人間に伝言を頼んだらしく、少ししたら衛兵がやって来た。大人はやっぱり動きが違う。大変頼りになる。

その後、男は窃盗の現行犯で逮捕され、ヨナスが探していたネクタイピンはそのままヨナスに預けられた。悠利の鑑定結果と、ヨナス自身が実物をしっかり確認して本物と確信出来たことから、これから先輩に届けるということになった。

すぐに届けてくるというヨナス。お礼をしたいから《食の楽園》で待っていてくれと告げた彼を見送って、悠利達はトコトコと歩いていた。

「これってトラブルに入るのかな？」

「トラブルっていうか、悠利の幸運が仕事したんじゃねえかな」

「僕の幸運って……。お仕事をちゃんとしたのはマグとかルーちゃんだよ？」

「いや、そうじゃなくてさ。中古品店に売られてたら金払って取り戻さなきゃいけなかったけど、向こうが落としたのを拾ったんだから、結局タダで手元に戻ってきたってことじゃん？」

「うん、そうだね。でもそれも、マグが依頼を受けていたから怪しいと思って追いかけた結果だし」

僕の影響じゃないよ、と笑う悠利を、ウルグスとマグは物凄《ものすご》く胡乱《うろん》げな顔で見た。このタイミングでマグが依頼を受けて、しかも偶然悠利達と鉢合わせたということが、もう既に何か色々なものを呼び寄せる悠利の性質のように思えてならない。当人だけが解っていないが。

異世界転移の補正でもらったらしい運∞という能力値《パラメータ》のおかげで、色んなことに巻き込まれたとしても、最終的には全部いい感じに収まるというのが悠利なのだ。ウルグス達は日々そんな悠利を見ているので、「僕のせいじゃないよ」などと笑うこの少年の言葉に説得力が全然ないことを解っていた。

「まあ良いけどどな。ルークス、お手柄だったな」
「協力、感謝」
「キュピ」

ウルグスに褒められ、マグにお礼を言われたルークスは、嬉《うれ》しそうにぽよんと跳ねた。大好きなご主人様の仲間のお役に立てたことを喜んでいる。出来るスライムはそうやって皆に褒められるだけで、とても嬉しそうに笑うのであった。ルークスはとても有能なのです。

◇◇◇

なんやかんやとちょびっと騒動はあったものの、無事に失せ物は発見出来た。ミッションコンプリートである。

《食の楽園》で待っていてほしいとヨナスに言われたので悠利《ゆうり》達三人……いや、ルークスを入れた三人と一匹は、《食の楽園》の入り口付近で彼を待っていた。

ヨナスは今、無事に発見出来たネクタイピンを先輩の下へ届けに行っている。その彼が戻ってくるまで、ここで待っているというわけである。

「ところで、何でここで集合なんだろう？」

「兄さんのことだから、お礼も兼ねてお茶をしようってことじゃないか？」

「お茶？」

「あぁ。ティータイムにお茶とスイーツ食べに来てるみたいだし」

「そうなの⁉」

「何でそこまで驚くんだよ」

ウルグスの言葉に、悠利をぱちくりと目を瞬《しばた》かせた。悠利がここまで驚いたのには理由がある。今まで、ヘルミーネと一緒に何度も《食の楽園》でティータイムを楽しんでいるが、あまり男性客を見なかったからだ。スイーツ目当ての女性客は沢山いたし、その女性に連れられてきたであろう男性は見かけるが、自発的にお茶をしている男性はあまり見かけなかった気がする。

そんな悠利の考えが解ったのだろう。ウルグスが補足してくれた。

「ああ、奥にさ、個室とか半個室みたいなとこがあるから。結構そこで紅茶やコーヒー飲んでる男の人がいるらしいぜ。商談してる人とかもいるらしいし」

「商談？」

「そういう使い方もあるんだよ。まぁ、その辺はほら、店の信頼ってやつだろ？　大事な話をするのに値するというか、そういう話を外に漏らさないっていう信頼があるんだ」

「なるほど」

ウルグスの説明を聞いて、悠利は納得した。裕福な庶民やお貴族様も足を運ぶ大食堂ならば、普段悠利達が使っている場所以外のスペースもあるのだろう。やんごとなき方々や、大事な話なので他の人のいないところを、と願う客向けの個室や半個室があってもおかしくはない。

普段悠利達がそこへ案内されないのは、そういうことに縁がないからだ。ただ単に美味しいスイーツを食べに来ているだけなら、いつもの場所で問題ないので。

お店にも色々あるんだなあ、と悠利はしみじみと感じる。悠利は大衆食堂《木漏れ日亭》の庶民ご飯が大好きだし、安くて美味しいものが食べられるあの店は天国だと思っている。わいわいがやがやとした下町の雰囲気も味わえるし。

しかし同時に、あの店で静かに相談というのは無理だろうなとは思っている。元気にくるくると動くウェイトレスさんと、それにちょっかいをかけたり、日常会話を楽しんだりする常連さんで賑《にぎ》やかに盛り上がる。《木漏れ日亭》はそういう食堂なので。

そんな風に雑談をしていると、用事を終えたらしいヨナスがこちらへ向かってやってきた。ゆっくりとした足取りだったヨナスは彼らの姿を認めると、小走りになってやってくる。その表情は親しみに満ちていて、待たせてすまないという感情が剥《む》き出《だ》しだった。

考えていることが顔に出やすいのか、それとも弟とその友人だからこそ、解りやすく顔に出しているのか。まぁ、そのどちらであろうと悠利には構わない。ヨナスが好ましい人物だというだけである。

「待たせてしまってすまないね。先輩にネクタイピンを渡してきたらとても感謝されてしまって」

「そりゃあ、大切なものですからね。戻ってきたら嬉しいと思います」

「兄さんが捜さなきゃ、こんなに早く見つからなかっただろうしな」

「皆が手伝ってくれたことを伝えたら、君達にお茶をご馳走《ちそう》してほしいと言われてね。そうでなくても一緒にお茶をしようと思ってたんだけど、先輩に軍資金をもらったから遠慮なくティータイムを楽しもう」

「はい」

こういう厚意は喜んで受けておくべきだと思っている悠利は、満面の笑みで答えた。ウルグスは兄と一緒に過ごすことに抵抗はないので、普通の顔をしている。約一名、何で自分がそれに巻き込まれているんだろう、と言いたげなマグがいるだけだ。

仕事は終わったのでと言わんばかりに立ち去ろうとしたマグの襟首を、ウルグスは慣れた手つきで掴んだ。

「……何故」

「この話の流れだと、お礼される対象にはお前も入ってんのに、何故じゃねぇよ」

「……否」

「お前が現行犯で捕まえるのに協力したから、手っ取り早く手元に戻ってきたんじゃねぇか」

「報告」

「心配しなくても、衛兵からギルドの方に報告はいってるだろ」

「……諾」

人付き合いがあまり得意ではないマグは、色々と口実をつけてこの場から離脱しようとしていたらしい。しかし、兄がマグにもお礼をするつもりだと理解しているウルグスは、先手を打って彼を捕まえたのだ。いつも通りの二人である。

なお、相変わらずマグの言葉は単語なので、何を言っているのかよく解らない。悠利は首を傾《かし》げていたが、ウルグスが説明しながら会話をしてくれるので、大変助かっている。これもまた、《真紅の山猫《スカーレット・リンクス》》の面々にしたらいつもの光景だ。

けれど、何も知らないヨナスの目から見たら不思議な光景だろうなあと思って視線を向ける悠利。案の定、ヨナスは驚きと尊敬を合わせたような眼差《まなざ》しでウルグスを見ている。先ほども言っていたが、どうしてマグの言葉が解るのだろうという感じなのだろう。それは皆が思っているので、その気持ちは大変よく解ると悠利は静かに頷《うなず》いた。

とりあえず自分も同行しなければいけないのだということを納得したマグを、ウルグスはやっと解放した。納得させる前に解放すると、このマイペースな少年は逃げ出してしまうに違いないのだ。

それが解っているので悠利は、もう一押しが必要だなと思い、マグを見て笑った。

「マグ、一緒にお茶するの、楽しみだね」

「……」

悠利の言葉に、マグはピタリと動きを止めた。にこにこ笑顔の悠利を見て、マグはいつも通りの無表情で問いかけた。

「楽しみ？」

「うん、楽しみだよ。マグと外でお茶をすることってないしね。ルシアさんのスイーツはとても美味しいよ」

心底楽しみだというように悠利に言われて断れる者は、《真紅の山猫》にはいない。それはマグも同じで、しばらく無表情で考え込んだ後に彼はこくりと頷いた。一緒に行くという意思表示だ。

良かったと嬉しそうにしている悠利と同じく嬉しそうなヨナスの背後で、ウルグスはボソリと「こいつホント解りやすい」と呟《つぶや》いた。マグは何だかんだで悠利には甘いのだ。

なお、これが聞こえているとマグの反撃を受けるのが解っているので、聞こえないように口の中で呟いただけである。あの小さな仲間は容赦なく攻撃をしてくるのだ。ウルグスとしても、こんなところで騒動は起こしたくない。何せ今は側《そば》に兄がいるので、そういうやりとりを見せたくないという、まあちょっと恰好《かっこう》をつけたいお年頃なのである。

とにかくお茶をすることに全員の同意が得られたので、悠利達は店内へと足を運んだ。ヨナスはティータイムの時間でも常連なのだろう。彼の顔を見た店員が心得たように、悠利達を案内していく。案内される先は、いつも悠利がヘルミーネ達と一緒に使っている場所とは違った。先ほどのウルグスの話に出てきた、個室や半個室ばかりの場所なのだろう。

案内された先は、扉を閉めれば個室になるような区切られた場所だった。今は風通しを良くするためなのか、扉は開けられている。四人がけのテーブルに案内されて席につく。ルークスは大人しく、定位置の悠利の足元に座った。

悠利が《食の楽園》を訪れることはしょっちゅうあるので、店員達もルークスがくっついていても何も言わなかった。従魔だから安全と判断されたわけではない。周りの客に迷惑をかけないように躾《しつけ》が行き届いており、なおかつ許可が出たならば掃除もやってくれるような賢いスライム。何やかんやで顔見知りになっているので、ルークスを見る店員達の目も優しかった。

「何か食べたいものがあるなら好きに頼んでくれていいのだけれど、そうでないのならケーキセットはどうかな？」

「ケーキセット、良いですよね」

ヨナスの提案に、悠利は真面目な顔で言った。ケーキセットとは、決められた中から好きなケーキ一つと飲み物を選ぶものだ。単品で頼むよりもお手頃価格なので、人気のセットである。

ケーキのサイズはお茶を楽しむためということで、それほど大きくはない。小腹を満たすのに丁度良い大きさだ。がっつり食べたい人は、単品や料金アップで大きなサイズのケーキを頼んだり、軽食を注文したりするらしい。しかし、悠利の胃袋の大きさを考えると、ケーキセットが丁度いいのだ。晩ご飯が食べられるという意味で。

そんな悠利達の会話など聞いてもいないのか、マグは熱心にメニューを見ていた。自分も参加するとなったら、どれが美味しいかじっくり考えているようだ。マグが出汁《だし》以外のものに食いつくことはほぼほぼないのだが、別に甘味に興味がないわけでもない。甘いものも普通に食べるので、どのケーキにするかを考えている姿は微笑ましい。

それはウルグスも同じらしく、二人で一つのメニューを大真面目に見ていた。向かい合わせに座っているので、メニューを横向きに置いているのだが、気づくとマグがそれを自分の方に向けようとしているので、静かな攻防戦が起きていた。手足が出ていないので、悠利も気にせず放置している。

それにしても、ヨナスの口振りから考えるに、彼はここで甘味を食べることに慣れているようだ。お茶をしているとウルグスは言っていたけれど、この感じではスイーツもよく食べているに違いない。

「あの、ヨナスさんって甘いものお好きなんですか?」

「ああ、特別甘いものが好きというわけではないけれどね。ここのスイーツは美味しいから」

「なるほど。よく来られるんですか?」

「うん、休みの日にはよく来るね。一人のときもあるし、職場の同僚と来るときもあるかな? あちらのフロアは女性が多いから、こちらへ案内してもらってるよ」

「なるほど」

男の人でも気にせずお茶を楽しんでいるんだなと思う悠利。ただ、悠利達がいつも使っているフロアではなく個室を選んでいるあたり、やっぱり何かあるのかなと考えてしまった。

そんな悠利の耳に、実にあっさりとした答えが返ってきた。

「まあ、そもそも普段から私はこちらで食事をさせてもらっているからね」

「そうなんですか?」

「うん、家族と来るときとかもこちらかな。だから今日の昼は珍しくあちらのフロアに案内されて、新鮮な気分だったよ。その方が、君が身構えないと思ったみたいでね」

「そうだったんですね」

昼に案内されたのがいつものフロアだったのは店員による悠利への気遣いで、特に他意はなく、普段からこちら側を使っているだけという答えに、目から鱗《うろこ》が落ちたような気がした。甘味好きを隠して(仲間達には全然隠せていないし、隠すつもりもないだろうが、対外的には一応隠している)、こっそり楽しもうとしているブルックへの援護射撃になるのではないかと思ったからだ。

悠利はそう思ったのだが、その考えは傍らにいたウルグスにすぐに否定された。

「ユーリ、多分今の話をしても、ブルックさんは一人で来ないぞ」

「何で僕の考えてること解ったの?」

「何となくな。んで、ブルックさんの場合は、そもそも店の前に立っただけですっごく注目される」

「あっ」

凄腕《すごうで》剣士殿は、普通にしていても何やらオーラがある。別に殺気がダダ漏れというわけではないのだが、立ち居振る舞いに人目を引きつける何かがあるのだ。つまりは目立つ。目立つので、彼がここへ足を運ぶと、それだけで注目の的になるらしい。

「そもそもな、ブルックさんって滅茶苦茶強いから、憧《あこが》れている奴も多いんだ。そういう意味で周囲の視線が集まると思う」

「うん」

「で、注目を集めるっていう意味ではそもそも店の前に立った段階でそうだから、今と変わらない」

「なるほど」

「それに、食事は他の店で楽しんでるだろ？　それなのにいきなりここに入り浸ったら、それはそれで注目の的だぞ。特にティータイムだったら尚更」

重ねて説明されて、悠利《ゆうり》はそっかぁと呟いた。名案だと思ったのだが、あんまり解決策にならないようだ。

「じゃあやっぱり、今後も僕とかヘルミーネとかと一緒に動く方が、ブルックさん的には平穏なのかなあ？」

「そうなんじゃねぇかと思う」

何かとお世話になっているブルック。甘味大好きなクール剣士殿が心置きなくスイーツを楽しめる環境になればいいなぁと悠利は思っている。しかし、現実は色々と難しそうで、今までと同じ感じで動く方が良いかもしれないと結論づけた。

ヨナスは、ウルグスと悠利が何を話しているのか意味が解らず首を傾げ、答えを求めるようにマグを見た。しかし、人見知りの気があるマグは、そんなヨナスの視線からふいっと目を逸《そ》らした。お前と口を利く必要はない、みたいなオーラである。

なお、これは別にヨナスを嫌っているわけでも警戒しているわけでもない。いや、警戒はしているかもしれない。一応ヨナスがいない間に説明を聞いて彼がウルグスの兄だと知ったのだが、マグにとっては知り合って間もない人なので。ただ本当に、これはマグの態度としてはデフォルトだ。クランの仲間達に対して親しく振る舞っていることが例外なのである。

そんな風にわちゃわちゃしつつも注文を終え、ケーキが届くのを楽しみに待つ。それぞれケーキセットを頼み、飲み物はヨナスがコーヒーでそれ以外は全員紅茶である。やはり味覚がまだお子様の面々には、コーヒーはちょっと苦いようだ。悠利はカフェオレが好きだが、コーヒーと紅茶しかなかったので、紅茶を選んでいる。

もっとも、コーヒーが嫌いなわけではない。苦いのがちょっぴり苦手なだけで、コーヒーゼリーとかは好きだ。もうちょっと苦味がましだったらなぁと思ってしまうのは、やはり味覚がお子様なのだろうけれど。

頼んだケーキは、悠利が二層のチーズケーキ。これはレアチーズとベイクドチーズの二つの食感が楽しめるちょっぴりリッチなケーキだ。ウルグスはチョコレートを練り込んだ生地が美味しいチョコケーキ。マグは、フルーツのたくさん載ったフルーツタルト。ヨナスは生クリームと季節のフルーツを使ったショートケーキを選択していた。ケーキの名前は何やら色々と小難しく書いてあったのだが、悠利が見た感じはそういう種類のケーキである。

なお、従魔のルークスは特にケーキに対する欲求はないので、大人しく悠利の足元にいる。じっとしているのだが、個室なのでちょっとぐらい動いてもいいかなというように、視線をキョロキョロと動かしている。

他に誰もいないのを確認すると、テーブルの足や椅子の足に身体《からだ》をくっつけて埃《ほこり》などを吸収し始めた。掃除が行き届いていないというわけではないが、人が動くとどうしても埃がたまる。そしてルークスは、そういうものを見つけると掃除をしたくなってしまうのだ。別に自動掃除機ではありません。ただの出来る可愛いスライムです。

「それじゃ遠慮なく食べてね。代金は先輩からもらったから心配しなくていいよ」

「ご馳走《ちそう》になります」

ぺこりと頭を下げて、悠利はフォークを手に取った。マグは特に何も言わないが、悠利に倣うように頭を下げているので、同じ気持ちなのだろう。ウルグスは弟らしく兄の奢《おご》りに慣れているのか、特に何かを気にした風もなくケーキに手を伸ばしている。

悠利はフォークを使って、目の前のチーズケーキを一口サイズに切る。上はレアチーズケーキの軟らかさ、下はベイクドチーズケーキのどっしりとした重さを感じる。二層のチーズケーキを「あぁ綺麗《きれい》だなぁ」という感じで見ていた。実際、見た目がとても綺麗だ。

しばらく見た目を楽しんでから口に運ぶと、濃厚なチーズの香りが鼻を突き抜ける。だが、決して不快になるほど強すぎるわけではない。プルプルと軟らかなレアチーズケーキの部分。しっとりとしていながら、食べ応えのある存在感を持つベイクドチーズケーキの部分。両者は使われているチーズが若干違うのか、風味が異なるように感じられた。その異なる二つのチーズの旨味が見事に調和し、口の中で幸せのハーモニーを奏でるのだ。

よく噛《か》んで、しっかりとチーズの旨味を堪能《たんのう》してから飲み込む。チーズの余韻を感じたまま砂糖を少し入れただけの紅茶を飲めば、スッキリとした紅茶の香りとチーズの旨味が合わさって何とも言えない気持ちになる。

そんな風に悠利はじっくりと味わって食べているのだが、お腹が空《す》いていたのか、マグはフルーツタルトをそこそこの大きさに切ってパクパクと食べている。一応、果物とタルト生地はしっかり噛まなければ食べられないので噛んではいるのだけれど、何やら食べる速度が速い。

少しは味わって食べたらどうかなと言いかけて、悠利はやめた。マグはマグなりに美味しいと思って食べているようなので。普段、出汁関係以外はあまり表情筋の動かない少年であるが、口元は確かに笑んでいる。ならいいかと思うことにした悠利だった。

マグの頼んだタルトは、タルト生地がフォークで切れる程度の硬さだ。タルト生地というのは、硬いものからフォークで切れるくらいの軟らかなものまで色々とある。今マグが食べているものはフォークで切れるタイプなので、特に食べやすいのだろう。もりもりと食べ進め、あっという間にフルーツタルトを完食してしまった。

ウルグスの方は、生地にもしっかりチョコレートの練り込まれたチョコケーキ。濃厚なチョコの旨味を感じるケーキを、実に美味しそうに食べている。こちらは比較的ゆっくりだ。

噛めば噛むほど濃厚なチョコの旨味が口に広がるのだろう。紅茶はストレートで飲んでいるが、それで特に苦さを感じている雰囲気はない。むしろ、チョコの甘さにはストレートの紅茶が丁度良いのだろう。

ヨナスが頼んだショートケーキは、スポンジに生クリームを挟んだ軟らかそうなケーキ。中に入っているのは季節のフルーツらしく、複数の味が楽しめるようだ。チラリと見えた断面から判断するに、ブドウが入っているらしい。ショートケーキは中に挟む果物によって色々と味わいが変わるので、それを楽しめるのが魅力的だ。

皆が穏やかに、思い思いにケーキを楽しんでいたときだった。自分の分のタルトを食べ終えていたマグが、じっとウルグスのチョコケーキを見ているのである。

「何だよ……」

「美味？」

面倒くさそうに声をかけてきたウルグスに、マグは静かに答えた。美味しいかどうかを聞いているのだろう。ウルグスは胡乱《うろん》げな顔をしながらも、「ああ、美味いぞ」と答えている。

そんな二人のやりとりを見ていた悠利は、これはもしかして何かが起こるんじゃないかと思った。こういう悪い予感ほど当たるもので、マグは手にしたフォークをウルグスのケーキに向けて突き刺そうとした。ウルグスは予想していたのか、皿を持ち上げてマグの攻撃からケーキを守っていた。

途端に始まる口喧嘩《くちげんか》。いつもアジトで聞いているような、お馴染《なじ》みの二人のやりとりが始まった。

「お前は何がしたいんだ！」

「美味」

「いちいち取る必要はねぇよな⁉」

「美味」

「食べてみたかったんなら、何でこっち頼まなかったんだよ」

「タルト、美味」

「フルーツタルトが美味《うま》そうだったんだな。じゃあそれ食べたんだからもういいだろ。これは俺のチョコケーキだ！」

ウルグスが通訳よろしく説明しながらツッコミを入れてくれているので、どういう状況か把握しやすくて助かる。マグは、ウルグス相手にならば我が儘《まま》を言ってもいいと思っている節があるので、ちょっとぐらい分けてくれても良いじゃないかというスタンスなのだろう。

ただし、マグのちょっとは全然ちょっとじゃないし、そもそも遠慮もなく、いきなり強奪に来るので、こういう風になってしまうのだ。一応今回は予備動作みたいな前振りがあったので、ウルグスもケーキを守れたのであった。

悠利にとっては見慣れた光景なので、特に気にせずもぐもぐと食べている。相変わらず仲良いよねぇ、みたいなノリだ。

しかし、ヨナスはそうもいかない。突然始まった口喧嘩に驚いて、思わず口を挟んだ。

「お代わりをしたいのなら、頼んでくれて構わないよ」

その言葉に、ピタリとマグが動きを止める。ウルグスの分を取らなくても良いのかと言いたげにヨナスを見ている。……なおウルグスは、そもそも俺の分を取るなとツッコミを入れている。

「君の分は好きに頼んでくれて良いんだよ」

優しいその言葉に、マグはじぃっとヨナスを見ている。ヨナスの発言が本当かどうかを見定めるような眼差《まなざ》しだった。ウルグスはと言えば、それでこいつが大人しくなるのか？　みたいな雰囲気である。

しかし、ウルグスの心配は杞憂《きゆう》だった。マグの目的は美味しいチョコケーキを食べることなので、お代わりをしても良いなら大人しくなる。そして彼は、メニューに記されたチョコケーキを無言で示した。これが食べたいという意思表示なのだろう。

「それじゃお代わりを頼もうか。ウルグスはいらないのかい？」

「俺は、ユーリが食べてたチーズケーキで」

「解った。ユーリくんはどうかな？」

「僕はいいです。ケーキ二つも食べたら晩ご飯食べられなくなっちゃうので」

「それはあるね」

楽しげに笑うヨナスは、流れるように注文をしている。悠利はちらりとマグを見た。マグはご満悦である。やったぜ！　みたいなノリだった。

これで味をしめないでくれればいいけれど、とちょっと思う悠利だった。ごねればお代わりが与えられると学習されると、大変困る。ただまあ、今日が例外中の例外であることぐらいはマグも解っている。ヨナスの奢りだからこういうことが許されていると、ちゃんと解っている。普段のマグなら多分、こんな我が儘を言わないだろう。……多分。

「お前、何なんだよ、今日……」

面倒くさそうにウルグスが脱力しながら呟《つぶや》いたが、マグは特に答えなかった。答える必要性を感じないとでも言いたげだ。

というか、既に心はチョコケーキに向いているのかもしれない。或《ある》いは、許されるならもう一個頼もうとか考えている可能性もある。この小柄な少年は、見た目の割によく食べる。食べて良いのだと解ったときは、小さな身体のどこに入るのかと思うほどに食べるのだ。

何だかんだで愉快なティータイムは過ぎ去り、美味しいケーキを堪能する悠利達なのでした。人助けの後のおやつは最高です。

閑話一　気分転換にゆで玉子のナムル

「ただのゆで玉子も、定番になりすぎちゃってる、かぁ」

ぽつりと悠利《ゆうり》は呟いた。完成してから塩水に漬け込んで塩味がついたゆで玉子も、めんつゆに漬けて茶色く色付いた煮玉子も、何だかんだで《真紅の山猫《スカーレット・リンクス》》では定番メニューとなっている。それが悪いわけではないが、マンネリにも繋《つな》がる。

とはいえ、ゆで玉子はとても便利だ。そもそも《真紅の山猫》には卵とジャガイモとパンは沢山用意されている。他の食材が尽きても、この三つだけは切らさないように準備されているのだ。つまりは困ったときの卵様である。

その上、ゆで玉子は冷めても美味しいので、作り置きが出来る。大人数の食卓を預かる身としては、とてもとてもありがたいのだ。となれば、ゆで玉子を使って皆がマンネリ気分から脱却出来るようなメニューを用意するべきだろう。

煮玉子も塩味のついたゆで玉子も飽きたと言われてしまったならば、一手間加えてちょっとリッチなゆで玉子を用意するしかあるまい！　そう、悠利は、勝手に燃えていた。別に皆は煮玉子やゆで玉子が美味しくないと言ったわけではないし、出さないでくれと頼んだわけでもない。単に定番メニューとなったので、慣れてきたよなぁみたいな話をしただけである。つまりは、悠利が勝手に燃えているだけだった。

「ゆで玉子のちょっと味を変えたやつ……。サラダはまた違うよねぇ……」

うーん、と一人で考え込む悠利。ゆで玉子のサラダはそれはそれで美味しいが、こちらはポテトサラダなどでも似たような味になるので、なんか違う気がした。作り置きが簡単に出来て、その上食が進むゆで玉子料理。さあ、何かあるかと色々と考える。その姿はちょっと楽しそうだった。

悠利は料理が好きだし、美味しく食べてもらうのが大好きだ。なので、こういう風にメニューを考えるのは、結構楽しんでやっているのだ。

しばらく考えて、悠利はおあつらえ向きのレシピを思いついた。簡単に作れて、皆が喜ぶ味付け。ご飯が進むおかずに仕立ててあげれば、きっと喜んでくれるだろうと考えて、そのメニューに決めたのだ。

「よし、ゆで玉子のナムルにしよう」

いい考えだと悠利は笑顔になった。ナムルは今まで色々な野菜で作ってきたが、ゆで玉子ではまだ作っていない。そういう意味では目新しさもあって、きっと皆が喜んでくれるだろう。

作るものが決まったら、後は準備をするだけだ。まずはゆで玉子を作るところからスタートである。

「鍋《なべ》にお湯を沸かしてーと」

ゆで玉子を作るのは簡単そうで、ちょっぴりコツがいるのだが悠利にとっては慣れたもの。いつもと同じように作ればいいよね、みたいになっている。そんな風にやる気満々な悠利の背中に、突然声がかかった。

「支度？」

「うわぁ！　マグ、いつも言ってるけど、気配を消して近づかないで！」

「謝罪」

いつの間にか背後にいたマグに突然声をかけられて、悠利は驚いた。驚かせるつもりはなかったのだろう。マグは素直に謝ってくれた。

今の台詞《せりふ》から考えるに「もう支度を始めるのか？」とでも問いたいのだろう。悠利としては、マグが来るまでにゆで玉子だけでも作っておくかと思っていたので、突然の登場に驚いたのだ。

というか、そもそもマグは足音がしない。足音を殺して歩くのが癖になっているのか、それとも静かに歩くことと体重が軽いことで気づかれていないのか。気配は無意識に殺しているようで、悠利としては心臓に悪いのでちょっとやめてほしいと思っている。マグに悪気がないだけに、もうちょっとどうにかならないかなと思ってしまうのだった。

なお、悠利が他人の気配に鈍感だというのも理由の一つではある。見習い組はともかく、訓練生になると多少は他人の気配を察することが出来るので、ここまで露骨に驚いたりはしない。やはり日々おさんどんをしている悠利と修業をしている皆との間には、大きな大きな壁が立ちふさがっているのであった。

とりあえず、悠利を驚かせるつもりは特になかったマグは申し訳ないというように頭を下げている。謝罪するつもりはあるらしい。まあ、こんなやりとりもさて何回目だろうね、という感じではあるのだが。

「ゆで玉子？」

鍋にお湯を沸かし、卵を準備している悠利を見てマグはそう問いかけた。この状況で、ゆで玉子以外を想像するのはちょっと難しい。

可能性としては温泉玉子もあるのだが、温泉玉子はこんな風に大量の卵を仕込むという感じで作ったりはしないので、やっぱりゆで玉子かなとマグは思ったのだ。ちなみに温泉玉子も皆には人気である。こちらは何かのトッピングとして使うことが多いので、基本的に人数分しか作らない。

「うん、そうだよ。今日はゆで玉子でナムルを作ろうと思ってね」

「……ナムル。……出汁《だし》」

「ナムルだから、食いつくと思ったけど、本当に落ち着いて。これは皆で食べる分のおかずを作るのであって、マグが一人でいっぱい食べるためのものじゃないから。後そもそも、ゆで玉子だけいっぱい食べるのも、バランス的には良くないから」

「美味」

「って聞いてる？　ねぇ、マグ⁉」

「美味」

「うん、ナムルは美味しいよね。美味しいんだけど、本当に、あの、僕の話聞いてる？」

出汁をこよなく愛するマグは、顔をキラキラと輝かせて悠利を見ている。普段はほとんど表情が変わらないのに、ちょっと出汁が絡むと一瞬で感情が乗るのはどういうことだろうか。とりあえずこの状態だと話が通じないと思った悠利は、大人しくしてくれと言うようにマグの説得を試みた。

しばらくして、テンションがちょっと落ち着いたのか、マグは悠利を見た。もう話が通じそうな感じだった。

「ゆで玉子、大量」

「うん。皆で食べるから大量に仕込むの」

「大量」

「皆で食べる分だからね？」

たくさんの卵を見て、これをゆで玉子にするならナムルもたくさん出来るんだろう？　と言いたげなマグ。しかし、あくまでも皆で食べる分である。マグが一人でもりもり食べて良いわけではない。

これは少なくとも、作る前からきちんと言い聞かせておかないと、味見でゆで玉子が消えてしまうという危機感を抱いた悠利は、マグに切々と訴えた。そして、悠利の説得が功を奏したのか、とりあえずマグは納得した。納得したが、期待を隠しきれていないので、とりあえずマグの分は大皿ではなく個別で多めに準備するということで話がついた。

後、味見をいつもより多めにしてもいいということにもした。そうやって餌をぶら下げることで、作業中は大人しくしてくれるのを期待したのだ。とはいえ、最近はマグも多少は聞き分けが良くなってきたので、問題ないだろう。もしくは、言うことを聞かずに没収されるよりは、大人しく従って取り分を多めに手に入れる方が得と考えたのかもしれない。

そんな風にわちゃわちゃしつつも、ゆで玉子は難なく出来上がった。二人にとっても慣れた作業だ。鍋から引き上げたゆで玉子を冷水で冷やし、せっせと殻を剥《む》く。何気に地味な作業で、しかも数が多いので面倒くさいのだが、どちらもその手の作業が苦ではないので問題はなかった。

ちなみに、ゆで玉子は半熟と固ゆでの二種類を作ってある。これにはちゃんと意味がある。悠利の好みとしては、黄身がとろりとした半熟なのだが、《真紅の山猫》は大所帯だ。食事の好みは千差万別ということで、固ゆでもあった方がいいかなという感じである。

なお、半熟は半熟でも、スプーンで食べなければいけないようなとろっとろの半熟ではない。黄身がほんのり軟らかなままというぐらいの半熟に仕上げている。それというのも、これからナムルを作ろうと思っているので、あまりに軟らかいと崩れてしまうからだ。

「殻剥き、完了」

「お疲れ様」

「大量」

「マグ、重ねて言うけど、皆の分だからね？　一人で食べちゃダメだからね？」

「諾」

悠利の言葉に、マグは「大丈夫だ、解っている」と言うように力強く頷《うなず》いてくれる。マグのこの決意が、どうかご飯を食べる時間まで維持されますようにと悠利は思った。美味しそうな食べ物を前にしてテンションが上がり、前言撤回みたいになっちゃうのはどこかの誰かさん達で見ている。

それゆえである。

「それじゃ、このゆで玉子をナムルにしていくよ。殻を剥いたゆで玉子を食べやすいように切ります。ただし、あんまり小さくしても食べにくいから今日はくし形ね」

「諾」

マグに伝えてから、悠利はゆで玉子をまず縦に半分に切った。次にそれを二等分もしくは三等分にしていく。これは玉子の大きさで調整するのだが、特に説明されずともそういうものなんだなとマグも解っている。何だかんだで料理に慣れてきているので。

そうして切ったゆで玉子を、大きめのボウルに入れる。勿論《もちろん》、半熟と固ゆでは混ざらないように別々のボウルだ。そこへ顆粒《かりゅう》だしと醤油《しょうゆ》を少し、そしてごま油を入れる。

「……ごま油、後？」

「あぁ、野菜のときは先に入れないと水が出るからごま油が先なんだけど、ゆで玉子のときはあんまり考えなくていいかも」

「諾」

なるほど、と言いたげにマグは頷いた。野菜の場合は、顆粒だしの塩分と反応して水分が出てくるので、それを防ぐためにごま油でコーティングするのだ。ゆで玉子の場合はそういう心配があまりないので、特に順番を気にせず悠利は混ぜている。

「混ぜるときはざっくり大きく、丁寧にね。ゆで玉子が崩れちゃうから」

「大事」

それはとても大事だと、マグは大真面目に頷いた。実際、ゆで玉子がボロボロと崩れてしまうと、ちょっと寂しくなってしまう。くし形に切っているので、どうしても黄身が外れそうになるのは仕方ないが。

勿論、そういうときのための改善策はある。発想の転換で、順番を入れ替えれば良いのだ。

「どうしても混ぜにくいときは、先に調味料をボウルに入れてよく混ぜてから絡めると少しマシかな？」

「……諾」

「とりあえず、半熟と固ゆでを混ぜるとダメだから二つのボウルで作るよ。それぞれ頑張って混ぜようね」

悠利の言葉にマグはコクリと頷いてボウルを一つ受け持つ。大真面目な顔だった。これを頑張れば美味しいナムルが食べられる。目の前で顆粒だしを入れたのは見ているので、出汁が入っているのは確認済みだ。そもそもナムルは顆粒だしを用いて作っているので、マグお気に入りの料理なのである。

初めてのゆで玉子のナムル。崩さないようにと丁寧に混ぜるマグの横顔は真剣そのものだ。座学とかのときもこれくらい真剣に頑張れば良いのになあ、と悠利はちょっぴり思った。

マグは決して不真面目な生徒というわけではないのだが、いかんせん情熱にバラツキがある。命に直結した分野に関しては真剣に学ぶのだが、それ以外、特に交渉や人づきあいに関するようなことは割とどうでもよさそうな反応をする。歴史の勉強などもそうだ。殺伐とした環境で育ったからなのか、必要な技術は生き抜くためのものという感じで割り切っているところがある。

ただ、今、自分の隣で一生懸命にボウルを混ぜてゆで玉子のナムルを作っている姿からは、そんな面は全然見えてこないなと思うのだった。

「混ぜ終わったら、これで完成」

「簡単」

「まあ、基本的にナムルって混ぜるだけだしね。しっかり馴染《なじ》ませたら、味が染みこんでお美味しくなると思うよ」

「味見」

「待って、待って。味見はそれなりに分量を考えて！」

これ、もう食べられるんだよね？　みたいな顔をしているマグ。つまりは、味見で食べていいんだよね？　みたいなオーラが出ている。

いや、確かに味見はして良い。それは料理当番の特権であるし、そもそも味見をしなければきちんと出来ているかは解らない。だから悠利《ゆうり》も、味見そのものを否定する気はない。本能の赴くままにマグが食べると、皆の食べる分がなくなるのではという危機感があるだけだ。

とはいえ、悠利も仕上がりは気になっているので、そっと小皿にゆで玉子のナムルを取る。半熟と固ゆでは別々に作っていたので、どちらも小皿に取った。どちらが好みかはそれぞれ違うだろうから、とりあえず味見をしてみるのだ。悠利の分は一つずつ、マグの分は多めに食べて良いと言ったので、二つ合わせて玉子一つ分ぐらい。それ以上はちょっと待ってねと言いたい悠利である。まあ、マグにしてもいつもの味見より明らかに量が多いのは解っているので、目の前のゆで玉子のナムルを見て満足そうな顔だ。

「それではいただきます」

悠利が呟《つぶや》くと、マグはこくりと頷いて口の中で小さく何かを呟いた。もしかしたらいただきますと言ったのかもしれない。声が小さいのでよく解らないが。

とにかく食前の挨拶《あいさつ》をして、二人してゆで玉子のナムルを口に運ぶ。悠利がまず食べたのは半熟の方だ。悠利は半熟の方が好みなので、好みの方の味がどうなっているのか気になったからだ。

「あーん」

プリプリとした白身は弾力をしっかりと残している。もぐもぐと食べながら、悠利は味を確かめる。顆粒だしで味付けをしたシンプルな品だが、少なくとも味が物足りないということはなさそうだ。ごま油の風味と顆粒だしの旨味、そしてアクセントに醤油。その味が混ざって、ゆで玉子に絡んで何とも言えない濃厚な味わいとなっている。

特にとろりとした黄身がナムルの味に染まっているのが、何とも言えない。やっぱり半熟は美味しいと悠利は一人思う。この濃厚な旨味は、半熟ならではだろう。

続いて固ゆでの方を味見する。こちらは普通に食べるなら黄身がパサパサしているのだろうが、ナムルにしたことでいつもよりしっとりしているように見えた。もしかしたら、固ゆでの方が水分が少ない分、味が染み込みやすいのかもしれない。

口の中へ入れれば、ほろりと溶ける黄身の食感。白身の弾力は固ゆでも半熟もあまり変わらない。

プルンとしていて美味しい。そして、普段ならもそもそと感じるはずの固ゆでの黄身は、ナムルの旨味を吸い込んで良い塩梅だった。ああ、ここに味が絡んでいるのかと悠利はしみじみと思った。玉子の旨味とナムルの味。二つはよく調和していた。半熟も固ゆでも大成功だと悠利は思う。

そんな悠利の隣で、マグは一口一口堪能《たんのう》するようにゆで玉子のナムルを食べていた。そんな風に大仰に食べるようなものじゃないよと思いつつ、マグが真剣な顔をしているので悠利は何も言わなかった。まあ美味しいものを美味しいと思って食べているのなら、それが一番だ。

「それじゃあマグ、ゆで玉子のナムルは出来たから、他の料理の準備に入ろうか？」

「…………諾」

「頷くまでが凄《すご》く長いけど、お代わりはしちゃダメだよ」

味見のお代わりはありませんせん宣言をされて、マグはちょっぴりしょんぼりとしていた。しかし、悠利としても、ここでしっかり言っておかないとと思うのだ。何せ、マグがもりもり食べてしまう未来しか見えない。ぶっちゃけボウル一つ分ぐらいペロリと食べてしまいそうな雰囲気がある。

何はともあれ、ゆで玉子のナムルは美味しく出来た。後は、これを夕飯の時間まで置いておけば、味が馴染んで更に美味しくなるだろう。皆が喜んでくれると良いなと思いながら、他のおかずの調理に取り掛かる悠利なのであった。


そんなこんなで夕食の時間帯。二つの大皿に盛り付けられた見慣れないゆで玉子に、何だこれという声があちこちから上がっていた。

しかし、悠利がそれはゆで玉子で作ったナムルだと説明した瞬間、つまり美味しいやつだなみたいな感じに雰囲気が変わった。ナムル自体は様々な野菜で作っているので、皆にも馴染みのある調理法なのだ。ゆで玉子のナムルかぁとワクワクしながら、皆はそれぞれの席で箸《はし》をつける。

そんな風に食事が進み、皆の表情を確認する悠利。どうやら、好意的に受け止められているようだと理解して、悠利はほっと胸をなでおろした。きっと喜んでもらえると思っていたが、実際に皆が美味しいと言いながら食べてくれるのを見て、初めて良かったと安心出来るのである。

何せ、料理に絶対の正解はない。味の好みは千差万別だ。他のナムルを喜んでいたからといって、ゆで玉子のナムルを喜んでくれるとは限らないので。

「半熟ー、固ゆでー、半熟ー、固ゆでー。どっちも美味しいね、これ」

楽しそうに歌いながら、ゆで玉子のナムルを頬張っているのはレレイだ。ゆで玉子のナムルは冷めた料理なので、猫舌の彼女でも最初から思う存分食べられる。もりもりと食べながら同時に白米も口に運んでいる。玉子とご飯の相性は抜群だし、ナムルのしっかりとした味付けとご飯の相性も抜群だったらしい。

白米もゆで玉子のナムルも、まるで口の中に吸い込まれるようにして消えていく。ちょっぴり危機感を覚えた悠利だった。

危機感を覚えたのは悠利だけではなかったらしく、同じテーブルにいたラジがそっとゆで玉子のナムルをレレイの前から遠ざけた。自分の前に置くのではなく、悠利と同席していたイレイシアの前に置いた。つまりは、食の細い二人の前に確保したという感じだ。

ラジが器を動かしたのを、レレイは不思議そうに見ていた。何でそんなことしたの？　と言いたげである。彼女には、自分がもりもり食べてしまっているという意識はあまりない。うっかり食べすぎてしまっているという感覚もないので、ラジが何でそんな行動に出たのか、本当に解っていなかった。安定のレレイ。

「美味《うま》いのは解ったから、もうちょっと控えめに」

「控えめ……？」

「ユーリとイレイスがあんまり食べてないから」

「あっ、ごめんね、二人とも！　美味しくてつい」

「うん、大丈夫。レレイだし、割といつものことだなって思ってるから」

「いつものことって言われちゃったよ、ラジ」

「そうだな。いつものことだから」

えへへと笑うレレイに、ラジは真面目な顔で頷いた。これがいつものことなのもどうかと思うが、実際にそうなのだから仕方ない。食いしん坊娘は今日も元気です。

なお、彼女には彼女の言い分があった。……あったらしい。

「美味しいものはつい食べすぎちゃうんだよね。それもこれも悠利のご飯が美味しいのが悪いよ」

「僕が悪いの、それ？」

「だってこんなに美味しいんだもん」

美味しいからついつい食べすぎてしまう。自分は悪くない、みたいな主張をするレレイに少しは自分で制御しろと言いたげなラジではあるが、それでもレレイが感情豊かに美味しいから仕方ないよね！　みたいな雰囲気を出していると、どうにも怒れなくなってしまうらしい。そういう何とも憎めない愛嬌《あいきょう》が彼女にはある。

　まあ、争奪戦が起こらなければいいなと悠利は思うだけだ。《真紅の山猫《スカーレット・リンクス》》の食事事情は、割と弱肉強食である。食べ盛りや身体《からだ》が資本の集団なので。

「イレイス、よかったら食べてね」

「ええ、大丈夫ですわ、ユーリ。きちんと頂いております」

「それなら良いんだけど……。イレイスって、結構遠慮するから」

「遠慮だなんて……。わたくし、自分の胃袋の大きさを解っているだけですわ」

　そう言って麗しの人魚族の少女は微笑んだ。実際彼女は小食なので、あまり食べすぎるとしんどくなってしまうのだ。自分で自分の食事量を把握出来ているのは良いことである。

　そんな会話をしている悠利に、レレイが満面の笑みで声をかけてきた。ご飯を山盛りにしたお茶《ちゃ》碗《わん》を片手に、である。

「あのね、ユーリ、これね、ライスと一緒に食べると本当に美味しいよ」

「まぁ玉子とライスの相性は良いからね」

「ナムルのしっかりとした味がね、何かすっごく美味しい！　固ゆでもいいんだけどね、半熟がこう、黄身がね、ライスと絡んですっごく美味しいよ！」

　全力で主張してくるレレイ。さあ食べてみて、と言いたげである。まあ、悠利としても多分ご飯に合うだろうなとは思っていたので、レレイの言葉を否定するつもりはない。単純に、レレイのように白米が飛ぶように消えるほど食べたいわけではないだけだ。他のおかずもあるのだし。

とはいえ、味見でゆで玉子だけは食べていたが、ご飯と一緒に食べる誘惑に負けてしまった。半熟のゆで玉子を口の中へ入れ、続いて少量のご飯も口へと運ぶ。噛《か》めば噛むほど広がるご飯の甘みに、とろりと溶けた半熟の黄身が絡む。ナムルのしっかりとした味付けが玉子とご飯を包み込み、即席ナムル風卵かけご飯みたいな感じに口の中でなった。これはこれで確かに美味しい。

ならば固ゆでが合わないのかというと、そうではない。こちらはこちらで、固ゆでの黄身の食感とご飯の食感がいい感じに調和して口の中が楽しい。つまりはどちらも美味しいのだ。

「しかし、何でいきなりゆで玉子をナムルにしたんだ?」

「煮玉子も塩味のゆで玉子も定番になっちゃってたから、皆のマンネリ防止」

「何だそれ」

「美味しいものを美味しいと思って食べてほしいから、飽きないようにした方がいいかなと思って」

てへっと笑う悠利。皆に日々のご飯を美味しく食べてほしいという気持ちだけがそこにある。まあ、悠利はそもそもそういう人間なので、そういうものかと皆が納得した。

ゆで玉子のナムルの利点は、食べやすい大きさに切ってあることだ。煮玉子や塩味のゆで玉子を出す場合は、一人一つみたいな感じだった。しかし、こうやって一つの惣菜《そうざい》としてゆで玉子のナムルが提供されている場合、自分で自由に量を調整して食べることが出来る。勿論《もちろん》一人で大皿を抱え込むなどというような愚行は許されない。主に同じテーブルの面々に。

さて、大皿を抱え込みそうなマグであるが、今日の彼はそんなことはしていない。何故なら、マグには専用の器が用意されているからだ。大皿ほどたっぷりは入っていないが、そこそこの量が入った自分専用の器。これは自分のものなのだという満足げな顔をしてゆで玉子のナムルを食べている。なお、固ゆでも半熟も両方入っているのは、結局どっちかを選ぶことが出来なかったからだ。

「お前、それなんか器デカくねえ？」

「否」

「いや、それでも足りないとか言うなよ。俺らが大皿を分けて食べてんのに、お前一人だけ自分の分そんだけ確保してんじゃん」

「美味」

「美味いのは解るけどよぉ……」

呆《あき》れたように告げるウルグスに、マグはぷいっとそっぽを向いた。「美味しいものは美味しいんだ。邪魔をするな」と言いたげである。

何せ、本日の料理当番はマグだ。味見の段階から、このゆで玉子のナムルが美味しいことを知っていた彼は、自分に用意された器を他の誰かに渡すつもりなどなかった。

まあ、見習い組の面々は大皿が用意されているので、マグの分に手を出すようなことはしないけれど。幸せそうにゆで玉子のナムルを食べるマグ。その姿を見ながらカミールはぼそりと呟いた。

「マグ、マジでナムルになると何でも抱え込むよな。食材、何でもいいんじゃね？」

「野菜のときもこんな感じだったよねえ」

しみじみと呟くカミールとヤック。マグは、そんな二人の意見など気にした風もなく幸せそうにゆで玉子のナムルを食べている。多分出汁《だし》の味がするので、ナムルそのものが好きなのだ。食材は何でも美味しく食べるようです。好き嫌いは存在しないマグだった。

そんなこんなでゆで玉子のナムルは皆に好評で、定番メニューの一つ、常備菜の一つとしてアジトの食卓に加わるのでした。たまにはアレンジもいいものです。

第二章　カミールとお姉さんと男運

こういうパターンあるんだ、と悠利《ゆうり》は思った。それは、目の前で皆と朗らかに挨拶《あいさつ》を交わしている来客を見ての感想である。

その来客は、金髪碧眼《へきがん》のボーイッシュな印象を与える闊達《かったつ》な女性である。黙って立っているとちょっと少年っぽい雰囲気があるのだが、笑うとえくぼが出来て愛らしい。コミュ力が高いのか、初対面だというのに既に皆ととても仲良く話している。

その彼女を連れてきた人物はと言えば、どんよりとしたオーラを放っていた。カミールである。彼女は、カミールのたくさんいる姉のうちの一人、次姉のサンドラと言うらしい。

家の仕事の関係で王都まで出てきた彼女は、せっかく王都に来たのだからと弟のカミールと食事でもと思って連絡をしてきたらしい。そしてカミールも、姉に誘われて昼食に出かけていたのだが、その後、皆に紹介するという名目で姉をアジトに連れてきたのだ。

そのときのことを思い出し、悠利はちょっと遠い目をした。

「ただいま、誰かいる？」

元気よくリビングに入ってきたのはカミール。その彼の後ろの見知らぬ女性を見て首を傾《かし》げる悠利達を無視して、カミールはリビングで雑談している訓練生達を見て表情を綻《ほころ》ばせた。

「良かった。訓練生の人達いる。ほら、姉さん、色々話聞きたいって言ってたろ。ちょうど訓練生の皆がいるから話聞かせてもらえば？」

「そうね。はじめまして。カミールの姉のサンドラです。よろしかったらちょっとお話伺えますか？」

初対面だというのに人懐っこい感じで声をかけてきたサンドラに、レレイ達は首を傾げつつ、こんにちはと元気に挨拶をしている。この程度では《真紅の山猫》の面々は驚かない。驚く理由がないのだ。誰かの知り合いとか、仕事関係の人とかがちょいちょいやってくることもあるので。

「ところで、聞きたいことって何ですか？」

「私達商人にとっては、やっぱり誰がどんな商品を求めているかを知ることが重要なんです。なので、皆さんのお話を聞かせてもらえればなと思って」

「そんなことでいいの？」

サンドラの言葉に、レレイが不思議そうに首を傾げた。それに対して、サンドラはこくりと頷《うなず》いた。その顔は真剣だった。

「そんなことじゃありません。それこそが、商人にとって何より大切なことなんです」

「え、でもあたし、商人さんが必要としてることとか、解らないよ？」

「大丈夫です。今どういうものが流行《はや》っているとか、どういうものが人気があるとか、どういう商品があったら嬉《うれ》しいなあとか、そういうあくまで個人的なことを教えていただければという話なんです」

「そういうので良いならあたしでも役に立てそう」

「そうだな。レレイでも役に立てそうだ」

「クーレ、何か含んでる？」

むすっとした表情のレレイに、クーレッシュは別にと答えている。レレイが物事を深く考えるのが苦手なことは、皆が知っている。なので、ただ感想を伝えるだけでいいなら問題ないんじゃないか？　みたいな雰囲気だった。居合わせた訓練生達全員がそんな感じである。まぁ、レレイの扱いはいつもこんなものだ。

そんな風にわちゃわちゃと雑談している一同は、実に楽しそうに笑っている。なお、よろしくお願いしますと微笑むサンドラも楽しそうに笑っているが、目だけは抜け目なく輝いていた。なるほど、商人一家のお嬢さんだなと悠利は思った。

そして、姉を訓練生の皆に押し付けた後、何やらぶつぶつと独り言を呟《つぶや》いているカミールを見る。何だか、とてもとても深刻そうなので。

「ねえカミール、何かあったの？」

「何かあったというか、何かありそうで嫌だというか……。いや、何かあったんだよな、うん」

「カミール、聞いてる？」

悠利の問いかけにも、生返事のようなものしか返ってこない。これは相当根深いなと悠利は思った。いつも如才なく会話をするカミールにしてはとても珍しい。

カミールがこちらの話を聞いてくれるようになるには、まだしばらくかかりそうだ。そう思った悠利は、とりあえずお客様に飲み物を出そうと、キッチンに移動するのだった。

そして、サンドラと訓練生達に飲み物を配り終えた頃、色々と自分の中で整理がついたのか、カミールは真剣な顔で見習い組を集めていた。手招きされたので、悠利もそちらへ近寄る。集められた四人は、いったい何があったんだろうという顔をしていた。

「突然で悪いんだけど、皆の力を貸してくれ」

「「「「はい？」」」」

カミールの言葉に全員首を傾げた。いきなり何を言い出すんだ、と言いたげである。実際、あまりにも唐突すぎる言葉だ。力を貸すとは何のことだろうか。

しかし、カミールはとても真剣だった。それこそ、今まで見たことがないぐらいに真剣な顔だ。つまり、それだけ重要なことなのだろう。少なくとも彼にとっては。

「僕らに何をさせたいの？」

「姉さんの身辺調査を」

「「「「はぁ？」」」」

今度こそ、悠利達は間抜けな声を上げた。姉の身辺調査とは何ぞや、である。

そもそもお姉さんは目の前にいるのだ。聞きたいことがあれば聞けばいい。だというのにカミールは、色々と考えを巡らせて、こっそり調べようとしているようなのだ。

「何でまたそんな面倒なことを？　知りたいことがあるなら、サンドラさんに聞けばいいのに」

「いや、ええっと、知りたいのは、姉さんの身辺情報じゃなくて、姉さんが関わっている男の人の身辺情報というか」

「男の人？」

「そう、姉さんの恋人らしい人の身辺情報」

とても歯切れが悪いカミール。しかし、とりあえず姉ではなく、姉に関わりのある人の身辺調査をするということは、悠利達にも理解出来た。そして全員、物凄《ものすご》く生温《なまぬる》い眼差しでカミールを見た。姉の恋人らしき男性の身辺調査。そんなことをしたがるだなんて、どれだけ姉が好きなんだと言いたげな顔である。

しかし、カミールは真剣な顔で首を横に振った。ぶんぶんと力一杯振っている。そういうんじゃないんだと言いたげである。何やら切実な気配が漂っていた。

「お前ら相手だからぶっちゃけるけど、姉さんは致命的に男運が悪い」

「えっ？」

「悪いどころの話じゃない。もう、どうしようっていうぐらい、あの人は本当に、何ていうか、何でそんなのにばっかり引っかかるんだっていうぐらい、男運が悪すぎるんだ」

「えー……」

カミールに大真面目な顔で言われて、悠利は思わず言葉に詰まった。しかし、カミールは真剣だ。つまりはそれが本当だということである。

男運が悪い。未成年の少年である悠利達にはイマイチ実感が湧かないことである。ウルグスもヤックも、勿論マグも、何のことだというように首を捻《ひね》っている。

しかし、悠利は姉を持つ弟だった。

姉は別に変な男に引っかかってはいないが、姉の知り合いの話や、或《あ》いはドラマや漫画などの創作物の中で見聞きしたことがある。ダメな男に引っかかる女性の話や、何故かダメな男とばかり知り合ってしまう女性の話を。それらを脳裏に思い浮かべて、カミールがどれだけ必死なのかを何となく理解した。姉をダメ男ホイホイにはしたくないのだろう。


「その、ダメな人にばっかり引っかかるって言ってるけど、どんな感じで？」

「いやーまあ、千差万別で……。うん、本当に姉さんは、男を見る目だけが全然なくてさ」

「だけって言った」

「しかもこいつ、強調したぞ」

「必死」

「だけってことは、他の部分はちゃんとしてるってこと？」

皆がカミールの強調した部分にサンドラの欠点を見出している中で一人ヤックだけが、別の観点から言葉を口にした。相手の良い部分に気づけるのはとてもいいことだ。悠利は思わず、「ヤック偉いねえ」と呟いた。そんなヤックと悠利のやりとりで、ちょっとだけ場が和んだ。

そして、和んだ空気に一瞬だけ表情を緩めた後、カミールは厳《おごそ》かに告げた。

「姉さんはさ、こう、商人としての判断力は凄《すご》いんだ。目利きも出来るし、商才もある。若い女と侮った奴らが姉さんに手玉に取られて、返り討ちにされることなんてしょっちゅうだったし」

「優秀な商人さんなんだね」

「そう優秀。うちの実家を実質切り盛りしてるのは長女の姉さん夫妻なんだけど、その補佐で働いてんのがサンドラ姉さん。それを任されるぐらい、要は腹心の部下っていう立場になれるぐらいに、あの人はすげえんだ」

告げるカミールの顔は、どこか誇らしげだった。姉が商人として優れていることを誰よりも確信しており、自慢に思っているという感じ。仲の良い姉弟《きょうだい》なんだなあと悠利は思った。

「で、そのどうしようもなく男運が悪い姉さんが、王都に遠距離恋愛してる恋人がいるって言い出したんだ」

「それは、何かヤバそうな奴なのか？」

「ヤバイかどうかまだ解らない。もしかしたら、奇跡的にマトモなのを引いてるかもしれない。だけど、今までそういうことがなかったもんだから……」

ウルグスの問いかけに、カミールは苦渋の決断みたいな表情をして告げた。そんなカミールに皆は思った。今までマトモな男と付き合ったことが一度もなかったんだ、と。それもなかなか、確率として凄い。

「とにかくカミールは、お姉さんが本当に大丈夫かどうかを確認したくて、その恋人さんの情報が欲しい、と？」

「そう」

「だったら、他の皆にも手伝ってもらったら……」

「ダメ」

「へ？」

悠利の提案に、カミールは被《かぶ》せる勢いで待ったをかけた。真顔だった。そして、何がダメなのかを説明してくれる。

「俺が普段つるんでるのはお前らだって姉さんに話してある。なのに、姉さんが来たタイミングで、普段つるまない皆まで動かしてるなんて知られたら、何か探ってるって即座にバレる」

「あー、そういう察しは良いんだ……」

「そう。男を見る目以外は良いんだ。だから、証拠を掴《つか》む前にバレると、何かややこしくなりそうでさ……」

「なるほど。じゃあ、動くのは僕らだけがいいってこと？」

「そう」

「まあ調べるのは僕らだけで出来るとして、まずその恋人さんの情報を手に入れなきゃダメだよね」

「そこなんだよなあ……」

はぁ、とカミールが盛大にため息をつく。弟という立場を利用して簡単に聞き出せば良いのにと思っていた悠利達であるが、どうもそれは難しいらしい。

というのも、サンドラは年の離れた弟であるカミールに、ほとんど恋バナをしないのだとか。実家にいたころ、カミールが姉に関わる男の情報を得ていたのは、ひとえに他の姉達からの情報提供があったからだ。つまり、サンドラからいい感じに情報を引き出してくれる人が必要となる。

そこまで理解して、悠利《ゆうり》はぼそりと呟いた。

「今、この場にそういう人、いる？」

悠利の言葉を聞いて、カミールはスッと目を逸《そ》らした。現実逃避みたいな感じだった。

「情報を聞き出してもらうってことは、一度その人に事情を説明しなきゃダメなんだよね？　ってことは、今サンドラさんと仲良く話している面々じゃダメなんじゃない？」

「そうなんだよなぁ……。一人だけ呼ぶとかしたら絶対に何かあるって警戒されるし」

「つーか、その情報を上手く聞き出せんのって誰だよ」

「まあ恋バナってなると女性じゃないかなぁ」

ウルグスの言葉に、悠利は自分の感想を素直に伝えた。やはり恋バナとなると、気兼ねなく話が出来るのは同性であろう。なので、この場合は女性が最適だろうということだ。

ヤバい、初手から手詰まりかもしれないと悠利達が唸《うな》っていると、救いの手が差し伸べられた。

正確には、客がいることに気づいて自室からリビングへやってきた訓練生がいたというだけの話だ。しかし、少なくとも今の悠利達にとっては間違いなく救いの女神であった。

「あらぁ？　何か賑《にぎ》やかだと思ったら、お客様が来ているのねぇ」

「マリアさん！」

気怠《けだる》げな雰囲気をまとって現れた妖艶《ようえん》美女のお姉さんに、悠利は感激の声をあげた。なお、わちゃわちゃと楽しそうに喋《しゃべ》っている皆、訓練生＋サンドラの集団には気づかれていない。あちらが盛大に盛り上がっているので、こちらでちょっとぐらい大きな声を出しても気づかれないのだ。ありがたい。

「それで、あの方誰かしらぁ？」

「カミールのお姉さんです」

「あらぁ、お姉さんが来てるの？」

「マリアさん、とてもいいタイミングで来てくださって本当に感謝しています。ちょっと手を貸してください」

「ちょっと、いきなりどうしちゃったのぉ？　貴方《あなた》らしくないわよ？」

縋《すが》り付くようなカミールに、マリアはぱちくりと瞬《まばた》きを繰り返した。普段、どちらかというと飄々《ひょうひょう》としているタイプの少年が見せる態度としては、あまりにも珍しすぎるのだ。

しかし、カミールは切実だった。必死だった。姉に毒牙《どくが》が迫っているかもしれないというのだから、必死にもなろう。

何が何だか解っていないマリアに、ユーリ達は事情を説明する。

カミールの姉のサンドラが訪ねてきたこと。彼女には遠距離恋愛している人が王都にいること。その人の身辺情報が欲しいこと。そして、サンドラが一種病的なまでにダメな男ばっかり引っ掛けてしまう性質であること。

全てを聞き終えたマリアは、なるほどと静かに呟《つぶや》いた。

「要は、雑談の恋バナを装って、その遠距離恋愛中の彼氏さんの情報を聞き出してほしいってことね」

「そうなんです。今あそこにいる面々を呼びつけたら姉さんに感づかれるし、そもそもあそこにいる面々で、そういうの得意そうなのはクーレさんなんですけど……」

「流石《さすが》に初対面の女性に恋バナ装って情報収集は、ちょっとクーレが可哀想よねぇ」

「ですよね……」

情報収集担当という意味では、斥候の修業をしているクーレッシュは最適だ。コミュ力が高く人当たりは良いし、頭の回転も悪くない。話題を選んで話を展開する機転もあるし、必要な情報の取捨選択も出来る。しかし、重ねて言うが、彼とサンドラは本日初対面である。

その状況で、年上の女性に恋バナというか、根掘り葉掘り彼氏の情報を聞くというのはちょっと厳しいものがあるだろう。相手が異性なので、口が堅くなってしまう可能性を否定出来ない。

これが、以前から交流があるとかならば、良い感じの距離感で上手に聞き出してくれただろう。その辺は人当たりの良さも含めてクーレッシュなら信頼出来る。やはり、初対面の異性というのがネックなのだ。

その辺りのことはマリアも理解しているのだろう。彼女もサンドラとは初対面だが、同年代の同性というアドバンテージがある。

「うん、任せてちょうだい。上手くいくかは解らないけれど、やってみるわぁ」

「ありがとうございます、マリアさん。お礼に、作ってる数が少なくて商人の伝手《つて》ぐらいでしか手に入らない、ほぼほぼ流通してない滅茶苦茶美味《うま》いトマトジュースを取り寄せます」

「あら、そんなものがあるの？」

「あります」

「わー、カミール、超必死ー」

悠利は思わず棒読みになった。トマト大好きなマリアのために、自分に切れるカードで最高のお礼をしようとしているカミール。彼がそこまで必死になるほどに、姉サンドラの男運のなさは凄《すさ》まじいのか、と皆は思った。

実の弟が、ここまで必死になって調べなければとなるような男運の悪さ。むしろ、今までよく何事もなかったなぁ、と思う悠利だった。

「それじゃ、貴方達も近くで、全然関係ない話をしてるフリして聞き耳を立ててるとかしたら？」

「良いんですか？」

「それくらいは大丈夫だと思うわよ。それに、貴方も少しでも早く情報欲しいんでしょ？」

「欲しいです」

マリアの言葉にカミールは真顔で答えた。ちょっと今日のカミールはいつもよりも解りやすい。いや、解りやすいのが悪いわけではないのだが、彼がこうも解りやすいとなると、それだけヤバい状況なんだなと察せてしまうのが、何か色々とアレなだけである。

「それじゃあ、行ってくるわね～」

そう告げて、マリアはわいわいと話している皆のところへ移動した。少ししてから悠利達も移動して、彼らに近づく。楽しそうに話をしていた一同は、近づいてきたマリアに気付いて視線を向ける。訓練生達は「ああ、マリアも来たんだ」という風な態度で、サンドラは新しくやって来た相手にぺこりと頭を下げた。

　そんなサンドラに、マリアはその美貌《びぼう》に相応《ふさわ》しい素晴らしい微笑みで挨拶《あいさつ》をした。

「はじめまして、サンドラさん。マリアです。カミールのお姉さんなんですって？　ご挨拶させていただいてもよろしいかしら」

「ご丁寧にありがとうございます。マリアさんって言うと、お美しくて強いお方ですね」

「あら、嬉《うれ》しい」

「トマトがお好きだと伺っています。よろしければ良い商品を紹介しますわ」

「それはとっても魅力的ねぇ」

　流れるように交わされる会話。そんな二人の会話を聞きながら、悠利達はちらりとカミールを見た。「お姉さん。コミュ力すっごく高いね」という視線である。カミールは、その視線を受けても特に反応しなかった。姉の人付き合いの上手さは知っているのだ。

　またマリアも、情報を聞き出してくれと頼まれたとは思えないほど、普通に会話を楽しんでいる。確かに、怪しまれてはいけないので普通の会話から始めるのは当然だ。

　そんな彼らの会話が聞こえる位置に陣取りながら、悠利達は本日のメニューをどうするかの相談をしていた。一応相談は本当だ。晩ご飯何にしようかという会話は事実だし、彼らがそんな話をするのはいつものことなので何も疑われない。その状態で聞き耳を立てているだけだ。

「そちら、とても素敵なスカーフね。それもどこかで取り扱ってらっしゃるの？」

「あっ、これは、……いただきものなんです」

そう言って微笑んだサンドラの顔は、とても幸せそうだった。悠利は閃《ひらめ》いた。カミールも理解した。他の三人はよく解らなかったらしいが、姉を持つ弟二人にはすぐに解った。これは、好意を抱いている男からの贈り物である、と。

悠利とカミールが気付いたのだ。彼らから前情報を得ているマリアが気付かないわけがない。そして、いい突破口を見つけたと言わんばかりに、マリアはそのスカーフについて問いかけた。

「あらぁ、その反応ってことは、もしかしてイイ人からの贈り物かしら～？」

「イイ人だなんて、そんな」

「違うのかしら？」

「いいえ、恋人からの贈り物です」

照れたように、恥ずかしそうに頬を染めてサンドラは告げる。その表情は、先ほどまでのハキハキとした商人としての姿ではない。恋に恋する可愛らしいお嬢さんという風情である。あまりに印象が違いすぎる。

その顔を見て、悠利はスッとカミールに視線を向けた。悠利の視線を受けたカミールは、明後日の方向に視線を逸らした。何を言われるのかを察したのだろう。

「あからさまじゃん、カミール」

「……だから言っただろう？　姉さんは、そっちの方面だけはポンコツだって」

「ポンコツって言っちゃったよ。……っていうか、男運が悪いだけじゃないよね、どう考えても」

「解るか？」

「解るよ……。だってあれ、明らかにこう、恋愛だと色々とネジが外れちゃうタイプじゃない？」

「うん。俺達姉弟《きょうだい》は、恋多き女って呼んでる」

「僕、現実でその言葉は聞きたくなかったなー」

カミールのちょっと開き直ったような一言に、悠利は遠い目をした。そのセリフは聞きたくなかったタイプのやつである。男運が悪いお姉さんの性質が、恋多き女。どう考えてもダメの二乗である。

単に恋多き女だけであったなら、まだ良かった。単に男運が悪いだけならば、まだ良かった。その二つが合わさってしまうと、どうしようもない破壊力である。

何でその二つが重なっちゃったの？　と言いたげな顔をする悠利に罪はあるまい。ぶっちゃけ、サンドラの弟であるカミールが誰よりそう思っている。面倒くさいと面倒くさいの二重奏である。何もありがたくない。

とりあえず、そんな風に色々と困っている二人の前で、マリアはいい感じにサンドラから情報を引き出してくれている。サンドラはその彼氏がよほど好きなのか、彼氏にプレゼントしてもらったというスカーフを大事そうに見せた。

それはシンプルな造りではあるが、上質な布に丁寧な刺繍《ししゅう》の施されたスカーフだった。決して華美ではないので、あちこち飛び回る商人さんが着けていても問題ない。また、刺繍がとても美しいので、贈り物などにしても喜ばれるような品に見えた。

マリアが上手に聞き出してくれた情報を整理すると、こういうことになる。

サンドラの恋人は、この王都で仕事をしている人間で、サンドラとは遠距離恋愛。商談の折にサンドラ達の街を訪れて、そこで知り合った。布の仲介を行う商人で、スカーフは彼が取り扱っている商品の一つ。今は特に取り引きはないのだが、いずれスカーフが量産出来るようになったならば、サンドラ達が取り扱うことになっている。

「ねぇ、カミール。お姉さん、商人としては目が確かなんだよね？」

「あぁ。あのスカーフはいい品だし、作ってる工程にも嘘はないいんだと思う。……でも問題は、その彼氏が本当にそのスカーフ作りに噛《か》んでるかどうかだよ」

「えっ？」

思いもよらないカミールのセリフに、悠利は目を見開いた。そういう発想になるの？　と顔に出てしまう。なお、それは他の三人も同じだった。

しかしカミールは仲間達の視線そっちのけで、「何か引っかかるんだよなぁ」と呟いている。どうやら、今まで姉が引っかけた、或《あ》いは引っかかってきたダメ男の数々を見てきた弟は、そういう意味で男を見る目が鍛えられているようだった。何か違和感があるらしい。

とりあえず、男の名前、王都での住まいに職場という基本的な情報は、マリアのおかげで悠利達の耳に入った。それらを忘れないように胸に刻み、悠利達はマリアに感謝の視線を向けてその場を後にした。今から作戦会議である。

もし本当にサンドラの恋人がちょっとアレなダメ男であった場合、何としても彼女にはその恋人を諦《あきら》めてもらわねばならない。カミールの心の平穏のために。

どうやら、ひょんなことから少年探偵団が結成されるようです。頑張れ！

◇◇◇

カミールが、姉サンドラをアジトに連れてきてから数日後。悠利《ゆうり》達は真剣な顔でリビングで膝《ひざ》を突き合わせていた。

この場にいるのは悠利と見習い組の四人だけ。彼らは普段から行動を共にしているので、こうして一緒にいても特に変ではない。変ではないのだが、普段見せないような真剣な雰囲気に、何かあったのかな？　と視線を向ける仲間達がいる。

しかし、あくまで視線を向けてくるだけで、子供達の集まりに首を突っ込むことも口を出すこともなかった。もしも何か困っているのならば、向こうから言ってくるだろうという判断である。《真紅の山猫《スカーレット・リンクス》》の面々は基本的に善良で、まぁ恐らくは、どちらかというとおせっかいが多いのだが、だからこそ仲間との距離感は適切に考えている。助けを求められていないときに、無理矢理割り込むことはしない。

勿論《もちろん》、一人で悩んでいるようであったならば、声をかけただろう。けれど、少なくとも悠利達は五人で膝を突き合わせている。ならば、自分達で何とかするだろうと考えたのだ。

さて、そんな悠利達であるが、彼らは今報告会の真っ最中だった。議題はカミールの姉サンドラの彼氏、エリックという名の布の仲介商のことである。

「皆、協力してくれて本当にありがとう。視点が違うから、手に入った情報も違うと思うんで、すり合わせというか、共有をしたい」

「それは僕も同感。聞き込みに行っている場所も違うだろうしね」

「むしろそれぞれの得手が違うからこそ、俺らに頼んだんだろう？　なぁ、カミール？」

「あぁ、そうだよ」

　ウルグスの言葉に、カミールはこくりと頷《うなず》いた。同じ見習い組の仲間で、カミールが頼みごとをして行動を共にしていても姉に怪しまれない。それが皆に最初に説明した理由ではある。だが、それ以外の理由もあった。生まれも育ちも違う彼らである。要は、テリトリーが異なるのだ。テリトリーが異なれば手に入る情報も違う。カミールはそれに期待したのである。

「まず僕から報告するね。市場で出会う主婦の皆さんとかに聞いてみたんだけど、概《おおむ》ね好意的な感じかな？　人当たりも良くて、勧めてくれる商品も悪くないって」

「あれ？　商人相手の仲介しかやってないんじゃないのか……？」

「うん、どうもね、布が欲しい人にどういう布がその用途に向いているかっていう相談に乗ってるみたい。その流れで、該当する商品を取り扱ってるお店の紹介とかをしてるんだって」

「一応仕事をしてんのか」

「みたいだね」

　悠利の答えにカミールは真剣な顔で呟《つぶや》いた。どうにも彼は、今まで姉が関わった様々なダメ男を見てきた経験から、エリックに何か引っかかるものを感じているらしい。何かこう、裏がないか気になるのだろう。しかし、少なくとも井戸端会議などで悠利がお世話になる主婦の皆さんから聞いた話では、特に問題はなかった。

ただし――。

「ただねえ、お婆ちゃんは胡散臭《うさんくさ》いみたいなこと言ってたんだよね」

「お婆ちゃんって、あの市場の端の方で道楽でお店やってるあのお婆ちゃん？」

「そのお婆ちゃん」

「気に入らない客は箒《ほうき》で追い回して叩《たた》き出す、あのお婆ちゃん？」

「僕は一度も見たことないけど、皆がそう言ってるお婆ちゃん」

カミールのちょっと物騒な台詞《せりふ》に、悠利は真顔で答えた。皆は頑固で偏屈で怖いお婆ちゃんだと言うけれど、悠利にとっては孫のように可愛がってくれる優しいお婆ちゃんである。この辺りで見かけないような珍しい食材も取り扱っているので、大変助かる。

なおカミールが言っているのは嘘ではなく、気に入らない客は本当に箒を使って外へ叩き出しているようなお婆ちゃんだ。悠利相手のときの態度だけが、例外なのだ。

それはともかく、このお婆ちゃん、老後の道楽で市場に店を開いているのだが、若い頃はそれなりに名の知れた商人だったとか。今はその店やら人脈やらを息子夫婦に譲っているそうで、ご本人は王都で気楽にのんびりと生活している。

つまりは、人を見る目に長《た》けているお方である。そのお婆ちゃんからの胡散臭い判定。カミールは思わず眉尻《まゆじり》を下げた。嫌な予感的中かな？　みたいな顔である。的中しているかもしれないが、そうじゃなければ良いなぁと悠利達は思った。カミールがあまりにも不憫《ふびん》なので。

「それで、具体的にどういう感じで胡散臭いって?」

「何かねぇ、『商人は腹の底が読めないのは普通だけど、それにしたって考えてることと顔が合ってないような気がする』とか、『アレは流れるように人を騙《だま》したり、普通の顔で嘘をついたりする類いの人間に見える』みたいなこと言ってた」

「なかなかの酷評だなあ……」

「まあ、あくまでお婆ちゃんがそう感じたってことらしいから。後、そうだね。既婚者さんには普通に親切で、独身の若い女性には特に親切みたいなことは皆が言ってた」

「あぁ? 女好きか何かかよ」

「どうだろう?」

途端にカミールの機嫌が悪くなった。姉が入れあげている男が女ったらしであるのは、あまり嬉しくない。エリックが、特に何も問題を抱えておらず、姉と上手に寄り添ってくれるなら文句はない。しかし、女遊びが激しいとか、ちょっと身持ちがアレだったりするというのなら、全力で排除させてもらうまでである。彼は静かに燃えていた。

その姿を見て、カミールって、やっぱりお姉さんのこと大好きだなあと悠利は思った。口には出さなかったけれど。これは悠利だけの感想ではない。その場に居合わせた見習い組全員の感想だ。口では何だかんだ言いつつ、カミールは姉をとても心配しているのだろう。そうでなければ、悠利達を巻き込んでこんな風に姉の彼氏の身辺調査をやったりなんてしない。

ちなみに、今までがどういう風だったのかを聞いたら、姉達が情報を引き出し、カミールがその男の身辺の調査をするというのがパターンだったらしい。まだ子供のカミールなので、姉の彼氏の周りをウロチョロしたところで、微笑ましく見守られるだけだったとか。

まぁ、この見た目だけは上品な貴公子みたいな少年を、幼いと思って侮ると大変なことになるのだが。商家で育った少年は目端が利くし、情報収集はお手の物なのだから。

それにしたって、それが日常になるほどにサンドラがダメ男に引っかかってしまうのは、何故なのか。男運が悪いと言うが、限度というものがある。言ってもどうにもならないが。

「とりあえず、僕の手元にある情報はこんな感じ。少なくとも表向き、人当たりは良さそうだし、特に女性からの好感度は高そう。これといってナンパって感じはないけど、女性には親切って感じみたい」

「了解。その親切さで姉さんに近づいたって感じか……」

「だねー」

ぼそりと呟くカミール。彼には色々と思うところがあるのだろう。

しかし、すぐに気持ちを切り替えたのか、情報の共有に戻る。カミールに視線を向けられたヤックは、次は自分の番だなと理解して報告を始めた。

「オイラが聞き込みをしたのも、まあユーリとあんまり変わらない場所だよ。ただ、オイラはお店やってる人達を中心に聞いてみた」

ヤックは、市場の辺りで働いている人々に可愛がられている。「まだ小さいのに、いつも一生懸

命頑張っているねぇ」という意味合いで、とても可愛がってもらっているのだ。なので、聞き込みも自然とその辺りになるらしい

場所は被《かぶ》っているが、聞き込みの相手が悠利とは違うので、拾ってきた情報も異なる。

「カミールのお姉さんの話だと割と前から王都に住んでたみたいな感じだけど、オイラが聞いたのだとちょっと違うんだよね」

「違う……？」

「少なくとも建国祭より前には見てないって」

「あぁ？」

眉を跳ね上げ、何だよそれと低く唸《うな》るカミール。良家の子息のように見える整った顔立ちで、不機嫌丸出しで凄《すご》まれると微妙に圧がかかる。ヤックはその圧にビクッと反応して、一瞬言葉に詰まった。

そんなカミールの眉間《みけん》の皺《しわ》を、悠利の足元に控えていたルークスが身体《からだ》の一部を伸ばしてぐりぐりと突いた。まるで眉間の皺をほぐすような仕草に、カミールは呆気《あっけ》にとられたように目を見張った。

ルークスの突然の行動には悠利も驚いたが、心配そうな目をしているルークスを見て、何かを察したのだろう。悠利は困ったように笑って口を開いた。

「いきなり怒った感じになったから、心配してるんじゃない？　怖い顔しないでって感じで」

「あー、皆、ごめん」

「ううん、大丈夫。カミールが必死なのは僕達も解ってるし」

ぺこりと頭を下げるカミール。今の自分が余裕がなく、頭に血が上りやすいのは理解しているからだ。

なお、ルークスの行動について解らないなりに悠利が判断した内容は、どうやら間違っていなかったらしい。ルークスはキュイキュイと柔らかな声で鳴いて、宥《なだ》めるようにカミールの額を撫《な》でている。皆で仲良くお話ししてるんでしょう？　怒っちゃダメだよ、みたいな感じだった。癒やしである。

そんなルークスのおかげで、張り詰めていた場の空気が和んだ。出来るスライムは、空気を読んで場を和ませることも出来るのだ。素晴らしい。

「でも確かに、何でそんな嘘をついてるのかな？　建国祭より前に王都にいなかったんなら、正直にそれを言えばいいだけなのに」

「言えない理由があるのか、あるいはそれより前から王都にいたのは事実でも、今と違うかだな」

「今と違うって、何が？」

「見た目とか仕事とかだよ。髪の色が違うだけで印象は変わるし、そもそも髪形や服装で雰囲気は大分変わる。今の姿で表に出ていなかったんなら、まぁ、王都にはずっといたけど市場の人達には認識されていないっていう状況は成立するっちゃあする」

とはいえ、そんな風に無理矢理納得しようとしても、不信感は隠せない。何故サンドラに偽りの情報を伝えたのかと考えてしまうのだ。

そんな一同にトドメを刺すように、ウルグスが口を開いた。

「あのよう、例の男、布の仲介商って話だったよな?」

「ああ」

「言われた店に行ってみた。それっぽい人は確かに出入りしてたみたいだけど、何か聞いた話と違うんだ」

「あ?」

「時折顔を出して色々と話をするぐらいで、そこの責任者は別の人だし、実際に仕事をしてるのも別の人だ」

「どういうことだよ?」

「事業の内容をエリックって人が知ってるのは事実だろう。どういう品物があるかも把握してるし、客を紹介してくれたりもするらしい。ただ、そこの所属じゃないっぽいぞ」

ウルグスの言葉に、ピタリと全員が動きを止めた。なんだって? と言いたげである。所属先が虚偽である可能性。それがもし本当だとしたら、ちょっとまずいのではないかと皆が思った。

サンドラは商人である。商人として知り合ったというのなら、その情報に嘘があった場合、彼女は騙されていることになる。

悠利達は、カミールを見た。彼は姉の商人としての嗅覚《きゅうかく》は正しいと信じている。彼はしばらく考えて、そして天を仰いで呻《うめ》いた。

「嘘は言ってないっていうパターンかもしれない」

「何だそれ……」

「姉さんは嘘には敏感なんだけど、もしかしたら本当のことを言ってないだけで嘘じゃないって可能性はある。そうなると、言いくるめられてたり、騙されたりしている可能性は否定出来ない」

「何その言葉遊びみたいなの……」

「そういうこともあるんだよ」

ハァと盛大にカミールはため息をついた。面倒くさいことが増えたと言いたげである。まあ、確かに面倒くさい。エリックの発言が全て虚偽なのか、それとも真実に多少の虚偽が交ざっているのか、あるいは虚偽に真実が少し交ざっているのか。それによって、こちらが判断するべきことも大きく変わってくるからだ。

そして、皆はマグを見た。置物よろしく椅子に座り、時折喉《のど》が渇いたのかジュースを飲む姿はまあ、見る者が見れば愛らしいのかもしれない。表情筋の一切動かない小柄な少年だが、容姿はそれなりに整っているので。

悠利《ゆうり》と見習い組の全員が情報収集のため外に出ていたとき、マグも勿論外に出ていた。ただし、皆は思う。果たしてこいつに情報収集が出来たのか、と。

少なくとも聞き込み調査は出来ないはずだ。マグは極端に言葉数が少なく、会話を単語だけで行う。普段生活を共にしている悠利達でも、何となくしか理解出来ないマグの言いたいことを、きちんと把握出来るのはウルグスだけだ。そのウルグスと離れ、単独行動をしていたマグが、果たしてどんな情報を持って帰ってきたのかという話である。

ただ、マグはスラムの出身で、アジトに来る前から暗殺者の職業《ジョブ》と隠密の技能《スキル》を身につけていた。早い話が、気配を殺したり、隠れたり、尾行したり、潜入したりというものは割とお手のものなのだ。だから、そういう方向でならば情報を手に入れてきてもおかしくはない。ただちょっと、聞くのが怖いような気がするだけで。

でも、とりあえず聞かないと話が進まない。覚悟を決めたみたいな雰囲気で、皆はマグをじっと見た。全員の視線が自分に向いたことで、どうやら自分の番らしいと把握したマグは、淡々と告げた。

「住居、二か所」

「「「え？」」」

「二か所」

報告は以上だとでも言いたげである。あまりにも端的すぎた。悠利達はしょんぼりと肩を落としながら、ウルグスを見た。ごめん、通訳を頼むという意味である。

ウルグスは心得たように口を開く。……通訳扱いするなと怒るときもあるが、今回のように重要な話し合いの場合はそんな風に怒ったりはしない。彼は空気が読めるのだ。

「つまり、俺達が本人に近づかずに周りから情報を得ていた間、こいつは当のエリックを尾行して、家が二か所あることを突き止めた、と。そうだな？」

「諾」

何でそれぐらいすぐに解らないんだと言いたげなマグである。解るか、ボケッ！　と言いたげなカミール。口には出さないが、同感であろうヤック。疲れたように肩を落とす悠利。まあ、三人の反応も当然である。今の言葉でどうやって理解しろというのだ。

とはいえ、これはいつものやりとりなので、皆はサクッと気持ちを切り替えた。

「家が二か所ってどういうことだ？」

「別宅」

「別宅って、別荘って感じ？」

「表と裏」

「ウルグス通訳」

「はいはい。表向き、つまりは俺らが情報収集した範囲での人間関係に対しては、サンドラさんが聞いてた場所が家。もう一軒家があるっていうのは、そっちだけで繋《つな》がる人間関係があるとか、そういうのだな。後、そっちが前々から王都にあった家だと」

慣れた様子で説明をするウルグス。今の単語で何でそんなところまで理解出来るのかと問いたいが、今更である。謎の技能でも生えているのかと思ったが、別にそんなものはなかった。《真紅の山猫《スカーレット・リンクス》》七不思議の一つである。

マグの言葉を聞いても意味が解らないので、悠利達はとりあえずウルグスにマグから話を聞き出してくれるように頼んだ。こちらが口を挟まず、二人の間で情報交換をしてもらう方が絶対に早いからだ。

その結果、解ったことがある。エリックは以前から王都に住んでいた。ただし、それはサンドラに告げた今の家ではなく、どちらかというと治安のあまりよろしくない裏稼業とかそちらに関わる者達がいるような地域らしい。

　そして、仕事の方も、ウルグスが調べてきた通り、仲介商として働いているわけではなかった。知人としてそこへ出入りし、手に入れた情報を上手に使っているようだ。

　また、当人は布の仲介商と名乗ったことはなく、それを手伝っていると言葉を濁しているようだ。手伝っているというのは、嘘ではない。手に入れた情報を使って交流し、そこから取引先に繋いでいるので、仲介商の手伝いで間違いないのだ。

　そう、彼は自ら布の仲介商だと名乗ったわけではないので、嘘もついていない。サンドラが、騙《だま》されたのはここだろう。恐らく、悠利が【神の瞳《ひとみ》】さんで鑑定したとしても、彼の言葉は嘘とは判断されないはずだ。何故なら嘘は言っていないのだから。ただ単に、事実を告げていないだけだ。

　それらの情報を繋ぎ合わせて、悠利はあっさりと言った。

「何かこう、詐欺師みたいだね」

「詐欺師」

「そう、詐欺師。ほら、嘘は言ってないけど、本当のことも言わないで、相手をどうにかして騙して自分にとっていい感じに動かすのって、詐欺師じゃない？」

「確かにそうだけど……。奴が詐欺師だとして、姉さんに近づいて何があるんだ？」

　思わずカミールは眉間に皺を寄せる。姉サンドラは確かに実家の商売を手伝っているが、あくまでも補佐だ。決定権は長女夫婦にあるわけで、サンドラに近づいたところでそれほど旨味はない。

また、公私混同は避けるタチなので、仕事に関してエリックに不必要な情報を漏らすことはないだろう。

そこは徹底的に教育されているので、カミールは姉を信頼している。サンドラがいくら恋多き女でも、色々とダメな男に引っかかってきたとしても、今までもその一線だけは決して越えていないのだ。

そんなカミールに答えだというように、マグが告げた。

「お金」

「はっ？」

「結婚詐欺」

「ウルグス、頼む。説明してくれ」

「あー、つまり結婚詐欺目当てで近づいて、惚《ほ》れさせて金を引き出して、その気にさせておいてトンズラする、と？」

「諾」

グッと親指を立てるマグ。そんな情報聞きたくなかったなと悠利達は思った。そして「結婚詐欺かぁ……」とがっくりと肩を落とす。

本質的にアレでダメな男に引っかかっただけならば、そういう人だからということで遠ざけることも出来る。なかったことにしましょう、で終わらせれば良い。しかし、相手が結婚詐欺師となると話が別だ。単にサンドラから遠ざけるだけでは話は解決しないだろう。治安的な意味で。

「結婚詐欺ってことは、ちゃんと捕まえた方がいいってこと？　やっぱり僕、エリックさんを鑑定した方がいいやつ？」

「そうなるかぁ……。姉さんを納得させるには鑑定じゃなくて、きちんと情報収集して伝える方が良いと思ったけど、結婚詐欺師となると鑑定でしっかり確認して、誰か大人と一緒に行動してとっ捕まえた方が良いよなぁ……」

そこまで告げて、カミールはがっくりと肩を落とした。面倒くさい仕事が増えた。とてもとても面倒くさい。

姉を面倒な男と別れさせるだけだと思っていたら、まさかの犯罪者の捕縛作戦開始という展開だ。何でこんなことになったんだろうと言いたいのだ。なお、悠利達だってそう思っている。

とはいえ、皆で協力して情報を手に入れた結果、エリックが結婚詐欺師であろうという結論が出たのだ。少なくとも、サンドラはまだエリックに金を渡していない。結婚詐欺師にあったわけではない。ちょっといい感じの恋人が出来たくらいの状況なので、まだ傷は浅い。それを思えば、今のうちに、そう、サンドラが王都にいるうちに、さっさとケリをつけるべきなのだ。

「カミール、お姉さんがここにいるのって、いつまで？」

「大丈夫だ。まだしばらくいるって。商談を色々まとめてから帰るってことらしいから」

「じゃあ、えっと、お姉さんの予定の空いている日に、誰か大人の人に一緒に来てもらって、エリックさんを鑑定して、とっ捕まえて衛兵さんに突き出す感じ、かな？」

「だな」

「お姉さん、僕の鑑定だけじゃ納得しないよね？　多分……」

「多分な……」

これは、悠利の見た目と悠利に対する情報が少ないことが原因だろう。どこからどう見てもぽやぽやとしたただの少年の悠利が、そんなずば抜けて凄《すご》い鑑定能力を持っているなんて思わないだろう。周囲の仲間達や何だかんだで関わりのある知り合い達、さらにアリーの秘蔵っ子という伝家の宝刀を知っている衛兵や冒険者ギルドの関係者などは、悠利の言葉を信じてくれるが。

しかし、サンドラにはそちら方面の情報がないので、悠利は弟の仲間のちょっとぽやぽやした少年でしかないのだ。その悠利の言うことを全て信じろというのは無理がある。

「相手が逃げたときの対策として、アリーさんにお願いしよっか？」

「リーダーにこんな個人的なことで迷惑かけるのもなあ……」

「あのね、カミール」

「うん？」

身内のことで頼れるリーダー様のお手を煩わすのは、みたいになっているカミール。その気持ちはよく解るのだが、悠利は常にアリーに言われている言葉があった。なので、それを真顔で告げる。

「何も言わずに勝手に行動して何か事を起こすぐらいなら、最初から全部言えって、僕いつもアリーさんに言われているから」

「それはユーリ限定だと思う」

「でも今回は僕も関わってるから、最初っから話しといた方がいいと思うんだよね」

「それは確かに。ユーリが絡むと、何が起こるか解んないもんな」

「それ、どういう意味？　別に僕がトラブルを起こしているわけじゃないよ！」

「割とレアな状況を引き当てるのは、大抵ユーリじゃん」

「ふぐぅ……」

カミールの言葉を、悠利は否定出来なかった。とはいえ、悠利の言葉を聞いてカミールもそうだなとは思った。トラブルの種があるのだから、最初に伝えておく方が良いのだろう、と。事後報告でやらかしてから連絡することでリーダー様の心労を増やすぐらいなら、最初から潔く巻き込んでしまおうということである。

決行は、サンドラの予定を確認してからだ。恐らくは結婚詐欺師であろう男を、サンドラから引き離すための作戦。というよりは捕り物と言うべきか。それに向けて準備を頑張ろうと決意を新たにする悠利達なのであった。

◇◇◇

サンドラがエリックと会うことになっていた日、カミール、悠利《ゆうり》、アリーの三人はその場に同行させてもらうこととなった。

カミールは弟として、姉さんの彼氏が気になりますというスタンスを貫いた。まあ、それ自体はよくあることなのか、サンドラは疑いもせずにカミールの同行を許した。

悠利は、趣味が手芸なのでどんな布があるのか気になるから、話を聞いてみたいとおねだりをした。その言葉に嘘はなかったので、サンドラは悠利を疑うことはなく、同行も快く許可してくれた。恋人の仕事に繋がるかもしれないと思ったようだ。

最後に、アリー。悠利のお目付役兼保護者として同行する旨を伝えたのだが、これも普通に通ってしまった。悠利の実年齢は伝えてあるのだが、ぽわぽわとした雰囲気から世間知らずな印象をもたれたようだ。なので、その悠利の保護者として、もしも良い商品を紹介されてもうっかり買いすぎないように監視するという理由でアリーが同行することを、サンドラは必要なことだと判断したらしい。安定の悠利。そして安定のアリーである。

難なくアリーの同行を取り付けることが出来て、悠利とカミールは内心ガッツポーズをした。ここが最大の難関だと思っていたので、クリア出来て嬉《うれ》しかったのだ。

……嬉しくはあるのだが、同時に悠利はちょっぴり「僕ってそんなに頼りないかなあ……」と思ったりもした。頼りないというよりは、何だかこう、ほうっておけないとか、子供っぽく見えるとか、まあそういう愛され属性だ。なので、保護者がいても違和感がないだけだ。多分。

なお、勿論《もちろん》のこと、悠利の護衛を自認する出来るスライムは、同行する。悠利が出かけるときにルークスがついていかないことなどあり得ない。サンドラも少し交流しただけで、この愛らしいスライムが賢いことは理解しているので、邪魔はしないだろうと信頼してくれている。

ルークスは今日も、可愛くて賢くて、それを皆に認められるぐらいに素晴らしく出来たスライムである。

そんなこんなで出会ったエリックは、人当たりの良さそうな穏やかな青年だった。サンドラを歓迎し、彼女が連れてきた悠利達にも優しく対応してくれる。サンドラの弟と名乗ったカミールにも、商品について教えてほしいと言った悠利にも、まるでお手本のような好意的な笑顔を向けていた。

エリックはなかなかに顔立ちの整った青年だった。柔らかな物腰もあいまって、確かにこれは女性人気はありそうだなとカミールは思う。巧みに他人の警戒を解き、その懐に入り込むような話術。なるほど、確かにこれは好感を抱かれやすいと判断する。

しかし、カミールは彼を疑っているので、その人当たりの良さすらも何やら胡散臭《うさんくさ》いと感じている。サンドラは嬉しそうに恋人と雑談をしているが、カミールは表面的には笑顔を向けているものの、その目は決して笑っていない。今に見ていろ、尻尾《しっぽ》をつかんでやるとでも言いたげだ。

そんな彼らの傍らでニコニコ笑いながらも、悠利はひっそりと顔をひきつらせていた。顔を合わせた瞬間、鑑定をするまでもなく、【神の瞳】さんが赤判定を出してくれたのだ。赤、つまりは危険判定。目の前の相手は危険人物だぞというオート判定である。とても便利だった。

なので、悠利はサンドラがカミールとエリックと三人で談笑しているのを見ながら、隣のアリーにぼそりと呟《つぶや》いた。

「どうしましょうアリーさん。真っ赤です」

「そうか」

「鑑定するより先に真っ赤って出ちゃったってことは、この人、ダメな人なんですね」

「人は見かけによらんというが、まあ。その手の奴の方が、善良に見えるのはよくあることだ」

「人間って奥深いですねえ」

「奥深いですますな」

ぼそぼそと小声で会話を交わす鑑定能力持ち二人。人間に裏も表もあることぐらい、彼らはちゃんと知っている。優れた鑑定能力は、時に見たくもない人間の醜さを突きつける。……逆に善良さが見えることもちゃんとあるが。

優しげに見えて腹が黒いとか、穏やかそうに見えて危険だとか、そんなことはよくある。修羅場をくぐってきたアリーだけでなく、【神の瞳】さんのおかげで人間観察が簡単に出来るようになっている悠利も知っているのだ。

知っているが、やはり、そういう情報はいらなかったなあと思うのだ。何事もなく、サンドラの優しい恋人でいてくれるなら、極論、元々が結婚詐欺師でも、彼女に対しては本気だったりしてくれたら、良かったのに。サンドラもだが、カミールも可哀想なので。

「じゃあ、僕、鑑定したら良いですかね？」

「やれ」

「はーい」

アリーはあっさりと許可を出した。本来、個人に対する鑑定はプライバシーの侵害に当たるので、相手の同意なくやるものではないと悠利は厳しく言われている。しかし、唯一の例外が赤判定、つまりは危険人物の鑑定になる。この場合は、野放しにすると危険なのでさっさと調べて対策をとる方が優先されるのだ。

まあ、そもそも今回は、赤判定が出ていなかったとしても怪しい相手ということで、エリックを鑑定するのは確定事項だったのだが。

ただ単に、赤が出ているなら遠慮なくやっちゃっていいよね！　というノリになっただけだ。つまりは、悠利とアリーの罪悪感が綺麗《きれい》さっぱり消えたのだ。必要な情報を遠慮なく見せていただこうという感じである。

【神の瞳《ひとみ》】と【魔眼】という、鑑定系でも上位の技能《スキル》を持つ二人である。エリックがどれだけ如才なく振る舞おうと、隠し通そうとしたその本質はあっさり暴かれるのだった。

――エリック。本名エルリック。

現在布の仲介商を名乗っていますが、実際はそうではなく、口先だけで世の中を渡ってきた熟練の詐欺師の類いです。

特に結婚適齢期の女性に近づき好意を抱かせる術《すべ》に長《た》け、結婚詐欺師としてなかなか活躍している模様。名を変え、髪形や髪色を変え、王都に拠点を置きつつも、商人を装って他の町へ出向くことで結婚詐欺を働いてきました。

エリックは彼が使う、幾つもある偽名のうちの一つです。

なかなかに筋金入りの結婚詐欺師ですので、常習犯だと考えて良いでしょう。遠慮はいりません。

今日も【神の瞳】さんは愉快だった。普通はこんな風な文言は出ないのだが、悠利はそういう鑑定画面しか知らないので、解りやすいなと思って受け止めている。多分アリーにこの画面が見えたなら、色々と頭を抱えたに違いない。見えなくてよかった。

とにかく、エリックが偽名であり、目の前の男が商人ではなく詐欺師の類いだということを確認した。確認したが、物証はない。本日は、それが解っていたのでここにアリーを連れてきたのだ。凄腕《すごうで》の真贋士《しんがんし》として知られているアリー。彼の人間判定が間違うことはない。冒険者ギルドや衛兵にも信頼されている。ゆえに、その見立てを疑う者は滅多にいないのだ。サンドラとは知り合ってまだ間もないが、弟が身を寄せるクランのリーダーがどういう人物かを彼女は知っている。なので、アリーの言葉が無下にされることはあるまいという自信があった。

……多分きっと信じてもらえないだろう悠利と違って、出来る大人には説得力というモノがあるのだ。

「アリーさん、結婚詐欺師って出たんですけど」

「俺の方でも出た」

「多分、証拠はないですよねぇ……?」

「まあ、基本この手の奴らは口先で仕事をするからな。物的証拠はほぼ残らん」

「ですよねえ。じゃあ、やっぱり鑑定結果でごり押しするしかないですか……」

「まあ、ごり押しでも何でも、衛兵に突き出しゃ調べてくれるだろう」

「衛兵さんにお任せってことですね」

「叩《たた》けば余罪が出そうだからな」

「出そうですね。筋金入りってなってましたし」

しみじみと悠利は呟いた。筋金入りの結婚詐欺師だの、熟練の詐欺師だの、ちょっと格好良く聞こえる文言だが、全然格好良くないし、とてもとても迷惑であると。

じゃあ現実を突きつけた方が良いなと思った悠利は、隣のアリーを見上げる。よろしくお願いしますという眼差《まなざ》しだ。アリーは面倒くさそうに頭をかきつつ、己がそのために連れてこられたことも理解しているので、解ったと小さく呟いた。

アリーの同意を得たので、悠利はちょいちょいとカミールの袖《そで》を引っ張った。雑談をしていたカミールも心得たもので、悠利の方を見て「終わったか？」と聞いてくる。そんなカミールに、悠利はこくりと頷《うなず》いた。

「終わったよ。あのー、ちょっとよろしいですかー？　アリーさんから話があるそうなんです」

悠利の突然の言葉に、エリックもサンドラも何だろうと言いたげに不思議そうな顔をした。そんな二人に、悠利は相変わらずニコニコ笑っている。二人に視線を向けられたアリーは、やっぱり面倒くさそうな顔をしていたが、エリックをまっすぐ見て告げた。

「一つ確認したいんだが、アンタなんで偽名を名乗ってんだ？」

「はっ？　偽名ってどういうことですか？」

「エリックは本名じゃないだろう。エルリックが本名だと出てるんだが」

「いきなり何が言いたいんでしょうか？」

驚いたようにエリックもといエルリック、……面倒くさいので、エリックで通すが、その彼は目を見張っていた。寝耳に水だと言いたいのだろう。サンドラの方も驚いたように瞬《まばた》きを繰り返している。彼女には何のことだかさっぱり解らないのだ。思わず口を挟もうとしたサンドラを、カミールは腕を引っ張ることで制した。

そこで彼女も何かを察したらしい。……察せてしまうのだ。今までが今までだから。

アリーとエリックが話しているその会話を聞きながら、サンドラが呆然《ぼうぜん》としたまま弟の名を呼んだ。

「ねぇ、カミール」

「何だよ、姉さん」

「これってもしかして、そういうことなの?」

「そういうことだった」

「そう」

がっくりと肩を落とすサンドラ。わー、今のやりとりだけで話通じちゃうんだーと悠利は思った。話が早いにもほどがある。決定的な言葉は何も口にしていないのに、サンドラは事情を理解してくれているのだから。

つまり、今までどれだけこういうやりとりが繰り返されてきたのかがよく解る。サンドラの男運のなさが、物凄《ものすご》く解りやすく目の前に突きつけられた感じだった。

アリーとエリックの会話は平行線だった。

アリーが何を告げても、エリックはのらりくらりとはぐらかす。まあ、口先で生きてきた詐欺師さんである。そう簡単に己の罪は認めまい。そして彼は、恋人であるサンドラに援護を頼もうとした。

したのだが――。

「どうしたんだい、サンドラ？　そんな顔をして」

「ねえエリック。私、貴方《あなた》に言ってなかったことがあるわ」

「何だい？」

「我ながら本当にどうしようもないとは思うのだけれど、私、好きになる人や付き合う人が、ことごとくダメな男なのよ」

「はい？」

サンドラはキッパリハッキリ言い切った。その顔は、恋に恋する乙女の顔でも、恋多き女とカミールが称したときの顔でもない。冷静に情報を仕入れ、判断し、毅然《きぜん》とした意志で立ち向かう商人の顔である。恋に恋する乙女な部分もサンドラの本質。そして、出来る商人の部分もサンドラの本質だ。

そして今、彼女は、家族がよく知っているしっかり者の次女サンドラの顔でそこに立っていた。

「ダメな男って……」

「ダメな男なのよ。優しくても仕事が出来ないとか、息をするように他人に責任をなすりつけるとか。犯罪者もいたし、ろくでなしもいたわ。その大抵が、私に愛を囁《ささや》くときは紳士なの」

「ええっと……」

「次こそは、次に出会う人こそは、ちゃんと私を愛してくれる人。私と一緒に幸せになれる人。そう信じて生きてきたし、貴方に告白されたときもそうだと思っていたのだけど」

そこで言葉を切って、サンドラはエリックを真っ直ぐに見つめた。意志の強さを反映するような、凛《りん》とした眼差し。しっかりとしたその視線は、アリー相手にのらりくらりと言い訳を並べていた男の動揺を誘った。

恐らくは、彼が見ていたサンドラとは違う一面だったのだろう。簡単に手のひらで転がせそうな女だと思っていた女性が、そうではない姿を見せたのだ。驚いても無理はない。

悠利《ゆうり》達は空気を読んで沈黙している。サンドラが自ら決別するならば、それが一番良い。まあ悠利としても、彼女がこんなにもあっさりとこちらの意図を理解してくれるとは思わなかったが。

そんな悠利に、カミールは悪巧みが成功したような顔で囁いた。

「言ったろ？　姉さんはいつもダメな男に引っかかるって」

「言ってたね」

「年季が違うんだよ。年季があまりにも違うから、家族がダメだと判定を下した相手は本当にダメなんだって理解するのは凄《すご》く早い」

「早かったねー」

「まあ、それくらい日常だったたってことなんだけど」

「カミール、カミールー。遠い目をしてないで帰ってきてー」

過去を思い出したのだろう。説明をしていたカミールが、突然フッと黄昏《たそが》れた空気を醸し出した。眼差しも何だか本当に遠い場所、こことは違う場所を見ている感じだった。

これが日常だったというなら、まあ確かに大変だろう。大切な姉が変な男の毒牙《どくが》に引っかかる前に先回りして、その相手のアラを探し、真実を姉に突きつけ別れさせる。

悠利は、カミールが情報収集が得意だったり、人間観察が得意だったりする理由が解った気がした。知らず知らずのうちに鍛えられていたに違いない。

そして、サンドラに己が疑われていると理解したエリックは、何とか彼女を宥《なだ》めようとしている。しかし、サンドラの意志は固い。彼女は彼が何を言っても、冷静に見つめたまま答えていく。

「待ってくれ。サンドラ」

「まず、貴方の名前についてね。エリックが偽名でエルリックが本名だって、こちらの方がおっしゃったじゃない？」

「君は、僕よりよく知らない人を信じるのかい？」

「全く知らない人ではないわ。私の可愛い可愛い弟が誰より信頼する、クランのリーダー様よ。それに、彼が凄腕の真贋士だってことは、王都に住んでいない私だって知っているわ」

迷いなく言い切るサンドラ。アリーさんってそんなに有名人なんだと言いたげな眼差しを向ける悠利に、アリーは面倒くさそうに手を振っていた。

ちなみに、サンドラがアリーの実力や功績を知っているのは、まあ、カミールが《真紅の山猫《スカーレット・リンクス》》に所属しているからに他ならない。弟からの手紙で知ったのもあるし、弟が所属しているクランやそこのリーダー様がどんな人なのかを調べるぐらい、商人である彼女達ならやるだろう。年の離れた弟が、安全に楽しく生活しているかを知るために周辺の情報収集をしていたとしても、アリーは決して驚かない。家族を預かるというのは、そういうものだと思っている。

それはさておき、真贋士アリーの名を聞いて、エリックは少し動揺したようだった。カミールは、悠利とアリーをクランの仲間とリーダーとしか説明しなかった。とはいえ、この王都にいながらアリーの容姿をよく知らないというのも、ちょっと間抜けであるが。

裏社会にはそんなに名が知れていないのかなと悠利は首を傾《かし》げる。それに対して、アリーは頭を振った。むしろ裏社会の住人の方が、真贋士アリーの実力を知っている。その鑑定で見抜けぬものはないとまで言われる男。一般人のふりをして生きている裏社会の者達が、何より恐れる存在である。

では何故、エリックがアリーに対して警戒心が薄かったのか。その答えは実に簡単だ。

彼は王都では裏社会に多少首を突っ込んではいるものの、特に何もしていないのだ。目立つようなことはしていない。情報を多少共有したりはしていても、彼が活動しているのは王都ではない。別の町でターゲットを引っかけているのだ。今回はたまたまサンドラがこちらへ来ているから王都で会っているだけで、本来彼は王都で、いわゆる獲物と交流することはないのである。

だからこそ、王都で悪事を働く者達ほどアリーを警戒してはいなかった。また、サンドラを説き伏せられると思っていたのだ。

その目論見《もくろみ》はあっさりと崩れてしまっている。サンドラはカミールから仕入れた情報により、エリックが信用出来ないことを確信していた。まあ、これに関しては己の体質、男運のなさをよくよく理解しているとも言えるのだが、

とにかく、早い話が、今のエリックは袋のネズミである。

「エリック。貴方の真実が何であれ、疑念を抱いた以上、私はもう貴方とお付き合いすることは出来ないわ。貴方と一緒に過ごした時間は本当に楽しかったけれど、いいえ、違うわね……。それが楽しい時間であったと思える間に、お別れしましょう」

「サンドラ、待ってくれ、僕は」

「ごめんなさい。私、引き際はわきまえているつもりなの」

そう言ってサンドラは笑う。引き際をわきまえるというよりは、弟の助言には従うというところだろうか。己を案じてくれる弟を無下に扱うことは彼女には出来ない。

とりあえずそれで恋人同士としての二人の話は終わった。終わったはずである。エリックが、いくら終わっていないと主張したとしても、サンドラが終わらせる気でいるのだから終わったのだ。

少なくとも悠利達はそう判断した。なので——。

「ルーちゃん、このお兄さん悪い人だから、ちょっとくるくるっと縛っちゃってもらっていいかな」

「キュピー?」

「衛兵の詰め所まで連れていきたいんだが、運べるか?」

「キュピ」

悠利の言葉に、ルークスは「やっていいの?」と窺《うかが》うようにアリーを見た。ここで素直に悠利の

言葉に従うのではなく、きちんとアリーに許可を求めるあたり、ルークスはとても賢い。アリーが悠利の保護者であり、判断を下すのはアリーの方が適任だということを知っているのだ。

そして、相手がただの一般人であったなら止めたであろうアリーも、この男は衛兵に突き出すと決めていたので、遠慮なくゴーサインを出した。

大好きなご主人様、そしてそのご主人様の頼れる保護者様にゴーサインをもらったルークスの行動は、早かった。ご機嫌でキュイキュイ鳴きながら、伸ばした身体《からだ》の一部でエリックをぐるぐる巻きにして、そのままひょいと頭上に担ぎあげたのだ。

なお、アジトで行き倒れているジェイク先生を運ぶときによくやっているので、とても慣れていた。簀巻《すま》きにした人間を空中に持ち上げるスライム。どこからどう見てもシュールな光景なのだが、当人は満足そうである。空中に持ち上げられてしまうと逃げ出すことが出来ないので、完全に確保されているエリックだった。

「それじゃあ、カミール、サンドラさんに説明とかはよろしく。僕らは衛兵さんの詰め所にこの人を連れていってくるね」

「おう、色々ありがとうユーリ。リーダーも、ありがとうございました」

「いや、まあ、犯罪者の検挙を手伝うのは住民の義務だろ」

そう嘯《うそぶ》いて、アリーはルークスを先導して歩き出す。ちなみにエリックは先ほどから静かなのだが、別に反省して黙っているわけではない。煩くなるだろうと判断したルークスが、エリックの口を塞《ふさ》いでいるだけである。勿論《もちろん》塞いでいるのは口だけだ。鼻まで一緒に塞ぐと息が出来ないことをちゃんと知っている。とても賢いスライムであった。

そんなわけで、悠利とアリーはのんびりと雑談をしながら、歩いていく。その二人の後ろを、ルークスがエリックを捕縛した状態でついていく。

後はカミールの仕事だ。色々と傷ついたであろうサンドラを癒やすのは、弟である彼の役目である。こういうときは、部外者がいない方が良いに決まっている。

部屋から出る寸前、チラリと振り返った悠利が見たのは、泣きそうに顔をくしゃくしゃにした姉を宥めるように抱きしめて、その背中を撫《な》でているカミールの姿だった。仲よきことは美しきかなである。

結婚詐欺にはご用心？　そんなことを考えながら、てくてくと歩く悠利なのでありました。

◇◇◇

情熱的なまでに恋していた相手が、結婚詐欺の常習犯。その衝撃的な事実を突きつけられたカミールの姉・サンドラは、悲しみに打ちひしがれていた。そりゃそうだろう。彼女は本気だったのだから。

確かに、被害はなかった。結婚詐欺に遭う前に、エリックの悪巧みはカミールの主導で暴かれた。だから、サンドラには何も実害は出ていない。しかし、だからといって失恋の痛手が薄れるかというとそうでもない。少なくともエリックはサンドラが知る限り、彼女には誠実で良い恋人だったのだ。

たとえ、それがいずれ彼女から金品を引き出すための布石であったとしても、恋人同士の甘やかな時間はあったのだ。優しくされ、楽しく過ごした思い出は嘘ではない。少なくとも嘘ではないと彼女は思っている。そのときに自分が抱いた感情は本物なのだから。

そんなわけで失恋の痛手を抱えたサンドラは今現在、《真紅の山猫》のアジトで悠利達を相手にブツブツと愚痴っていた。食堂の一角で愚痴っているので、何だか雰囲気がスナックのママのお悩み相談みたいになっているが。

なお、愚痴るサンドラの相手を引き受けてくれているのは、マリアだった。エリックの情報を聞き出したときに親しくなったというのもあるが、年齢も近いので愚痴りやすいのだろう。年下の少年である悠利達には愚痴れず、弟のカミールにぶちまけるわけにもいかない悲しい思いを、彼女はマリアにぶつけている。

ついでにマリアは、一人ではなんだということで、同じ大人の女性枠としてフラウとティファーナを召喚していた。大人のお姉様のお悩み相談会である。

彼女達は、騙《だま》されたサンドラが悪いとは一言も言わなかった。この手の輩《やから》は、それはもう上手に相手の懐に入り込む。冒険者として様々な経験を積んでいるお姉様達は、そのことをよく知っていた。彼女達自身が騙されたことはなくとも、周りで被害に遭った女性を見たことは一度や二度ではない。

ちなみにエリックが結婚詐欺師であったこと、サンドラにまだ実害はなかったものの、彼女が騙されていたことを伝えたときのことだ。女性三人はやわらかな微笑みを浮かべながらも、物凄《ものすご》く冷えきったオーラを放って「そんな男は叩《たた》き潰《つぶ》してしまえばいいのに」などというとても物騒なことを口にした。

連れていったのがアリーさんで良かったと悠利が思ったほどだ。同行者にアリーを選んだのは、もしかしたらエリックの命を救ったのかもしれない。マリアさん連れていかなくて良かったと密《ひそ》かに思う悠利だ。何せ彼女は戦闘職で血の気が多くて、ついでに怪力の持ち主なのだ。

ちなみに、主に話を聞いているのは女性陣なのだが、悠利は何故かその場に居座ったままである。特に口は挟んでいない。主な仕事は給仕。年下の少年なのにこの場にいても何も言われないのは、悠利の人徳なのかもしれない。

「とりあえず甘いものでもと思って用意したんで、どうぞ」

「ありがとう、ユーリくん。……ところでこれ、何かしら？」

「パンの耳で作ったラスクです」

「パンの耳」

「そうです」

目を見開くサンドラ。そう、これはアジトではもはや定番おやつとなっている、パンの耳のラスクだ。パンの耳を揚げて砂糖で味付けしてあるシンプルなおやつである。

何でパンの耳がラスクに化けるのかといえば、サンドイッチにするときにパンの耳を切り落とすことが多いからだ。しかし、切り落とした耳を捨てるのはもったいないということで、悠利がせっせとラスクにしているのだ。そして、まるで備蓄品のように魔法鞄《マジックバッグ》になっている学生鞄の中にしまいこんでいるのである。

このように突然お客さんが来たときのおやつとしても、活躍する。何せ冒険者達の住まいである。お客様のおもてなし用お菓子なんて常備されていないのだ。後はまあ、お腹が減ったと誰かが言ったときにちょっと出してあげる感じで使われている。

目の前のパンの耳のラスクを見て、サンドラは首を傾げながら口を開いた。

「ラスクってこういうものだったかしら？」

「パンの耳で作ってるので」

きょとんとしているサンドラに、悠利《ゆうり》はきっぱりと答えた。ちょっと変わった形をしているのも、全てパンの耳だからである。

ちなみに、今日はお茶請けとしてつまみやすいように、ころころとした一口サイズに切ってある。スティックサイズのパン耳ラスクもいいが、この一口サイズもなかなかいいのだ。お茶を飲みながら、ひょいひょいとつまむなら、このサイズがぴったりだ。

マリア達は慣れたものなので、パンの耳のラスクを「今日のおやつはこれなのね」ぐらいのノリで食べている。カリカリコリコリとした硬い食感と、やさしい甘さが何とも心地よい。

「あらユーリ、これ、いつもと味付けが違う気がしますけど」

「今日のはシナモンも入ってます」

「珍しいですね。どうしてですか？」

「シナモン入りが食べたかったからです」

「なるほど」

ティファーナの疑問に悠利は素直に答えた。普段のパン耳ラスクは、砂糖のみで味付けをしている。今日はそこに粉末のシナモンも一緒に混ぜたのだ。ちょっとした気分転換である。

シナモンの独特の風味は、悠利にとっては食欲をそそるものである。好き嫌いはあると思うのだが、少なくとも目の前の面々は大丈夫のようだ。もしもシナモンが駄目であったなら、砂糖だけで味付けしたいつものパン耳ラスクを出すつもりでいたのだ。

とりあえずは甘いもので一息という感じで落ち着いた。パン耳ラスクと紅茶を堪能《たんのう》する女性四人。悠利はあくまで給仕に徹しているので、食べない。喉《のど》が渇いたらお茶ぐらいは飲むが、黒子状態だ。僕この場にいて良いのかな、いる意味あるのかな、みたいな顔はしているのだが、誰からも向こうに行っていいよとは言われないので、そのままここにいるだけだ。

サンドラは、パン耳ラスクをしばらく食べた後、ふーと息を吐いた。甘いものを食べ、温かい紅茶を飲み、少しだけ人心地ついたようだ。まだ色々と抱えたモヤモヤはあるようだが、先ほどまでに比べて随分と落ち着いた顔をしている。

彼女が自棄《やけ》になって女性陣に愚痴っていた姿を悪いとは、悠利は思わない。むしろ、己の中に抱え込んでいるよりはよっぽどいい。そして、とりあえずサンドラも色々と吐き出して多少はスッキリしたのだろう。表情も口調も随分と穏やかになっていた。

「本当に、我ながらどうしてこうなっちゃうのかしら？　いい人だと思ってたのよねー。今までの相手だってそうよ……」

「逆にここまでそういう風な状況が続くというのも、凄《すご》いことだとは思うがな」

「フラウ、確かに確率を考えると凄いことですが、本人にとっては大変ですよ」

「ああ、解っている。すまない、貴方《あなた》の苦労を茶化すようなことを言って」

「いいえ。大丈夫ですよ。家族にも何で毎回毎回そうなんだって言われてます」

困ったように彼女は笑う。サンドラの男運のなさは筋金入りだ。今までに付き合った恋人で、マトモな男は一人もいなかったらしい。

なお、この色々とダメという部分は千差万別で、今回はたまたま結婚詐欺師という犯罪者に引っかかったが、そうではないパターンの方が多かった。つまりは、働く気のないいわゆるヒモ属性とか、働きはするのだがギャンブル依存症みたいなところがあったりとか。あるいは、執着と束縛が色々とアレなヤンデレ系とか。まあ、挙げればきりがなく、色々なパターンのダメな男に遭遇してきたサンドラである。もういっそ、世の中にはこういうダメな男がいますというテーマで女の子達に講演会を開いても良いレベルだ。

ちなみに、姉がこんな風にダメな男にばかり引っかかるので、カミールもその手の情報は無駄に蓄えていた。いつの間にか男を見る目がシビアになってしまった弟に、サンドラはちょっとだけ申し訳ないなとは思っている。口に出しては言わないのだが。

女性四人はダメ男について色々と話していた。自分達が被害に遭っていなくとも、そういう男の被害に遭った女性の話は聞いているからだろう。なお、女同士の会話だと解っているので、悠利は口を挟まない。この手の話題に、男で未成年の自分が口を挟むのもなぁと思っているので。

そんなわけで悠利は、置物のように大人しく、時々給仕をしつつ側《そば》に控えながら考える。サンドラは男運がないようだが、その反面、家族愛には恵まれている。むしろ彼女の家族になるには、今まで知り合った男達では足りないのではないか。そんなことを悠利は思った。

何が足りないのかと言えば、サンドラのことを第一に考え、彼女の幸せのために走り回ってくれる家族達に受け入れられるだけの器のことだ。きっと今までサンドラが出会ってきた男達では、そういうところが足りていないのだろう。

そもそも、赤の他人から家族になるのだ。誰であろうと認めてもらうのは大変だろうに、サンドラに近寄ってくるのはダメな男達ばかり。それでは認められるわけがない。だから、きっとこれは、いつか本当に家族になれる人と出会うための予備審査ではないかと悠利は考えた。

確かにサンドラはダメな男にばかりに引っかかるようだし、そういう彼女だからカミール達も彼氏達を確認してきたのだろう。それは間違いないだろうけれど、多分、これが普通の男性だったとしても、カミール達はどんな人かを調べたはずだ。ちゃんとサンドラを幸せにしてくれる人なのかどうかと、それはもう厳しい目で見定めただろう。サンドラの周りにいるのは、そういう家族だと悠利には思えた。

「まあ、結婚だけが女の幸せってわけじゃないしねぇ〜」

「マリアは戦っているときが一番幸せなのでしょう?」

「戦っているときというか、私は、私を満足させてくれる相手と戦っているときが一番幸せよ〜?」

「それはむしろ、指名手配されている魔物あたりにでも頼んだ方が早いんじゃないか」

「フラウ、思っていても、それは言わないものです」

「大丈夫よ。そうそういないことぐらい、ちゃぁんと解っているもの」

血の気の多い物騒なマリアお姉さんの性質を、こんな風にのどかに話さないでほしいなと悠利は思った。しかし、ティファーナも普通の顔をしているので、多分女性陣でこういう話をすることもあるのだろう。冒険者として身を立てている彼女達は、恋人やら結婚やらにそれほど興味があるようには見えない。日々楽しそうに過ごしているし、当人が冒険者としての日々を満喫しているように見える。

サンドラは、商人としての生き方を楽しんではいるが、同時に恋愛も楽しむタイプなのだろう。恋をすることの楽しさを彼女は知っている。そして、いずれその人と家庭を築きたいと思っている。なのに何故かダメな男にばかり引っかかるのだ。とてもとても不憫《ふびん》であった。

「まあね。そう簡単に結婚相手が見つかるとは思ってないけど。時々悲しくなっちゃうわ。姉さんはいい人見つけたから、私もあんな風に幸せな家族になりたいと思ってるだけなんだけどなぁ」

「サンドラさんの家族になるには、並大抵の男じゃ足りないんじゃないですか?」

「どういうことかしら」

不思議そうに首を傾げるサンドラに、悠利は先ほどまで考えていたことを伝えた。男運のなさはまあ置いておいて、サンドラの家族に認められる相手という意味では、そう簡単には見つからないような気がしたのだ。

「カミールも走り回って情報を調べてましたけど、多分それっていわゆるダメな男の人じゃなくても皆さんやることだと思うんですよ」

「ええと」

「大事な大事な家族の家族になるかもしれない人。それだけで、まあ厳しい目で評価しますよね。生半可な相手じゃあ任せられないぞって」

「そうかしら？」

「他の姉妹の皆さんに置き換えて考えてみてください」

「そうね。生半可な相手じゃ認められないわ」

即座に答えるサンドラ。「うん、やっぱりここの家族とっても仲が良いんだな」と悠利は思った。自分のことに関しては鈍くて解っていないようだったが、他の姉妹に置き換えた瞬間に「生半可な男を彼氏や夫として認めるわけにはいかない！」みたいなスイッチが入った。解りやすい。

サンドラがこれなのだ。きっと他の姉妹も同じだろう。

「まあ、つまりはそういうことです。ダメな男だろうと、普通の男の人だろうと、ご家族の許可をとるのは結構大変そうかなって」

「……つまり、私の恋人になってくれる人を探すのは大変そうってことかしら？」

「いえいえ、ご家族のお眼鏡に適うような人こそ、サンドラさんの運命の人なんじゃないかなって」

「運命の人」

「はい。運命の人」

にっこりと悠利は笑った。恋多き女、恋に恋する乙女という印象を受けるサンドラ。恋愛に関しては多分ロマンチックだろうなと思ったので、悠利はこんな単語を使ってみた。予想通り、彼女は悠利の言葉にときめきを感じたらしい。

先ほどまでの沈んでいた雰囲気はどこへやら。いつか来るか知れない未来を想像して、幸せそうに微笑んでいる。そんな人に出会えたらいいわね、と呟《つぶや》く顔は、とてもとても幸せそうだった。ちょっと単純だなとは思ったが、悠利は大人しく黙っておいた。周囲も空気を読んで、特にそこについてはツッコミは入れないのだった。空気を読むのは大事です。


そして、サンドラが商談を終えて故郷へ戻った数日後のこと。姉から届いた手紙を読んでいたはずのカミールが、テーブルの上に突っ伏して呻《うめ》いていた。何とも言えない、哀愁漂う背中である。

「カミール、どうしたの？」

「姉さんから手紙が来たんだけど」

「あ、お手紙届いたんだ、よかったね。無事に戻れたって？」

「無事に帰ったし、商談も上手いことまとまったし、実家の皆も元気だし、大丈夫って」

「いいお知らせだよね」

いいお知らせのはずなのに、カミールはどんよりと沈んでいた。どうしたの？　と問いかける悠利。そんな悠利に、カミールは疲れたような顔で答えた。

「何か、故郷に行商に来てた人と知り合って」

「うん」

「とても素敵な人なのよって書いてあった」

「ええっと、それはつまり」

「新しい恋が始まったようです」

フフフと黄昏《たそが》れる感じで遠い目をするカミール。うわー、立ち直り早いなあ、と悠利は思った。いや、サンドラがいつまでも落ち込んでいないで、前を向いてくれるのは良いことなのだが。果たして彼女の新しい恋のお相手が大丈夫な人なのかという意味では、ちょっぴり心配になった。何せ、色々と聞いていたので。

カミールも、今までが今までなので次が大丈夫だという保証がないことに、こうやって頭を抱えているのだろう。何せ、彼は王都で修業中の身である。サンドラの彼氏になるかもしれない人の身辺調査は、実家にいる姉妹に託すしかないのだ。自分が動けないので心配が募っているのだろう。

「まっ、まあ、ほら、カミール。失恋の痛手は新しい恋で癒やせって言うし」

「姉さんの場合、それがまた次の面倒ごとに繋《つな》がる可能性の方が高いんだよ」

「わー、実感こもってるぅ……」

「こもりもするわ！」

思わず叫ぶカミール。そして彼は、「ちょっと上の姉さんに手紙書いてくる！」と立ち上がった。サンドラへの返事も書くのだろうが、それよりも家を切り盛りしている長女に手紙を書くつもりらしい。

サンドラの新しい恋のお相手が、本当に大丈夫な人なのかという意味合いの手紙だろう。まあ、カミールがそんな手紙を送らなくとも、新しい恋が始まったと察したならば、向こうで動いてくれているのだろうけれど。ただ、動いてくれているとしたら、きちんと結果も報告してほしいという感じなのだろうなと悠利《ゆうり》は思った。

そんなことを考えつつ、大慌てで走っていくカミールの背中を見送る。見送って、悠利は小さく呟いた。

「まあでも、落ち込んでるお姉さんを心配してたときよりは、カミールも元気そうだよね」

つまりはそういうことである。多分、これはカミールにとって日常の一つなのだろう。日常って色々あるよねえと悠利はうんうんと一人で納得していた。

次でなくてもいいけれど、いつかサンドラさんにちゃんとした素敵な人が現れてくれればいいなぁと思う悠利なのでした。

閑話二　揚げ焼きで竜田揚げ風お肉

揚げ物というのは、大量に作ろうと思うと結構大変だ。油も沢山必要だし、大量に作っていれば途中で油がへたってくるし。ついでに悠利のようなそこまで食欲旺盛《おうせい》ではない人間にしてみれば、油の匂いだけで胃もたれしてしまう。

しかし、食べ盛り育ち盛りの面々にとっては、揚げ物は大変魅力的な料理だ。その気持ちもまあ解らなくはない。なので、皆が喜ぶご飯を作ってあげたいという気持ちは悠利にもある。あるが、あまりに大量の揚げ物と向き合うと、胃もたれの不安があるのだ。

勿論《もちろん》、今では見習い組の面々も揚げ物ぐらい簡単にやってのける。それでも数が多いとどうしても大変なのだ。

そこまで考えて、悠利は本日のメニューを決定した。

「今日は、揚げ焼きで竜田揚げ風のお肉を作ろうと思います」

「揚げ焼きってーと、油を多めに入れて、焼いているけど揚げているみたいにするってやつだっけ？」

「そう。普通に揚げるより、こっちの方が油も少ないし、匂いもマシかなって……」

「何か凄《すご》い遠い目してっけど、大丈夫か？」

「僕はウルグスほど油に強くないんです」

「ああ、なるほど」

悠利が何を言いたいのかを察したウルグスは、それもそうだなと納得した。彼は揚げ物が大好きだし、お肉の揚げ物となれば、それはもうやる気がみなぎってくる。しかし、大量の揚げ物をしているときに、悠利が途中で「お腹いっぱいになってきちゃった……」などと呟くのを聞いているので、悠利には大量の揚げ物はしんどいのだろうなということぐらいは把握していた。

「ところで、竜田揚げ風ってことは、前に山芋で作ったすっげえ美味《うま》いあの味ってことか」

「まあ竜田揚げだからねぇ」

「あれで肉」

「メインディッシュ、今日はお肉だからねぇ」

「あの味で肉とか、絶対美味いやつじゃねぇか！」

「わぁ、ウルグス、食いつき方が半端ない」

悠利の説明を噛《か》みしめているウルグス。彼は竜田揚げの味付けがどんなものなのかを知っている。以前、山芋で竜田揚げを作ったことがあるからだ。醤油《しょうゆ》ベースのしっかりした味付けに、生姜《しょうが》の風味が漂って何とも言えず美味しい料理だった。山芋でも十分美味しかったのだ。それが肉ならば、美味しくないわけがない！　みたいなテンションになっていた。

ウルグスの反応から悠利は、「そういえば、お肉の竜田揚げ作ったことなかったっけ？」と思い出した。別にお肉の竜田揚げが嫌いなわけではない。作るつもりがなかったわけでもない。単純に、日々のメニューの兼ね合いで、何となく作らないまま来ていただけだ。それだけである。

そんな中、ウルグスは真剣な顔で悠利を見た。美味しいのは解っているが、使う肉によってまた風味が変わる。ウルグスの期待に満ちた眼差《まなざ》しに、悠利はちょっと考えて、けれど、現実をしっかり突きつけることにした。

「お肉はビッグフロッグです」

「ビッグフロッグか……」

「ビッグフロッグの肉、美味しいよ？」

「いや、美味いけど」

ビッグフロッグの肉は、いわゆる鶏もも肉のような味わいだ。庶民御用達《ごようたし》の、まあ、いつでも食卓に出てくるお肉。なので、ウルグスがちょっぴり落胆したのは仕方がない。

けれど、悠利の中では竜田揚げというと鶏肉系なので、ビッグフロッグの肉を選んでしまうのだ。勿論、豚肉で作っても美味しいのは知っているけれど何となくイメージ的に鶏肉なので、鶏もも肉っぽい味わいのビッグフロッグで作りたかったのだ。

とりあえず使う肉が解ったならば、作業に入る。くだらない問答で時間を無駄にしてはいけないのだ。

「というわけなので、ビッグフロッグのお肉を一口サイズのそぎ切りにしてください」

悠利に言われたウルグスは、素直に作業にとりかかる。今の説明だけでどういう風に切ればいいかを理解出来る程度には、ウルグスも料理に慣れていた。最初の頃など、そぎ切り？　みたいな反応をしていたのが懐かしい。皆、日々成長しているのである。

二人でせっせとビッグフロッグの肉をそぎ切りにしていく。何せ《真紅の山猫》《スカーレット・リンクス》は、大所帯だ。皆が満足するだけ食べられるように作るとなると、それはそれはたくさんのお肉を切らなければならない。肉はどれだけ用意しても十分ということはないのだ。育ち盛りとか、身体《からだ》が資本とか、大食いとか、肉食とか、まあそんな感じの仲間達がいっぱいなので。

特に、揚げ物でお肉となると約一名、物凄《ものすご》いテンションで食いつきそうなお嬢さんがいる。猫舌なのでスタートダッシュは遅いものの、そりゃあもう全力で堪能《たんのう》してくれること間違いなしである。

「なあ、ユーリ」

「何、ウルグス?」

「これさあ、レレイさん、絶対凄い食いつくよな」

「まあレレイが食いつかないわけないよね」

「あとこれ竜田揚げだよな」

「竜田揚げだねえ」

「味付けに出汁《だし》、入れるやつだろ？　食いつくと思うんだけど」

「食いつくだろうねえ」

二人で思わず遠い目をした。仲間達のことをよく解っているのだ。そして彼らは思った。肉、いっぱい切ろう、と。少なくとも出来る限り大量に仕込んでおくべきだと彼らは理解した。

お肉&揚げ物のコンボに食いつきそうな肉食女子と、味付けに僅《わず》かとはいえ出汁を使っているという理由だけで反応しそうな出汁の信者。アレな仲間をよく理解している彼らは、騒動にならないように、少しでも平穏に食事が楽しめるように、出来るだけの対処はするべきだという結論に達した。

何故だろう？　普通にご飯を作って美味しく食べるだけでは終わらない。割と常に争奪戦になってしまうあたりが、《真紅の山猫》の日常なのだ。

悠利がご飯で皆を餌付けしてしまった結果だろうか？　美味しいご飯を食べてもらいたいと思っているだけなのだが、その美味しいご飯に皆が食いついた結果、何か騒ぎになってしまうのである。

気を取り直して、二人は大量のビッグフロッグの肉を一口サイズのそぎ切りにしていく。切り終えた肉はボウルに入れて、次はタレを作る作業だ。

竜田揚げのタレは色々と作り方はあるのだろうが、悠利が使う調味料は酒、醤油、生姜の搾り汁、風味付けに出汁。ここに、その日の気分でニンニクのすりおろしを入れたり、塩胡椒《しおこしょう》を入れてみたり、オイスターソースを入れたりもする。

今日はシンプルに基本形で作るつもりだ。気持ち、生姜の搾り汁を多めに入れるのは、さっぱりとした味わいに仕上げたいから。ビッグフロッグの肉は、鶏もも肉に似た味わいでやや脂っぽい。揚げ物ということで重くなりすぎないように、生姜の搾り汁に仕事をしてもらうのだ。

「ということなので、ウルグスは頑張って生姜をすりおろしてください」

「解った」

生姜の搾り汁が大量にいるということは、生姜を大量にすりおろさなければならないということである。これは結構な力仕事なので、力自慢のウルグスがやった方がいい。

そうやってタレが完成したら、そこへ切った肉を入れていく。タレが全体に絡むようにしっかりと漬け込めば、後は味が馴染《なじ》むまでしばらく置いておくのだ。

「それじゃ味が馴染むまで、他の料理も準備しようか。メインディッシュが竜田揚げだから、付け合わせにサラダかキャベツの千切りにしようと思うんだけど、どっちがいいと思う？」

「個人的には、キャベツの千切り。熱々の竜田揚げを上に載せたら、しなっとなって美味そう」

「確かに。じゃあ、竜田揚げは大皿に盛るとして、キャベツはそれぞれのお皿に盛って出した方がいいかな」

「その方が良いだろ。レレイさんとか、確実に肉しか食わねぇ気がする」

「レレイは何でも食べるんだけどねぇ……」

悠利は思わず遠い目になった。肉食大食い女子のレレイは、お肉まっしぐらなのだが、野菜のおかずだって大好きだ。早い話が、美味しいと思うものは何でも食べる。好き嫌いは存在しない。

ただ、肉が一番好きなので、お肉が目の前にあるとそれしか見えない。それが解っているので、彼女の分は最初からキャベツを山盛りにして出そうと決意する悠利であった。どう考えても、他の皆みたいにお代わりには行かない気がした。

そんな風に他の料理の下拵《したごしら》えを終えた後、味がいい感じに染み込んだであろうビッグフロッグの肉を確認する。最初に入れたときよりも、肉にタレの色味がついていた。

「これならいけそうかな？　それじゃあ、まず試食用を作ってみようか」

「絶対美味いやつ」

「作る前から言わないでよ」

思わず呆《あき》れたように笑う悠利《ゆうり》。ウルグスはもう、味見が楽しみすぎて心がそちらへ飛んでいた。

今回は揚げ焼きなので、フライパンに多めに油を入れる。油がしっかりと温まったら、そこへタレをよく切ってから片栗粉をまぶした肉を入れる。ジュワッとかバチバチという音が聞こえる。

ちなみに、竜田揚げを作るときのコツは、タレをしっかり切ってから片栗粉をまぶすことだ。そうすることで、衣がダマにならず、薄めに仕上がる。タレの入っているボウルへ直接片栗粉を入れるとダマになってしまうので、別の場所で片栗粉をまぶした方が綺麗《きれい》に仕上がる。少なくとも悠利はそういう風に作っているので。

竜田揚げは唐揚げに似ているが、悠利の中では衣が小麦粉なら唐揚げ、片栗粉なら竜田揚げという認識である。厳密にどういう違いがあるのかは知らないが、少なくとも釘宮《くぎみや》家ではこれで通っていた。

バチバチと音をたてながら、肉に火が通っていくのが解る。泳ぐほどではなく、肉の半分ほどが浸《つ》かる程度の油しか入れていないが、それでも浸かっている面は確かに揚がっている。きちんと火が通ってきたと確認出来たら、今度はひっくり返してもう片面も同じように焼く。

この揚げ焼きという調理方法は、他の食材でも行える。利点は、揚げ物ほど大量の油が必要ないところだろうか。油が多くないので、揚げ物ほど油《あぶら》はねはしない。その代わり、厚みのある食材は向かない。片面ずつしか焼けないので、その状態できちんと火が通る程度の厚みが適切なのだ。

そう、だから悠利は、ビッグフロッグの肉を一口サイズのそぎ切りにした。そぎ切りとは、つまりは斜めに薄く切ることだ。よくお店で食べる唐揚げや竜田揚げのようなころりとした形では、揚げ焼きには適さないのだ。

そうこうしているうちに両面しっかりと揚げ焼きに出来た。こんがりとキツネ色になっているのを確認して、フライパンから引き上げる。しっかりと油を切ってから小皿に載せ、二人は顔を見合わせて頷《うなず》いた。味見は大事なのだ。

かぷりと竜田揚げを囓《かじ》った瞬間に感じるのは、やはり出来たて特有の熱さだ。ついで、ジュワリと口の中に広がる肉汁とタレの味。醤油ベースのタレではあるが、今日は生姜をたっぷり入れたので、ぶわりと広がる風味が鼻から抜ける。ビッグフロッグの肉は鶏もも肉に似ているので、肉そのものの味わいがしっかりしている。脂もほどほどに存在するので、タレの味に負けることもなく、肉そのものの旨味がしっかりとそこにある。

まあ、うだうだと並べ立てているが、早い話がとても美味しいということだ。

「やっぱり、竜田揚げはビッグフロッグのお肉が美味しいと思ったんだよね。うん、いけるいける」

思った通りの仕上がりに、悠利は満足そうに頷いている。揚げ焼きではあるが、しっかり火を通したので食感は普通に揚げたときと変わらない。そんな悠利の横でウルグスは、無言で竜田揚げを食べていた。

「ウルグス、味はどうかな？　僕は、これくらいでいいと思うんだけど」

「……」

「ウルグス？」

返事がなかった。悠利がウルグスを見れば、彼は噛みしめるように竜田揚げを味わっていた。味見は一個までなので、その一つを大事に大事に堪能しているのだろう。それは解ったけれど、何もそこまで真剣にならなくても……、と思う悠利だった。

しばらくして、竜田揚げをじっくり堪能したらしいウルグスは、真剣な顔で悠利を見た。

「どうしたの、ウルグス」

「ライスがいる」

「ええっと」

「山芋のときも思ったけど、これ滅茶苦茶ライスが欲しくなるから、ライスいっぱい準備しようぜ」

「ウルグスのその勘は本当に当たるんだよね。解った。ライスいっぱい用意するね」

「レレイさん、絶対にいつもの二倍ぐらい食う」

「レレイの二倍はやめてほしいな、僕……」

美味しかったのは解るが、その予想はいらなかったと思う悠利。しかし、ウルグスのこの手の勘は外れない。何せ、彼がそもそもお肉大好きでご飯も大好きなのだ。その彼に太鼓判を押された以上、確かにいつもよりお米は多めに準備した方がいいかもしれないと思う悠利なのでありました。

そして夕飯の時間、ウルグスの勘は大当たり。それはもう、先見の明ってこういうことを言うのかなというレベルで、当たっていた。

結論から言えば、ビッグフロッグの竜田揚げは大好評である。揚げ焼きではあるが仕上がりは問題ないので、味も食感もきちんと竜田揚げだ。タレにしっかり漬け込んだ濃い味付けは、ご飯が進むおかずとなっている。

そして、普通の竜田揚げを知らない皆にとっては、作り方が揚げ焼きだろうと何も問題はない。この料理がとても美味しい肉料理だということだけが、重要なのだ。

肉にしっかりとタレが染み込み、その濃いめの味付けが多めに入れた生姜《しょうが》の搾り汁によって思ったよりさっぱりと仕上がっている。肉汁は確かにあるのに、生姜の風味のおかげで食べやすく、また千切りキャベツと共に食べても、白米と共に食べても美味しい。こんなおかずで箸《はし》が進まぬわけがないのである。

それは、悠利の目の前で幸せそうに肉を頬張っているレレイも例外ではない。同じテーブルの彼女から自分の分を確保するために、悠利達はとりあえず小皿に竜田揚げを多めに取っていた。レレイは猫舌なので最初は食べずにじーっと待っているのだが、実際に食べ始めたら彼女が一番速いのだ。

「そういえばこのお肉、ビッグフロッグなのよね？」

「そうだよヘルミーネ」

「でも何かさっぱりしてるから美味しい」

「今日は生姜の搾り汁を多めに入れたからね」

「生姜って凄《すご》いのね」

「ねー」

のほほんと会話をしている悠利とヘルミーネ。彼らが比較的穏やかに過ごせているのは、同席者であるクーレッシュのおかげである。彼はレレイの行動が解っているので、彼女が何も考えずに食べようとすると大皿を取り上げたり、他のおかずを食べるように誘導したりと、何というかこう、甲斐甲斐《かいがい》しく調整してくれている。

なお、クーレッシュがいない場合は、レレイと同じテーブルになった誰かがこの役目をやらなければならない。ちなみに、悠利がクーレッシュの代わりにこの役目をお願いすることが多いのは、マリアやラジである。年齢も近く、常日頃からなんやかんやと接触のある訓練生同士。ついでにレレイに力負けもしない。この二人は、レレイが大皿料理に突撃しようとした場合に、いい感じにブレーキをかけてくれるのだ。適材適所であった。

それはさておき、竜田揚げの美味しさはやはり、下味がしっかりついていることだろう。嚙《か》めば嚙むほど、肉汁とタレの味が混ざり合ってより一層食事が進む。今回は小食組でも食べやすいようにと生姜の搾り汁を多めに入れたが、これがまた大当たり。小食組以外も美味しそうに食べている。

ちなみに、隠し味程度にタレに少量の顆粒《かりゅう》だしが入っているからなのだろう。マグがそれはもう解りやすいほどに食いついていた。なお、それを見越してウルグスと悠利は、あらかじめ別皿を用意しておいた。そうでもしないと見習い組のテーブルが、すさまじい争奪戦になるからだ。

自分用の大皿を用意され、ご満悦のマグ。別に、これはマグだから贔屓《ひいき》しているというわけではない。誰かの好物の場合は、その人だけ大盛りにするとか、皆がお代わりを譲るとか、そういう気づかいは他の人の場合にだってするのだ。

ただ、マグの場合は出汁に対しての情熱が激しく、彼がそういう待遇を受けていることが多いだけである。基本、出汁の入った料理は全部好物みたいになってしまうので。つまりは、判定枠が多いのだ。

「美味」

「美味《うま》いのは解ってる。とりあえず、その皿だけで満足しとけ」

「美味、大皿」

「大皿は俺ら三人の分だよ」

じーっと見つめてくるマグに、ウルグスはきっぱりと言い切った。まだ自分の皿にたっぷり竜田揚げがあるというのに、マグはそっちの大皿のも美味しそうみたいな反応をしていた。きちんと言い聞かせておかないと自分達の分が危ないと思ったのか、ウルグスもそこは譲らない。

普段ならここでケンカになるのだが、今日は手元の大皿に満足する量があるからか、マグはそれ以上何も言わなかった。食事に集中するつもりなのか、竜田揚げを口に入れては白米を口に運び、竜田揚げを口に入れてはキャベツの千切りを口に運びという感じで、まあ美味しそうに堪能《たんのう》していた。平和が一番である。

悠利も勿論《もちろん》堪能している。揚げ焼きとはいえ量が量なのでちょっと胃もたれするかなとは思っていたが、ウルグスが代わりに頑張ってくれたので負担が少なかったのだ。せっかく美味しい料理なので、悠利も美味しく食べられる方が良いと気遣ってくれたのだ。優しい。

「ねぇユーリ、聞いて」

「なぁに、レレイ」

「あたし思うんだけどね。これきっと、オーク肉でも美味しいと思う！」

「…………」

キラキラと顔を輝かせるレレイ。悠利は思わず沈黙した。肉食の本能って凄いなぁというやつである。

豚肉の竜田揚げも存在する。あれはあれで、薄切り肉みたいなので作るとカリカリ食感も楽しめて楽しい。楽しいのだが、特に料理が得意というわけではないのに、食べる方法やこれだったらあの食材でも美味しくなると思う、みたいな発想がひょいひょい飛び出してくるレレイに驚いているのだ。食いしん坊の食いしん坊たる所以《ゆえん》なのだろうか。

「そうだねぇ。まあ、オーク肉でも美味しく出来ると思うよ」

「じゃあ今度作って」

「まあ、それは食材とかの兼ね合いということで」

「作ってよ」

「だから、その日の状況によるってば。もしかしたら、いつか作るかもしれないってことで」

「はぁい」

ここで安請け合いをしないのが悠利の処世術であった。うっかり安請け合いをしてしまうと、「まだ？　まだ？」「今日作ってくれる？　明日作ってくれる？」みたいな感じで、レレイに付きまとわれるからだ。悠利は学習したのである。

まあ、確かに豚肉の薄切りを竜田揚げにしたのは美味しいし、多分皆も気に入ってくれるだろう。オーク肉はビッグフロッグやバイパーの肉に比べれば少し高めだが、手が出ない値段ではない。いつかそのうち、他の食材との兼ね合いも考えて、後お財布事情と相談して、作ってみてもいいかなと思う悠利だった。

とりあえず揚げ焼きで作った竜田揚げ風のビッグフロッグは大好評で、ウルグスと二人で大量に仕込んだ分は、きっちり皆の胃袋に消えていったのでした。美味しいは正義です。

第三章　イレイシアと人魚と海神《わだつみ》の加護

昼食も終えた昼下がり。外はしとしとと雨が降っており、外出するのも気が向かない。そんな感じで仲間達はリビングで雑談をしていた。

そして、その中で、話題はイレイシアの故郷へと移っていった。

イレイシアは人魚族の少女だ。その故郷の話となれば、当然海の話になる。海は皆も知っている。夏休みと称して港町ロカへ皆で出かけたことがあるので、故郷で海を見たことがなかった面々も、海がどういうものかを知ることが出来た。

だが、海は幾つもの顔を持つ。陸地であってもその土地土地で趣が違う。海もまた同じだ。ましてや、人魚の生活とはどのようなものなのか。皆が興味を持つのも無理はなかった。

「わたくしの故郷の海は、ここからは随分と離れた南方の海になります」

「南方ってことは暑いのー？」

「いいえ。確かに寒さとは無縁ではありますけれど、わたくしの故郷はどちらかというと温暖な気候で、こちらの方が暑いかもしれませんわ」

「そうなんだー」

ヘルミーネの質問に、イレイシアは穏やかに答えた。南の海と聞いて、皆は暑い場所かと思ったのだが、どうやら違うらしい。

　確かに、単純に南北だけで気候は決まらない。南だろうが寒い場所はあるだろうし、北だろうと心地《ここち》好い場所はあるだろう。標高とか建造物の有無とか、植生にも左右されるに違いない。

　今の会話で、皆は俄然《がぜん》イレイシアの故郷に興味を持った。寒くはないが、暑さはここよりもマシらしい南の海。果たしてそこはどんな海なのかと、わくわくしていた。

　……約一名悠利《ゆうり》だけは、観光地で有名な常春の島とかに近いのかな、と考えていたが。行ったことはないが、テレビとかで見る限り、無駄な湿気もなく、爽《さわ》やかな風が心地好い南の島というのはあるらしいので。大変羨《うらや》ましい。

「人魚と一口に言っても、全ての人魚が同族というわけではありませんわ。そこは地上に幾つも国があるのと同じですわね」

「人魚の集落って、やっぱり海の中にあるのー？」

「それもまた、場合によりますわ。わたくしの故郷は島を集落の拠点にしております。他の地域では、海の中に集落を作る人魚もいると伺っていますわ」

「そーなんだ。何か、人魚の集落って海の中のイメージがあったけど、違うんだねー」

　自分の思っていたのと現実が違ったことに、レレイは不思議だねーと笑っている。一般的な人魚のイメージは、やはり水中で生活する種族という感じなのかもしれない。確かに、悠利のイメージでも人魚の王国は海の中だ。これは童話のイメージが強いのかもしれないが。

　それは他の面々も同じだったらしく、水中じゃないんだと言いたげな顔をしていた。巧みに泳ぐ海の種族という印象が強いので、やはり人魚と言えば海なのだろう。

そんな皆に、イレイシアは穏やかな口調で説明してくれた。

曰《いわ》く、人魚の集落は外敵や気候によって水中にあるか陸上にあるかが決まるらしい。また、島を拠点にしているイレイシアの故郷だが、各家には地上部分と水中部分が存在し、半分は海で生活しているようなものだという。

人魚という種族は、陸上でも水中でも呼吸が出来るという特性を持っていた。岩場に腰掛けて歌う美しい種族という印象だが、彼女達は水中でも陸上と同じように呼吸し、同じように会話をすることが出来る。単に呼吸出来るだけではなく、人魚は水中でも「歌うことが出来る」のだ。

これは彼女達の神、海神の加護によるものと言われている。どういう仕組みかはよく解らないが、人魚は水中で会話が出来るし、そのときに別に水を吸い込んだりはしないのだという。生まれたばかりの赤子でもそうなので、そういう種族なのだろうという感じの認識だ。

「じゃあ、イレイスのお家も半分は水中なの？」

「ええ。寝室は水中にある家が多いですわね」

「水中で寝るの⁉」

「はい、そうですわ」

驚愕《きょうがく》する悠利に、イレイシアは不思議そうな顔をしつつ頷《うなず》いた。それは彼女にとっては普通のことだったのだろう。何故悠利がそこまで驚いているのか、……悠利だけでなく、居合わせた皆が同じような反応をしているのかが、彼女には解らない。

人魚は海神の民。海の神に愛された、その庇護下《ひごか》にある種族。そんな彼女達にとって、海の中とはすなわち神の揺り籠《ゆかご》のようなもの。何より落ち着く場所なのだという。

所変われば品変わる。種族が違えば更に変わる。そんなことは重々承知していたつもりだが、それでもやはり、随分と違うので驚きが隠せない悠利達だった。

「人魚にとって水は、我々にとっての空気みたいなものですからねぇ。別に水中だろうと不都合はないんだと思いますよ」

のほほんとした口調で語ったのは、ジェイクだった。学者のジェイク先生は日常生活で遭難するようなダメ大人の見本であるが、学者だけあってその知識は本物だ。こういう風に解説してくれるときの彼は、普段と打って変わって頼れる大人であった。

「そういうものですか?」

「生物にとって、呼吸出来る場所というのはそれだけで安全地帯ですし。そういう意味では、水中で眠ってもおかしくはないでしょう。文献によれば、地域によっては地上で眠る人魚もいるみたいですよ」

「土地柄で変わるってことですか?」

「恐らくは」

ジェイク自身がイレイシア以外の人魚を見たことはないし、彼は人魚が生息する場所へ行ったこともない。しかし、膨大な量の書物を（ほぼ単なる知的好奇心から）読破しているので、知識は色々と持っているのだ。

イレイシアは己の故郷については語れるが、それ以外の人魚についてはあまり知らない。一口に人魚と言っても様々な一族がいるらしく、言葉遣い一つとっても大いに異なるのだ。

例えば、イレイシアは清楚《せいそ》な美少女の外見に相応《ふさわ》しい、お嬢様のような上品な口調で喋《しゃべ》る。しかしこれは、彼女の育ちが良いとかではなく（それも確かにあるだろうが）、彼女達の一族の普通の言葉である。端的に言うと、方言みたいなものだ。

男性になるともう少し砕けた口調になるようだが、それでも実に丁寧な敬語調。イレイシアの一族は、全体的に上品な雰囲気で話す人魚だった。人魚のイメージにぴったりだと悠利達は思っているので、是非ともそのままでいてもらいたい。

逆に言うと、快活な人魚達の中にははすっぱな姐御《あねご》口調だったり、海の男満載なノリで喋る人魚もいるそうだ。イレイシアは色白美人だが、ところによっては小麦色に焼けた肌が美しい豪快なタイプもいるとか。人魚にも色々である。

「イレイスは日焼けしないタイプって言ってたけど、つまりは日焼けしてる人魚もいるの？」

「日焼けというよりは、元々そういった色をしているというのが正しいのではないかと思いますわ」

「なるほど」

ヘルミーネの質問にも、イレイシアは丁寧に答えてくれる。日焼けは火傷《やけど》の一種であるが、どうやら人魚達はそもそも太陽光に焼かれて肌が変色するという性質は持ち合わせていないらしい。

その代わりと言っては何だが、彼らは熱を感じると水分の蒸発が他の種族よりも早い。脱水症状を起こしてしまうのだ。元々が海と共に生きているからだろう。長時間水から離れたり、熱に晒《さら》されたりすると、体内の水分が不足してしまうのだという。

実際、イレイシアも暑い日にはぐったりしている。飲んでも飲んでも水分補給が追いつかず、挙げ句の果てには見かねた仲間達に頭の上から水をかけてもらう始末だ。人魚が陸上で生活するのって大変なんだなぁ、と皆は思っている。

しかし、イレイシアのように陸上で生活する人魚の数は、決して少なくはない。彼女もそうだが、吟遊詩人の多くは人魚達だ。彼らは楽器と歌を得手としており、物語を歌い継ぐのにこれほど最適な種族もいない。

また、趣の差はあれど、基本的に人魚は美しい種族だ。線の細い美人やがっしりした健康美人などバリエーションは豊富だが、客観的に見て整った容姿をしている。そういう意味で、華やかに英《えい》雄譚《ゆうたん》を歌う吟遊詩人として活躍する人魚は、とても多い。

ちなみに、下半身が魚の人魚がどうやって陸上で生活するんだという疑問に対しては、大人になれば尾びれを足に変形させることが出来るというのが答えである。子供の間は上手に変形出来ないので、擬態がちゃんと出来るようになって一人前なのだとか。

別に、人間の足のようになっているからといって、歩く度に痛みがあるとかではない。下半身を足にしている状態の人魚を人魚と見抜くのは難しいが、彼らは己が人魚であることを特に隠しはしないので意外と知られていたりはする。イレイシアもその口で、市場で買い物をするときなどは人魚向けの商品があると皆が声をかけてくれる。

なお、人間の足に擬態している下半身であるが、極度に水分を失うと尾びれに戻ってしまう。己の意図しないときに尾びれに戻るというのは恥ずかしいことらしく、アジトで時々足が尾びれに戻ってしまった場合イレイシアは、羞恥《しゅうち》に顔を染めながらサンドレスに尾びれを隠している。風呂《ふろ》や水泳の際に尾びれに戻すのは恥ずかしくないらしいので、悠利達にはちょっと解らない感覚である。まぁ、当人が恥ずかしがるので、皆もそこは気を付けてあげている。具体的には、そっと指摘して水をプレゼントする感じだ。失った水分を補充すれば、また擬態出来るようになるらしいので。

「はいはいはい！　人魚って普段何食べてるの？　イレイスは割と何でも食べてるけど」

「特に嫌いな食材はありませんけれど、主に魚介類を食べておりますわ」

「魚介類……。お魚も貝も美味しいよね！」

「ええ。……ただ、わたくし達は基本的に、魚介類を生で食しますの」

「……生で？」

「はい、生で」

　元気よく質問したレレイは、イレイシアの答えにきょとんとした。彼女は何でもよく食べる大食い娘であるが、魚介類の生食には慣れていない。こればっかりは育った環境によるものなので仕方ない。

　それって美味しいの？　と言いたげな顔をしているレレイ。他の仲間達も同じくだ。そんな仲間達を見て、「まぁ、そういう反応になっちゃうよねぇ……」と悠利は思った。《真紅の山猫《スカーレット・リンクス》》は人数が多いが、その中でも生の魚介類を好んで食べるのは、イレイシア以外だと悠利とヤクモのみである。

和食に似た文化の地域で育ったヤクモは、悠利同様にお刺身を普通に食べる。むしろ好きな部類だ。鮮度の良い魚が手に入ったとしても、この辺りではそれを生で食べるという習慣がないので、勿体《もったい》ないという話を時々している。……なお、お刺身大好きトリオで食事が重なったときは、悠利が嬉々《きき》としてそれ系のご飯を提供しているが。海鮮丼とか美味しいです。

「料理はしないの？」

「しますわ。ですけれど、魚介類は生で食べる方が好みと言いますか……」

「そっかー。好みなら仕方ないねー」

一人満足そうに頷いているレレイ。彼女は美味しいものが好きだった。なので、食の好みが千差万別なのも理解している。レレイには魚介類の生食はよく解らないが、イレイシアの好みがそれならば文句を付ける筋合いはないのだ。

商人の息子のカミールは一人、「生……。人魚相手に食で商売するなら、魚介類の生食が必須《ひっす》なのか……」と呟《つぶや》いていた。……当人はトレジャーハンターを目指していると言うが、どう考えても思考回路が商人である。相変わらずのカミールだった。

そんな中、普段は特に他人に興味を示さないマグが口を開いた。自分より随分と背の高い、そのために座っていても上背が自分よりもあるイレイシアを、じっと見上げる。

「出汁《だし》」

「……はい？」

「出汁、美味。……美味？」

「……あの、申し訳ありませんが、通訳をお願いしてもよろしいでしょうか……」

「……了解です」

マグが珍しく自分から積極的に他人に興味を示したのはめでたいことなのだが、問いかけが安定のマグ節だったので、イレイシアにはちっとも通じなかった。何とか理解しようと頑張ったイレイシアだが、無理だと判断してウルグスに協力を求める。ウルグスもいつものことなので拒まなかった。

しばし、マグとウルグスが二人で会話をしている。相変わらずマグは単語で喋っているし、何を言いたいのかよく解らない。しかしウルグスはそんなマグの表情や声音から、何を言おうとしているのか理解していた。……ぶっちゃけ、他の面々には表情も声音もニュートラル状態から動いていないように思えるのだが。

「イレイスさん、こいつが聞きたかったのは、人魚は出汁を好むのかってことみたいです」

「出汁を……？」

「昆布って海藻じゃないですか。この辺じゃあんまり馴染《なじ》みがなかったけど、海なら昆布も食べるのかなって感じで気になったっぽいです」

「あぁ、なるほど。昆布もワカメも、それ以外の海藻も美味しくいただきますわ。スープ類には必ず海藻が入っていますから、意識せずとも出汁を味わっていたということですわね」

「……美味！」

「えー、可能ならばその海藻入りスープのレシピを教えてほしい、と。食べてみたいようです」

「わたくしに解る範囲でしたら、喜んで」

「感謝」

食い気味に飛びつこうとしたマグを、ウルグスは襟首を引っつかむことで止めていた。これは、相手がイレイシアだから止めたのだ。戦闘に不向きな華奢《きゃしゃ》な美少女相手に、小柄なマグとはいえ勢いを付けて飛びつくのはよろしくない。

そんなマグの姿を、皆は安定だなぁと思って見ていた。食いつくところがそこなのか、という感じである。出汁をこよなく愛する出汁の信者は、今日も元気に出汁にまっしぐらだ。むしろ他のことは何も気にならないらしい。ブレない。

イレイシアの言葉通り、人魚は海に住むので魚介類とか海藻とかをこよなく愛している。いや、愛しているというのとは違うかもしれない。それらは彼らにとってあって当たり前の、己の一部レベルで馴染んだ食材なのだ。日本人にとっての醤油《しょうゆ》みたいな感じで。

だからこそ、故郷から遠く離れた王都ドラヘルンで、悠利《ゆうり》が時折用意するお刺身系の料理を、イレイシアは喜ぶのだろう。昆布やワカメは比較的食卓に並ぶが、生食可能な魚介類はなかなか手に入らないので、レア度が高いのだ。

「イレイスの故郷は島に集落があると言ったけれど、血縁で固まっている感じなのか？」

「はい。主だった血筋は幾つかありますが、基本的には集落に住まう人魚は同族と考えていただいて問題ありませんわ」

自分も同族と共に集落で育ったからか、ラジはその辺りのことが気になったらしい。ちなみにラジの故郷はほぼ全員が親戚《しんせき》である。右を向いても左を向いても血の繋《つな》がりがある環境って不思議だな、と悠利は思うが。

ちなみに、イレイシアの言う同族とは、似たような体質や言葉遣いをしている人魚のことだ。人魚という大きな括《くく》りでは同じでも、その中で細分化された一族があるらしい。そして、基本的にはその一族単位で集落や国を作っているのだ。

ラジの故郷と異なるのは、同じ一族でも血の繋がっていないパターンがあることだろうか。血の濃さという意味で言うと、ラジの故郷の方がより強固に同族だけで固まっているという印象がある。

「人魚という種族で考えると全て同じに見えるかもしれませんが、我々人間も血筋や性質がバラバラですからね。人魚にも色々あると考えるのが良いですよ」

「そうですねー。種族だけで見ちゃうと、大雑把すぎますもんね」

ジェイクの解説に、悠利はうんうんと頷《うなず》いた。人間だから全部同じだと言われたら、悠利達だって困ってしまう。人類皆兄弟とは言うが、実際に全員が兄弟だったらちょっと怖い。

相手が異種族ということで、何となくざっくりまとめて考えてしまいそうだった一同は、その思考に待ったをかけられてなるほどなぁと思った。自分達だって大きな括りで判断されても困る。きちんと知ることは大切だった。

「わたくし達は基本的に同族だけで集落を形成しますが、他の人魚と関わりがないわけでも、ましてや仲が悪いわけでもありませんわ。集落同士の交流はありますし、婚姻関係を結ぶこともありますから」

イレイスが付け加えた説明に、ちょっと解ると呟いたのはクーレッシュとヤックだった。山村と農村という違いはあれど、小さな集落で生まれ育った二人である。基本は村の中だけで婚姻が行われるが、ちょこちょこ交流のある別の集落との間で婚姻が結ばれることもあるのだという。

まぁ、出会いの場が少なければ自分達の集落内で収まってしまうのも無理はない。それと同時に、だからこそ交流があれば別の集落との間で婚姻の話が出てもおかしくはない。そうやって互いに交流することで、新しい風を入れることになるのだろう。血が濃くなりすぎないという意味でも。

そういう側面には思い至らなかった悠利が口にしたのは、まったく別のことだった。

「じゃあ、イレイスももしかしたら集落の外へお嫁に行くかもしれないんだね」

「わたくしは吟遊詩人として世界を巡るつもりですから、どうなるかは解りませんわ」

「頑張れ、イレイス」

「はい」

悠利の言葉に、イレイシアは満面の笑みを浮かべた。楽器と歌が得意な人魚族は吟遊詩人に向いている。イレイシアもその例に漏れず、とても上手に楽器を弾きこなす。そして彼女の声は美しい。吟遊詩人として日夜修練に励んでいるのも知っている。

……知っているが、同時に彼女には音痴というどうしようもない欠点があって、それは未《いま》だに解決していない。皆の言葉を借りるなら、最初の頃より歌は上手になっているらしい。しかし未だにハモり状態。何故か主旋律が歌えない不思議ちゃんである。

当人は一生懸命に練習をしているので、皆も応援することしか出来ない。いつの日か、彼女がちゃんと歌えるようになって、吟遊詩人として一人前になれれば良いなぁと皆は思っている。直向《ひたむ》きに頑張っているイレイシアの思いが、努力が、報われる世界が見たいのだ。

その後も、人魚あるある話を色々と聞いて、とても楽しい時間を過ごす悠利達なのでした。知らないことを知れるのは楽しいのです。

◇◇◇

それは本当に、たまたま、偶然、うっかり、気付いてしまったことだった。本当にうっかりで、わざとではないのだ。それでも確かに悠利は、イレイシアのステータスを見てしまった。

悠利は鑑定系最強のチート技能《スキル》である【神の瞳《ひとみ》】を持っているが、許可なく相手のステータスを見るのはプライバシーの侵害だということもちゃんと理解している。遠慮なく見ても良いのは【神の瞳】さんが赤判定を出した相手、すなわち悪者だけである。

普段の悠利は、仲間達の体調管理以外で彼らの状態を鑑定したりはしない。まぁ、色々と出来た技能である【神の瞳】さんは、悠利が自分から鑑定しなくとも、具合の悪そうな仲間には赤とかオレンジとかの色でお知らせをしてくれるのだが。……持ち主に合わせてアップデートされていくトンデモ技能であった。

それはともかく、悠利はイレイシアのステータスを勝手に見てしまったことになる。見なかったことにするには、ちょっと色々と気になる文言があった。しかし、当人に伝えるのもアレな内容だったので、悠利はひとまずアリーの下へ向かうことにした。困ったときには保護者にお伝えするのが筋である。

……少なくとも、勝手に行動してわやくちゃになるよりは、事前にお話しておいた方が良いのだ。アリーにもそう言われているし。

そうと決めた悠利は、自室で書類仕事に勤《いそ》しんでいるであろうアリーの下へと移動する。イレイシアは仲間達と楽しそうに談笑していた。悠利が見た状態とは無縁のような、いつも通りの柔らかな笑顔だ。だからこそ悠利は彼女の顔を曇らせるような質問をしたくなくて、こうしてアリーの下へ向かっているのだった。

ノックをしてお伺いを立てれば、アリーはすんなりと悠利の入室を許可してくれた。どうやら仕事が一段落していたらしい。良いタイミングだ。まぁ、そうでなくともアリーは、突然訪ねてきた悠利を邪険に扱うことはない。仕事中にやってくるのはよほどのことだと解っているからだ。

「それで、何があった？」

「イレイスのことなんですけど……」

「イレイシア？　……何があった」

悠利の言葉に、アリーの表情が強《こわ》ばった。他の訓練生ならば、何か騒動を起こしたとか、騒動に巻き込まれたと言ってもいつものことで終わる。しかし、イレイシアはそうではない。彼女は皆が騒いでいるときも一歩引いた場所で大人しくしているタイプなので、面倒ごとに巻き込まれることはそうそうない。

……まぁ、裏を返せば、皆が暴走しているときに止める力も持っていないということなのだが。少なくとも己の身の安全は確保出来ているので良しとしよう。

「その、うっかりイレイスのステータスを見てしまったんです」

「……それで？」

「……あの、アリーさんはご存じなんですか？」

「……」

「イレイスの状態に、呪いってあったんですけど……」

アリーの静かな表情からは何も読み取れず、悠利は小さな声で呟いた。イレイシア本人に聞かなかったのは、内容が内容だったからだ。呪いなんて、ちょっと物騒だ。

それに、補足説明で当人は知らないと出ていた。イレイシアに何らかの呪いがかかっており、しかも彼女はそのことを知らない。ただ、イレイシアの母親から直々《じきじき》に彼女のことを頼まれているアリーなら、何かを知っているのではないかと思ったのだ。

悠利の言葉に、アリーは盛大にため息をついた。そこで悠利は理解する。アリーは全部知っているのだと。

「ちょっと待て。準備する」

「……準備？」

はて？　と不思議そうに首を傾《かし》げる悠利の前で、アリーは机の引き出しから小さな置物を取り出した。卓上に飾るオブジェのようなそれは、三角錐《さんかくすい》にお洒落《しゃれ》な装飾がついている感じのものだった。

見た目は大変綺麗《きれい》だが、ぶっちゃけて言うと、見栄えより使い勝手を優先するアリーにはあまり似合わない。

そんな風に考えている悠利の前で、アリーはその小さな置物の中央にあるボタンを押した。一見すると宝石飾りのようだが、ぐっと押し込んでいたのでボタンだったのだろう。

次の瞬間、ぶわりと室内の空気が変わった。風が全身を走り抜けたような違和感。そして、それまでざわざわと聞こえていた外の音が、一切聞こえなくなった。

「……アリーさん、これ、何か特殊な魔法道具《マジックアイテム》なんですか？」

「人工遺物《アーティファクト》だ。音を遮断する結界を作る道具でな。聞かれたくない話のときに使う」

「…………使ってるの初めて見ましたけど」

「先日手に入れたんだ」

「へー……。凄《すご》いものがあるんですねぇ」

暢気《のんき》に悠利は感心しているが、アリーがこのレア度の高い人工遺物を手に入れた原因は、悠利である。この、ぽこぽこぽこやらかす、スペックお化けのくせに危機感の存在しない天然ぽやぽやと会話をするときに必要だと思ったのだ。

そして今、良い感じに人工遺物は仕事をしていた。話題が話題なので、他の誰かに聞かれるのを考慮してのことである。いくら声を潜めて話していても、誰がいつ何時やってくるか解らない場所だ。廊下を通った誰かに聞こえては困る。

ついでとばかりに、アリーはドアに鍵《かぎ》をかけた。完全なる密室。これで、中の音は外に漏れないし、突然誰かが入ってくることもない。万全の態勢だった。

つまりは、そこまでするほどの話題なのだと理解して、悠利も気を引き締めた。

「で、本題だ。イレイシアの呪い、お前にはどう見えた？」

「かなり強固な呪いで、音痴の原因だってなってましたけど」

「それだけか？」

「じっくり見たわけじゃないので……。あぁ、後、海神《わだつみ》の加護で相殺されてるとか、何とか……？」

「まぁ、概《おおむ》ねその通りだな」

一瞬見ただけでそれだけの情報量。安定の【神の瞳】さんのハイスペックである。この世の全てを見抜くと言われるその鑑定能力は、伊達《だて》ではない。……やっぱり使い手が悠利であることを考えると、宝の持ち腐れにしか思えないのだが。

本来ならばこれはイレイシアのプライベートに関わることだ。だが、中途半端に知ってしまった状態では悠利の挙動が怪しくなる。それならばと、アリーはゆっくりと口を開いた。

「端的に言えば、イレイシアは一族にかけられた呪いを一人で引き受けている」

「……はい？　一族にかけられた呪い……？」

「あいつが生まれた頃、集落の人魚達の声が出なくなる現象が起きたそうだ」

「……声、が……」

人魚は音楽に秀でた種族だ。楽器を奏でるだけでなく、歌も見事。そして、たとえ歌っていなくとも、彼らの声は一種の楽器のように美しい。歌うように話すという表現があるが、まさにそれを体現しているような種族だ。

そんな人魚達の声が出なくなるなんて、どう考えても大変な騒動だったに違いない。人魚について詳しくはない悠利《ゆうり》でも、それぐらいは想像出来た。しかもアリーの口振りでは、一人二人ではなさそうだ。

これは思っていた以上に重大な話っぽいと理解して、悠利は居住まいを正した。そんな悠利の覚悟を見て、アリーは説明を続ける。

「声が出ないと言っても千差万別でな。まったく喋《しゃべ》れない者から、ダミ声のようになる者、喋れはするが歌えない者など、様々だったらしい。だが、共通するのは熱も痛みもないのに声に不調を来すということだ」

「人魚にとっては致命的なやつじゃないですか」

「その通りだ。そしてそれは、集落に住まう人魚達だけに起きた現象じゃなかった」

「……え？」

「一族に、と言っただろう。当時集落の外に出ていた人魚達にも影響が出ていたらしい」

「……ひぇ」

集落内で起きた現象ならば、何らかの感染症を疑うことが出来ただろう。食生活が同じなので、食べ物の影響と考えることも出来たはずだ。しかし、集落の外に出て生活している者達まで同じ症状を訴えたとなると、話は変わってくる。

そこで、当時既に族長であったイレイシアの母親（イレイシアの故郷の族長は世襲制ではなく実力で決まる）が、彼らの守護神たる海神にお伺いを立てた。巫女《みこ》を通して伝えられた言葉により、それが彼ら一族を狙った呪いであることが判明した。

呪いをかけた者は既に海神によって裁かれていた。人魚は全て海神に守護される存在。庇護《ひご》対象に危害を加えられて放置するほど、神は寛大ではない。海は優しく全てを包み、そして全てを洗い流す苛烈《かれつ》さを宿しているのだから。

しかし問題は、呪いをかけた者が死んだとて、呪いは消えないということだ。既に実行された呪いは一族全体に降りかかり、程度の差こそあれ声の出ぬ者が増えていく。危害を加えた者を裁くことは神の領分でも、既に広がった呪いに手を出すのは神の領分を超えているという状況。イレイシアの一族は、窮地に追い込まれていた。

「え、神様、そこは助けてくれなかったんですか？」

「神には神の規則があるらしい。裁きを下すことは出来ても、起きたことをなかったことには出来ないらしくてな」

「……神様も意外と大変なんですね」

「お前な……。他に言うことはないのか」

「いやだって、律儀に規則に従ってるの凄いなーと……」

神様ってもっと自由なものだと思ってました、とあっけらかんと言う悠利。この辺り、無駄に人間味の溢《あふ》れる神様に慣れ親しんだ多神教国家で育ったことが影響しているのかもしれない。日本神話以外でも、悠利の感覚では多神教の神様は大体がフリーダムでトラブルメーカーなのである。少なくとも悠利の知っている範囲では。

とりあえず、海神は愛《いと》し子である人魚達の不遇を憐《あわ》れんだ。憐れんで、解決策を伝えてくれた。それは、一族全体に広がる呪いを、一人の赤子に集中させることだった。

本来ならば、そんなことをすればその赤子は声を失うどころではすまなかっただろう。だが、選ばれた赤子、イレイシアには並みはずれて強い海神の加護があった。特に強い加護を与えられた赤子。そして、加護とは純粋なる者にほど強く作用するのだという。

つまりは、生まれて間もない赤子であったイレイシアは、その強い加護を十全に生かすことが出来るという状態だったのだ。呪いに打ち勝てぬまでも、負けぬほどの加護を持った赤子。イレイシアの母は、我が子を呪いの受け皿にするという苦渋の決断をしたのだ。

「その結果、人魚達に蔓延していた声に不調を来す状態は解消され、イレイシアは史上初の歌の下手な人魚になった」

「…………えーっと、大の虫を生かすために小の虫を殺すようなことは、上に立つ人として仕方ない判断だってのは解るんですけど、ちょっとおかしくないですか？」

「何がだ」

「だって、一族全体に広がってた声を失うほどの呪いですよね？　何でイレイス一人に集中させた結果が、音痴になった程度になってるんですか！」

バランスがおかしい！　と悠利は主張した。それはその通りだと思っているのか、アリーもコクリと頷《うなず》いた。どう考えても今まで聞いていた殺伐とした話と繋《つな》がらないのだ。

何せ、イレイシアの声は綺麗だ。歌も、多少音痴だとしても彼女は歌える。今は、どう頑張っても綺麗なハモりになってしまう状態なので、その歌声の美しさがよく解る。……当人は主旋律を歌っているつもりらしいので、それはそれで不憫《ふびん》なのだが。

とにかく、声を失っていたり、喋れはするが歌えなかったりする人魚が続出していたほどの強力な呪いである。それを一人に集中したならば、普通なら喋れないとか、もっと言えば身体に他の不調が表れてもおかしくないはずだ。なのにそれが音痴レベルで収まっているなんて、変なのだ。

「だからそこが、守護神自らイレイシアを呪いの器にしろって告げた理由なんだろうよ。それぐらい、あいつに与えられた加護は強力だったたってわけだ」

「……もしかして、イレイスって海だったら無敵なんです……？」

「今のところ、呪いを抑え込む方に加護が使われてるから、並みの人魚と同じぐらいでしかないと聞いてるがな」

「うわ……。それでも並みの人魚さんと同程度の加護はあるんだ……。こわ……」

神様の本気怖い、と悠利は思った。イレイシア一人にそこまでごっそり加護を与えてくれているなんて、何か裏がなければ良いけどと思ってしまったのだ。そんなことを考えるのはやはり、多神教のトラブルメーカーな神様の話を聞いて育ったからだろうか。イレイス、そのうち拐《かどわ》かされたりしないよね……？　とちょっと心配になった悠利である。

なお、そんな心配は杞憂《きゆう》である。確かにイレイシアは海神に特に愛された人魚であるが、それはあくまでも庇護対象を大切に思っているという種類の愛だ。単純にそういう星回りで強い加護を授かる人魚はいるので、別に彼女が初めてというわけではない。

そこでふと、悠利は疑問に思った。そういう事情を、何でイレイシアは知らないのだろう、と。ステータスを確認した限り、彼女は自分が呪いの受け皿であることを知らない。呪いに関して知らないと【神の瞳《ひとみ》】さんが明言しているのだから、間違いないだろう。

「じゃあ、イレイスは何で自分が呪いのせいで音痴だって知らないんですか？」

「……このことを知ってるのは、族長であるイレイシアの母親など、ごく一部らしい」

「……え？」

アリーの言葉に、悠利はぽかんと口を開けた。こんなにも重要なことなのに、自分に関わることなのに、どうして当事者のイレイシアが知らないのか。そう思っていたら、まさかの、そもそもこの話を知っているのは一握りだという事実を伝えられたからだ。

イレイシアの母親は、一族の不調が呪いによるものだということは、皆に伝えた。呪った犯人は海神によって裁かれたことも。事実と異なるのは、その裁かれた段階で呪いが消えたと皆には伝えてあることだ。

理由は、イレイシアの身を案じたからだった。

たとえ、守護神から呪いの受け皿にしろと言われたとしても、イレイシアが呪われているという事実は変わらない。そして、話がどこでねじ曲がって、彼女が呪われているという事実だけを見て悪意が向けられるとも限らない。一族のために全てを引き受けているのだという事実は、どこかで忘れられるかもしれない、と。

さらに、その事実が正しく伝わっていたとして、皆がイレイシアを腫《は》れ物《もの》のように扱う可能性もあった。ただの人魚として育つことが出来なくなる。それを危惧《きぐ》したイレイシアの母親は、真実を隠すことを選んだのだ。

幸いなことに、イレイシアはちょっと音痴なところ以外は普通の人魚。泳ぎも演奏の腕前も並みの人魚よりも秀でている。容姿も美しく、性格も優しい。イレイシアが音痴であることを「何でだろうね?」と不思議に思いながらも、周囲は練習する彼女を応援している。……真実が隠されているから、そうやって普通の生活が送れているのだ。

「何て言うか、お母さんっていうのは色々と考えるものなんですね」

「まぁ、気持ちは解る。子供は呪いって言葉だけで間違った判断をするかもしれんし、事情を知っていたら大人達は過度な扱いをする可能性がある。普通に育ってほしいから隠すというのは、まぁ、悪手ではなかったんだろう」

「イレイスが前向きなのが救いですね」

「そうだな」

史上初の音痴な人魚。そんな不名誉なレッテルを貼られていても、イレイシアは真っ直ぐ前を見て、立派な吟遊詩人になるために日夜努力を惜しまない。音痴だから諦《あきら》めるという考えは、彼女にはないのだ。

「ところで、イレイスがここに預けられたのって、その辺も関係してるんですか?」

「まぁ、ある程度はな。うちなら万が一何らかの不調が出ても俺が気づけるし、そもそもイレイシアは外の世界に興味を持っていた」

「というか、アリーさんとイレイスのお母さんが知り合いってところが、人脈凄《すご》いって思うんですけど」

「昔依頼絡みで交流があっただけだ」

「アリーさん達の行動範囲、えげつなくないですか……？」

イレイシアの故郷は、ここから随分と離れた海である。さらりと告げられたことだが、結構な遠方だ。拠点をどこにしていたかにもよるが、それにしたって行動範囲が広すぎる。

そんなことを思った悠利に、アリーは淡々と答えた。物凄くあっさりと。

「俺達の足は、基本的にワイバーン便だぞ」

「……え」

「近場は馬車や徒歩で移動するにしても、多少距離があるとなると、ブルックがあっさり友人割引でワイバーン便を使う」

「ブルックさん……」

がっくりと肩を落とす悠利。ワイバーン便は確かに便利だが、それなりにお値段がする。そこを友人割引で使い倒したと聞いては、脱力するしかないのだ。

なお、ワイバーン便がどうしても使えないときは、ブルックが竜の姿になってアリーとレオポルドの二人を抱えて飛んだりもしているのだが、それについては黙っているアリーだった。聞いたら悠利が煩《うるさ》そうだなと思ったので。間違ってない。

「まぁとりあえず、そんなわけでイレイシアは呪いのことは知らんから、お前も知らんふりをしておけ」

「はーい」

「ただ、体調に影響が出ていないかは、確認してやってくれ」

「了解です」

悠利が鑑定を使って仲間達の体調管理をしているのは、皆が知っていることだ。だから、定期的に悠利がイレイシアの状態を確認しても、誰も変には思わないだろう。普段から交流がある悠利の方が、アリーよりもイレイシアの状態に気付きやすい。事情を知ったのならばそうしてくれということなのだろう。

元気よく返事をした悠利は、そこでハッとしたように表情を改めた。うっかりスルーしていたが、事情を知った今ならばどういう意味なのかが解る。【神の瞳】さんの補足説明の話である。

「あの、アリーさん」

「何だ」

「補足説明が出てたんですけど、イレイスの呪い、徐々に消えてるみたいです」

「…………は？」

真顔になったアリーに、悠利は説明を重ねた。最初にちらっと見たときは何のことかよく解っていなかった。けれど今ならば、どういう意図で【神の瞳】さんが教えてくれたのかが、解る。

「そもそも、加護で呪いを抑え込んでいたんですよね？　抑え込むと同時に加護で呪いを浄化してたみたいで、徐々に弱まってるらしいんです」

「そんな話は聞いてないが……？」

「でもそういうことらしいので。だからほら、イレイス、最近は綺麗《きれい》にハモりの旋律を歌えるようになったじゃないですか」

「……あー、アレは、そういうこと、だったのか？」

「っぽいです」

十数年をかけて、イレイシアにかけられていた呪いは、加護によって弱まっていた。その結果、最近になってやっと、目に見えて変化が現れてきているのだ。

端的に言うと、アジトにやってきたばかりの頃のイレイシアは、もっと音を外していた。今は、主旋律を歌おうとしても何故かハモりになってしまうというヘンテコな状態だが、初期に比べれば音は取れているのだ。つまり、それだけ回復しているということだ。

実にめでたいことだった。厄介な呪いからイレイシアが解放される日が近づいているということなのだから。そのときには彼女は、海神《わだつみ》に特に愛された人魚らしく、素晴らしく美しい歌声を披露してくれることだろう。

「もう数年はかかるみたいですけど、逆に言えばもう数年で呪いは綺麗さっぱり消えるみたいです」

「……加護がえぐい」

「……それは僕も思います」

一族全体に蔓延していた呪いを一人で引き受けたのに、二十年ほどでそれを消し去れるほどの加護。どれだけ強力な加護を与えられているんだと、二人は思った。思ったが、それ以上深くは考えないことにした。色々と怖かったので。

何はともあれ、伝えることは出来ずとも晴れやかな未来の到来を予感して、悠利とアリーは顔を見合わせて笑うのだった。早くその日が来ると良いですね。

◇◇◇

お刺身を食べる文化は、王都ドラヘルンの辺りには存在しない。出身も人種も様々な《真紅の山猫》《スカーレット・リンクス》において、生魚を嬉々《きき》として食べるのは悠利以外では、人魚のイレイシアと和食に似た食文化の国出身のヤクモの二人だけだ。

勿論《もちろん》、生魚を食べなくても問題はない。火を入れた魚ならば、他の仲間達も美味しく食べてくれる。それは解っているのだ。

解っちゃいるが、それはそれとして、皆で美味しく食べてみたい！　という気持ちが悠利にあった。何でそんな気持ちを持つんだとか言わないでください。美味しいという気持ちを共有したいだけなんです。

「というわけなので、今日のお昼はサーモンを炙《あぶ》り焼きにします」

「唐突だな……」

「だって、炙り焼きなら生が苦手な人も食べられるかなーって思ったから」

「炙り焼きってどんなの？」

首を傾《かし》げるカミールに、悠利は何をたとえに出せばいいのだろうと記憶を探る。一番イメージが近いのはカツオのたたきなのだが、そもそもカツオのたたきを食べたことがないカミールに、その説明では通じない。

えっと、ええーっと、と記憶を探って悠利ははたと気づく。肉と魚の違いはあれど、似たような料理を作ったことがあるのを思い出したのだ。

「前にドラゴネットの肉でたたきを作ったでしょ？　あれをサーモンでやる感じ」

「あぁ、あの、表面だけ火が通ってて、中は生っぽいやつ」

「そうそう。生で食べられるお魚だから、表面に焼き目をつけて、中は生の状態を楽しむっていう料理」

「へえ」

どういう料理か想像がついたのだろう。カミールはしばらく考え、考え、そして、答えた。

「気持ちしっかりめに焼いているなら食えるんじゃね？」

「そこまで用心しなくても」

「いやだって、生魚を食べるっていう習慣がそもそもねえんだもん」

「美味しいのにぃ……」

魚の生食に慣れていないのでちょっと抵抗があるのだろう。カミールの言葉に、悠利はしょぼんとした。

鮮度の問題はクリアしている。寄生虫などの害になるようなものがないことは、悠利の超無敵な技能《スキル》【神の瞳】さんのおかげで確認されているのだ。そしてそれは、カミールも勿論理解している。しかし、それらを理解してもなおやはり慎重になるらしい。無理もない。

とりあえずサーモンの炙り焼きを作るということでメニューは決定した。悠利が炙り焼きを選んだのには理由がある。まず表面だけを焼いた中が生の状態で提供し、一口食べてもらう。それでもしもダメだった場合は、個別に自分の好みの焼き加減まで火を入れてもらえばいいのだ。これならば無理をして食べることもないし、ちょっと挑戦してみようという風に思ってもらえるかもしれない。

後、今日の昼食には生魚が大好きなイレイシアとヤクモがいるので、その二人に炙り焼きを提供したいなと思ったのもある。お刺身大好きなお二人だ。きっと炙り焼きも喜んで食べてくれるだろう。

メニューが決まれば、後は作るだけ。悠利はフライパンに薄くごま油を引いて、カミールに話しかけた。

「まあ、作り方はとても簡単なんだけどね。薄く油を引いたフライパンに、この生でも食べられるサーモンの切り身を載せて焼きます」

「うん」

「ただし、表面に焼き色がつけばいいだけだから、一つの面を十五秒ぐらい。長くても三十秒ぐらいかな。あんまり強い火でやると焦げちゃうから、中火から弱火ぐらいの間でじわっと焼きます」

「地味に面倒くさそう」

「火加減気をつけてねって感じ」

「まあ手順は簡単か」

「そう手順は簡単。頑張ろう」

悠利の言葉にカミールはコクリと頷《うなず》いた。まあ、確かに難しい工程は存在しない。しいて言うなら、ちゃんと見張って焼きすぎないように注意することだろう。

下味は特につけない。お刺身の雰囲気を残した炙り焼きを楽しんでもらいたいので、タレに漬けるとか下味に塩胡椒をするとかはしないのだ。食べるときに、各々で醤油《しょうゆ》や塩などをつけて食べてもらおうという考えである。

今日準備しているサーモンは、お刺身で美味しく食べられるようなとても綺麗な切り身だ。脂もいい感じに乗っているので、焼いてもその旨味を堪能《たんのう》することが出来るだろう。

薄く、本当に薄く油を引いたフライパンに、悠利はサーモンの切り身を載せる。ジュウッと音がする。生でも食べられる切り身を焼くのは、何とも言えない背徳感があった。背徳感とは違うか。どちらかというと、勿体《もったい》ない精神に近い。

しばらくしてじわじわと色が変わってきたのを確認すると、ころりとひっくり返す。ひっくり返した面にも焼き色がついてきたのを確認したら、今度は側面も焼き色をつける。あまり厚みがあるわけではないので、片面ずつ焼くことで側面にも少しずつ火は入っている。しかし、念には念をということで、全ての面に火を入れている悠利であった。

炙り焼きとして考えるなら、上下両面に火が入っていれば目的は達したと言える。別に、真ん中は多少火が入ってなくてもいいのだが、何となく気分で全面転がして火を入れている。ドラゴネットの肉でたたきを作ったときと似た作業だ。

悠利の隣でカミールも、同じようにサーモンを焼いていた。魚は火が通ると力加減を間違えたら崩れてしまうが、軽い焼き目をつける程度であれば箸《はし》で触ったくらいで崩れる心配はない。そういう意味では、ころころと転がして焼いているのだが、難易度は低いと言えた。

全面を焼き終えたのでフライパンからサーモンを取り出す。粗熱をとってから、悠利は包丁で試食用にサーモンを切り分けた。表面は淡いピンク色で、美味しそうな焼き色がついている。しかし、切ってみれば中はまだ生。色の濃いピンクは悠利には美味しそうに見えるが、魚の生食に馴染《なじ》みのないカミールは微妙な顔をしていた。それ食べて大丈夫なのか？　みたいな気分なのだろう。

「まあ、とりあえず食べてみようよ」

食べてみないことには味は解らない。悠利のその意見は理解出来たので、カミールはこくりと頷いた。味見は大切だ。

食べやすい大きさに切ったサーモンの炙り焼き。味見用なので、あくまでも一切れずつだ。味付けはシンプルに醤油。焼けた表面に醤油をかけると、熱々のところにかけたからか香りがぶわりと立ち上った。

口に入れた瞬間、ごま油で焼いた表面の香ばしさをまず感じる。次に、魚の脂がじゅわりと溶け出す。噛《か》んでみれば、表面のほろりと崩れるような食感と、真ん中の生の部分の弾力とが味わえる。

しっかりと脂の乗ったサーモンだったので、噛めば噛むほど魚の旨みが広がる。醤油との相性もばっちりで、悠利にとってはとても美味しく出来たと思える仕上がりだ。

ちらりと隣を見てみれば、カミールはおっかなびっくりといった様子で一口だけかじっていた。味見用なのでそれほど大きく切ってはいないのだが、それをまた更にちょびっとだけかじる。まあ食べたことのないものなので、おっかなびっくり食べるのは仕方がない。微妙な顔をして口に含み、しばしもぐもぐと噛んで食べていたカミール。

じっくりしっかり噛んでから飲み込み、彼は小さく呟《つぶや》いた。

「思ってたほど嫌じゃないかも」

「そう」

「うん。確かに生の食感は残ってるんだけど、何かそこまで生っぽくないっていうか」

「ごま油で焼いた甲斐《かい》があったってとこかな？」

「つっても、皆が皆平気とは限らないからな」

「そこは勿論解ってるってば。でも、これならちょっと食べてみて、ダメならしっかり焼き直せばいいだけかなあと思って」

「それは確かに」

悠利の説明にカミールは納得したようだった。残りの味見分も口に放り込んでもぐもぐと食べている。

今度はあまりためらいがない。大丈夫だと解ったからだろう。

サーモンと醤油の相性はばっちりだし、ごま油で表面を香ばしく焼いてあるので食欲をそそられるらしい。中央のまだ生っぽさの残っている部分の弾力的な食感だけが、慣れないので何とも言えないというところだろうか。

それでも食わず嫌いだったカミールにとって、サーモンの脂の旨味がギュッと凝縮されているというのは確かに解る。お刺身を好んで食べたいとは思わないが、今食べてみたサーモンの炙り焼きはもう食べたくないと思うような不味《まず》い料理ではなかった。……ちょっと悔しいことに。

とにかく味見をしてみた結果、問題ないということは解った。そうすると、後は皆の分を焼くだけである。悠利とカミールは協力して人数分のサーモンの炙り焼きを作るのだった。

そして昼食の時間。食べやすい一口サイズに切って提供した、サーモンの炙り焼き。中が生ということで、イレイシアとヤクモ以外の仲間達は何だこれという顔をしている。

ただ、口に合わなければ焼き直せばいいという悠利の説明を聞いて、それ以上文句を言う者はいなかった。

ちなみに、今日こんな風に悠利《ゆうり》がサーモンの炙り焼きを提供しようと思ったのは、イレイシアとヤクモがいるからというのもあるが、昼食のメンバーが少ないからだ。基本的に、挑戦的なメニューのときは、人数が少ない日を選んでいる悠利なのだ。

今日の昼食メンバーは、悠利とカミール、イレイシアにヤクモの他は、留守役を仰せつかっていたティファーナと、本日は座学なのか自室で勉強をしていたロイリスとミルレインである。比較的話が通りやすい、つまるところ感情的にならずに会話の出来る面々であった。

　あと極端な肉食でもなく、魚でも美味しく食べるメンツというのもある。多分、この中で一番肉に反応するのは育ち盛りのカミールだろう。その次がミルレインかもしれない。

　とにかく、見慣れない料理に困惑しつつも、皆は一応口へと運んでいた。味付けは醤油か、塩をお好みで。カツオのたたきをマヨネーズで食べる文化があるので、マヨネーズでも美味しいかもしれないと悠利は思ったが、あえてそれは口に出さなかった。とりあえずはお刺身っぽい生を堪能するために、醤油か塩で食べてもらいたかったのである。

　慣れない料理にこれなんだろうという顔をしている四人が同じテーブル。刺身も美味しいけど炙ってあるのも美味しいよねレベルでうきうきで食べている悠利達三人が同じテーブル。まあ、その方が会話の内容が噛み合うということでもあった。

「生でそのまま食べるのも美味しいですけれど、こうやって表面が炙ってあるものも美味しいですわね」

「イレイスの口に合ってよかった。人魚さん達は炙ったりしないの？」

「基本的にはそのままで食べていましたわ。でも、陸上へ出てきて火を入れたお魚も美味しいと知りました」

「生も美味しいし、焼いても煮ても美味しいよね。あと揚げても」

「解ります。どれもとても美味しいですわ」

　イレイシアは幸せそうに呟いた。彼女は本当に魚介類が好きだった。生が一番食べ慣れているし、この辺りでは生を食べることがあまりないので、そうして用意されると喜ぶことが多い。しかし、そうでなくともお魚というだけで基本的にご機嫌である。

もう一人の同席者であるヤクモは、炙り焼きという料理名は知らなかったが、表面を炙って魚を食べるという習慣はあったようだ。何かを懐かしむようにして食べている。どうやらカツオのたたきっぽいものはヤクモの故郷にもあったらしい。つくづく和食文化と親和性の高い故郷である。物凄《ものすご》く遠いと聞いているので、行けるわけがないのは悠利にも解っているが、ちょっと行ってみたいなと思ってしまう。主にどんな感じの料理があるのかという好奇心で。安定の悠利。

「これはフライパンで焼いて作ったと言っておったな」

「はいそうです。本当はこう、炙り焼きなので網の上で焼くとかしたかったんですけど、お魚って網の上で焼くとうっかりするとボロボロになるじゃないですか」

「そうであるな」

「一応、魚に串《くし》を打って火の上で炙るようにして焼くっていう手法があるのは、知ってるんですけども」

「そうよな。我の故郷では、それが一般的であった」

「人数分作るの、それだとちょっと面倒くさいなぁと思いまして」

「実に正直だ」

あまりにも正直に答えた悠利に、ヤクモは面白そうに笑った。素直でよろしい、というところだろうか。この糸目のお兄さんは、保護者のように大らかな心で悠利達を見守ってくれているのだ。

悠利はお料理が大好きだが、それはそれとして手を抜けるところ、楽が出来るところ、簡単に出来るところは遠慮なくそうする。便利な道具があれば使うし、代替品で簡単に出来るならそちらを選ぶ。その辺は、あくまでも趣味で料理をしているからこそだろう。

本当はガスバーナーのようなものがあれば一番だった。バーナーがあれば、耐熱の器に入れたサーモンに、上からぶわっと火を吹きつけて炙《あぶ》れば良いだけだ。実に簡単。しかし、生憎《あいにく》とそういう便利な道具はなかったので、じゃあフライパンで作ろうとなったのであった。

ただし、このフライパンで作った炙り焼きには利点が一つある。くっつかないようにごま油を引いたので、ごま油の風味が追加されているということだ。つまりは、香ばしさがパワーアップしているのだ。

「表面は香ばしいのに中はしっかりと生で、噛めば噛むほど脂がにじみ出て美味しいですわ」

「脂が乗ってるいいサーモンだったんだよね。お刺身でも食べたかったし、漬けでもいいかなと思ったけど、皆と食べるならちょっと炙ってみようと思ったんだー」

「ユーリは本当に色々と考えますのね」

「これで皆が生っぽいのでも平気ってなったら、出せる料理の幅が広がるなと思いまして」

イレイシアの言葉に、悠利は満面の笑みで答えた。そう、重要なのはそこである。食べられないのなら、別に無理して食べてくれなくてもいい。しかし、食わず嫌いで美味しさを解っていないだけならば、美味しく食べられる調理法を探してみるのはありではないかと思ったのだ。

そうすることで、日々の献立にバリエーションが増える。具体的に言うと、カルパッチョとかが

出せるようになる。悠利はカルパッチョも結構好きなのだ。あれはお刺身と野菜が食べられるとてもいい料理である。

しかし今のところ、カルパッチョを提供して喜びそうなのは、イレイシアとヤクモの二人だけである。そうなるとなかなか献立には使えないので、段階を踏んで皆の好みを色々と探っているのであった。

そんな風にのどかに会話しながらサーモンの炙り焼きを堪能している三人。彼らとまったく違う雰囲気なのが、カミール達四人である。

とはいえ、それほど沈んでいるわけでもない。最初こそおっかなびっくり食べていたが、いざ食べてみると意外と美味しいねみたいな顔をしていた。特にミルレイン。

「ミリーさんあんま気にせずもりもり食ってますね」

「いやこのサーモン、脂が乗ってるからか何か香ばしいし、醤油かけたら凄《すご》くライスに合うなって」

「ああ、なるほど」

山の民の鍛冶士《かじし》見習い、ミルレインはそう告げた。鍛冶士というのは、そもそも体力を使うし、彼女の家は家訓に「己が造った武器を使いこなせてこそ一人前！」みたいなよく解らないものがあるので、戦士としても修業中だ。そんなわけでミルレインは、動いた分はちゃんと食べるみたいな生活をしている。なので、意外とご飯に合うと判明したサーモンの炙り焼きを普通に食べているのだ。

その隣でロイリスは、小さな口で少しずつサーモンの炙り焼きを食べている。ハーフリング族ゆえの幼い外見のロイリスは、口も小さいのでちょっとずつ食べるのはいつものことだ。元々彼は魚が嫌いではないので、焼いてある表面部分は美味しく食べている。生の部分の食感にはまだ慣れないようだが、それでも醤油《しょうゆ》と塩のどちらが自分の好みだろうと確認しながら食べる姿はどこか微笑ましい。

最後の一人ティファーナは、最初こそ穏やかな微笑みを浮かべつつも動きが鈍かったのだが、食べてみてからはそこそこ落ち着いたペースで食事をしている。

サーモンの炙り焼きは、完全な生ではないということと、ごま油の香ばしさのおかげで意外と高評価というところに落ち着いたようだ。少なくとも、ここにいる面々の口には合っている。

「カミールが味見をしたときは、どう思ったんですか？」

「いやあ、これ、断面が物凄く生じゃないですか。だから、これ食えんのかなって正直思ったんですよね」

「そうですね」

「魚を生で食べる地域があるというのは知っていても、食べる習慣がない以上はちょっと戸惑うじゃないですか。けど、隣でユーリは美味《うま》そうに食ってるし、いい匂いはするしで、まぁ、食べてみたら意外と美味かったたってやつですね」

「確かに。ユーリが美味しそうに食べていると、美味しいのかなと思ってしまいますね」

「それです。ほんとそれ」

思わず笑みを浮かべるティファーナと、彼女の発言に同意するカミール。ちらりと、彼らは生魚大好きな三人のテーブルへと目を向ける。そこには、うきうきとサーモンの炙り焼きを堪能《たんのう》している悠利達の姿があった。

悠利とイレイシアは基本的に顔に出やすいのだが、普段は穏やかに微笑んでいるのがデフォルトで感情の動きが解りにくいヤクモも、凄く喜んでいるんだなぁと解る表情をしていた。彼らは美味しさを噛みしめていた。

仲間が美味しそうに食べているとより美味しそうに見えるは、当然なのかもしれない。それに誘われて食べてみれば、真ん中が生でも忌避するほどのものではなかったという話である。

まだお刺身を食べる度胸は彼らにはないけれど、少なくとも炙り焼きは美味しいと思って食べている。香ばしい表面と弾力のある中の食感の違いを楽しみ、醤油や塩でシンプルに味付けをし、サーモンの旨味をしっかりと堪能する料理。シンプルな味付けながら、魚の美味しさを余すところなく味わっているような気がする。悠利にいわせれば、焼き魚とお刺身の良いところを両方取ったみたいな感じになるだろうか。

とにかくまあ、そんなわけでサーモンの炙り焼きはそこそこ好評だった。普通に好評だったので、昼食にいなかった面々がどんな料理なのか一度食べてみたいと言い出したりしたのだが、それはまた別の話。

少しずつ皆に生っぽいお魚の食べ方も浸透すればいいなぁと思う悠利なのでした。

◇◇◇

暑いと食欲が落ちる。それは冒険者としての修業を積んでいる者達でも変わらない。となれば、そんな中でも食べやすい献立を考えるのが、おさんどん担当の悠利の仕事である。一応。

メインディッシュに食べやすいものをと考えるときもあれば、副菜として並ぶ小鉢料理などで口直しにさっぱりとさせるというときもある。どちらを選んでも問題はない。

そんなわけで今、悠利は目の前のキュウリと睨《にら》めっこをしていた。キュウリ、夏野菜の代表ともいえる、ほぼほぼ水分という感じの野菜だ。意外とポテンシャルは高く、様々な料理に使うことが出来るし、そっと横に添えたときの安心感は半端ない。

ぶっちゃけ、ただの塩キュウリでも悠利は美味しくいただく自信がある。しかし、今日はソロではなく、夏バテ気味で暑さに負けていても食べやすい小鉢料理に仕上げたいと悠利は思っていた。つまりは、ちゃんとした一品としてキュウリを使いたかったのだ。

何故キュウリを食べようと思っているかと言えば、まあ、旬の野菜をその季節に食べるのはいいことだからだ。キュウリに限らず、夏野菜というのは身体《からだ》を冷やす作用がある。夏の暑さで疲れた身体。夏野菜は、食べることでいい感じにその熱を下げてくれるのだ。旬の食材を食べる利点というのは美味しいことだけではない。栄養豊富だし、その季節に合わせて身体に良い効果があったりする。

そんなわけでキュウリを何かにしようと悠利は一生懸命考えていた。さっぱりさせると言えば、やはり代表格は酢の物だろうか。しかし、酢の物は好き嫌いが分かれる。悠利は好きなのだが、あの酸っぱさがどうにも慣れないと言われれば、無理強いするのもよろしくない。

皆にいっぱい食べてほしいのに、食べにくいと思われては本末転倒だ。となると、別の方向からのアプローチが必要となる。それをどうしようかと、悠利は一生懸命考えているのだった。

「ユーリ、何唸《うな》ってるの？」

「あ、ヤック」

うんうんと一人で唸っていた悠利の下へ、本日の料理当番のヤックがやってきた。キュウリとにらめっこをしている悠利を見て不思議そうな顔をしている。そんなヤックに悠利は、正直に悩んでいることを伝えた。

「暑いからさ、食べやすい副菜をと思って、キュウリを何かにしようと考えたんだけど」

「うん」

「思いつかないなって」

「ユーリが思いつかないって珍しいね」

「個人的には酢の物がさっぱりして好きなんだけど、酢の物って苦手な人もいるでしょ？」

「オイラ、酸っぱいのあんまり得意じゃない」

「知ってる。だから、皆が食べやすくてさっぱりしてるものって思って。後、出来れば栄養も摂れたらって」

「結構欲張っている」

「欲張ってるって言わないでよ」

ヤックの言葉に悠利《ゆうり》は困ったように笑った。別に欲張っているつもりはないが、まあ言われてみたらそうかもしれない。美味しいと身体にいいと食べやすいを同時に成立させたいだけなのだが、全部叶《かな》えようとすると意外と大変だ。欲張っていると言われても仕方ないのかもしれない。

悠利が悩んでいるので、ヤックも一緒に考えてくれる。ヤックは悠利ほど料理に詳しくはないが、それでも一緒に料理をしてきたので思いつくこともある。具体的には、どういう料理のときに食べやすかったかなと記憶を探ることが出来る。

酢の物は酸っぱくて苦手でも、暑いときには酸味がある方がさっぱりして美味しい。それはヤックにも解る。ならば、酸味がメインの味付けではなく、隠し味ぐらいになっていればいいのかとも考えたが、あまり思いつかない。

そこでふとヤックは、暑いときでも皆に食べやすいと受けていた味付けを思い出す。食欲をそそる味付けの立て役者を思い出したのだ。

「生姜《しょうが》は？」

「えっ？」

「生姜風味だと、さっぱりして食べやすいって皆言ってなかったっけ？」

「はっ……、生姜！　確かにそうだね、お酢だと酸っぱいけど、生姜だったらさっぱりするだけでいい感じかも。ちょっと考えてみる」

「うん、役に立てたなら良かった」

「凄く役に立った。ありがとう」

ほわっと笑うと、悠利は冷蔵庫の食材を確認し始めた。生姜を使うとなったら、合わせるのはどの食材がいいだろうと考えているらしい。

しばし冷蔵庫とにらめっこしていた悠利は、やがて一つの食材を持って戻ってきた。ヤックにはあまり見慣れないものである。一瞬、それ何だったっけ？　という感じになった。ちなみにその食材の名は、めかぶである。

ただし、現代日本で悠利がスーパーで見ていたような、いい感じにカットされためかぶではない。そんな便利なものはないのだ。手元にあるのは塊のままのめかぶである。

そのめかぶを手にした悠利は、満面の笑みを浮かべて告げた。

「これとキュウリを生姜醤油《しょうがじょうゆ》で和えます」

説明は一瞬で終わった。そして、それだけでどういう料理なのかもヤックに伝わった。実に解りやすい。

「キュウリとめかぶって、一緒に食べて美味しいの？」

「そんなに相性悪くないと思うよ」

「ユーリがそう言うなら良いや。生姜醤油和えってことは、生姜をすりおろさなきゃいけないんだよね。じゃあ、オイラとりあえず生姜をすりおろすね」

「うん。ありがとう」

ヤックも色々と手慣れていた。悠利と一緒に料理をするようになって、こうやって料理名を告げられただけで何が必要かを判断出来るようになっているのだ。日々進歩である。

ヤックが生姜をすりおろしている間に悠利は、キュウリとめかぶの準備に取り掛かる。

めかぶは、現代日本のスーパーならば細切りになっているものが売られているが、今手元にあるのはゴロリとした塊である。そんなわけで、悠利はそのめかぶを食べやすい大きさの細切りにしていた。切れば切るほどねばねばが出てくる。このねばねばが栄養なのである。

《真紅の山猫》《スカーレット・リンクス》の面々は、ねばっとした食材にあまり馴染《なじ》みはないようだったが、ある程度のねばねばならば問題はないようだった。特にめかぶは、味自体はそこまで癖がないので比較的食べやすい。ワカメや昆布同様に海藻で、栄養が豊富だと伝えてあるので食卓に並んでも誰も特に文句は言わない。

まあそんなわけで、皆がめかぶを食べてくれるので、悠利としては遠慮なく料理に使えるのである。

めかぶの細切りが出来たら、次はキュウリを同じくらいのサイズに切る。切り終えたキュウリは塩を揉《も》み込んでボウルに入れておく。これは塩押しという作業で、余分な水分を抜くためだ。

これをするとキュウリが多少ふにゃっとなってしまうのだが、味がよく染み込むのだ。シャキシャキとした食感を残したいときは塩押しをしないのだが、今日は何となく調味料の味がしっかり入った方がいいなあと思ったので、軽く塩押ししておくのである。

「ユーリー、生姜すりおろして搾り汁にした」

「ありがとうヤック。じゃあ先に調味料混ぜちゃおうね」

このように複数の調味料を使う場合は、先に調味料を合わせておく方が良い。綺麗《きれい》に混ざっていると、全体に均等に味が行き渡るからだ。それに、調味料だけ混ぜた段階で味見が出来るので、味付けを失敗しないのだ。

ヤックが作ってくれた生姜の搾り汁に悠利は醤油を入れる。醤油たっぷりだと辛くなってしまうが、生姜の搾り汁のおかげでそれほど大量に醤油を入れずとも味が決まる。味見をしたときに、ちょっと濃いかなと思うぐらいにしておくのがポイントだ。キュウリとめかぶを混ぜたら、その水分によって味が薄くなってしまうからである。

「おお、こんな感じかな？　ヤックも味見してみる？」

「してみる」

「はい、どうぞ」

「ありがとう」

生姜の搾り汁と混ぜ合わせた醤油をペロリと舐《な》める。舐めて、ヤックは思わず顔をしかめた。生姜には、独特のピリッとするような風味がある。このピリッとした風味が、お肉や油をさっぱりとさせてくれて食欲をそそるのだが、醤油と混ぜただけなのでそのピリッとする部分が結構強烈に感じられたのだ。ヤックは思わず笑った。

「思ったより生姜が利いている」

「生の状態だし、具材がないから余計にかな。でもほら、混ぜたら具材の水分で良い感じになるから」

「美味しい？」

「少なくとも僕は美味しく仕上がると思ってるよ」

「じゃあ美味しいんだ」

「……その謎の信頼って何なの？」

「別に謎の信頼じゃないよ。ユーリが作るご飯美味しいもん」

「それはどうも」

これは以前から悠利がちょっと疑問に思っていることでもある。味覚がよく似ているのか何なのか、《真紅の山猫》の面々は皆、悠利が作るご飯を美味しい美味しいと言って食べてくれる。それは間違いなく嬉《うれ》しい。しかし、何でもかんでも美味しいに違いないという謎の信頼を向けられるのは、よく解らなかった。

その辺は、まあ、根本的な味覚が近いこともあるだろうが、悠利の料理技能《スキル》がバカみたいにレベルが高いことに起因するだろう。技能レベルが高いと、同じ料理を作っても見えないところで補正がかかるのか、随分と美味しく仕上がるのだ。勿論《もちろん》、悠利が皆に美味しく食べてほしいなと思って作っているのもきっと影響しているのだろうけれど。

調味料の準備が出来たので、塩押ししておいたキュウリの水を切り、めかぶと共に調味料の入ったボウルへ入れる。入れたら後は混ぜるだけだ。とても簡単。しいて言うなら、調味料を混ぜるときに、その味付けの濃さを間違えないようにすることがポイントだろうか。

全体にきっちり調味料が混ざるように、悠利は結構容赦なくガガガッとボウルの中身を混ぜる。実に豪快だった。

「混ぜ方がごーかーい」

「やー、よく混ぜるとめかぶの粘りも出るし、味も絡むから。だって味のついてない場所があったら悲しいでしょ？」

「それは確かに」

悠利の説明にヤックは大真面目に頷《うなず》いた。ちゃんと混ざっていなかった結果、自分の食べた箇所に味がついていなかったことを想像したら、とてもとても悲しくなってしまったのだ。味が薄いのではなく味がついていないというのは、本当に悲しいのである。

とにかく混ぜ合わせれば、これで完成だ。後は少し時間をおいて味がなじむのを待つだけだが、ひとまず味見をしてみることにした。

「多分味付け大丈夫だと思うけど、薄かったら言ってね」

「解った」

そう告げて、悠利は味見用に取り分けたキュウリとめかぶを口に放り込む。鼻に抜けるような生姜の風味、醤油《しょうゆ》のまろやかな味わいが最初に感じられる。そして、めかぶのしっかりとした食感とねばねばに、塩押ししたので少し軟らかくなったものの食感を残したキュウリを感じる。多少軟らかくなってもしゃくりとしたキュウリの食感と、めかぶの噛《か》みごたえのある食感が何ともいえず楽しい。

醤油だけでは味が濃く、生姜だけではピリリと辛いかもしれないが、混ぜたことでいい感じに調和してさっぱりと美味しい味わいになっていた。調味料だけで味見したときは、生姜のピリリとした刺激を辛いと思ったが、今はめかぶのねばねばとキュウリの水分でまろやかになっている。見事な調和だ。

何と言うか、夏の暑さを爽《さわ》やかに吹き飛ばしてくれるような、箸休《はしやす》めにちょうどいいような、そんな感じの副菜の出来上がりである。

「いい感じに出来たと思うんだけど、ヤックはどう？」

「うん、オイラも美味しいと思う。ちょっとねばっとしてるけど生姜でさっぱりしてるし、ほぼキュウリだし、あまり気にならないかな？」

「めかぶは細かく刻んでよく混ぜるともっとねばねばになるんだけどね。これくらいの方が皆にはいいかなと思って」

「それはそう」

悠利の言葉にヤックは大真面目に頷いた。ねばねば食感というものに慣れていない仲間達なのだ。あんまりねばねば推しな料理を出しても、何だろうこれみたいな反応になるに違いない。それだったら美味しく食べてもらえる程度にしておくのが無難だ。それに細切りにしためかぶも十分に美味しいので。

とにかく生姜でさっぱりさせ、醤油で味付けをまとめた結果、いい感じに皆の口に合いそうな副菜が出来た。ならば後は他の料理の準備に取りかかるまで。顔を見合わせて、二人はいそいそと残りの支度を始めるのだった。


そして夕食の時間。

キュウリもめかぶも見慣れているので、皆は特に気にした風もなくその副菜に箸《はし》をつけた。そして、食べてから驚いたように目を見張る。醤油の匂いがしていたので、醤油で和えたものだと思っていたら、思った以上に生姜の香りが口の中に広がったからだろう。

ただ生姜を混ぜただけではない。ただ醤油で和えただけでもない。生姜の搾り汁と醤油をしっかりと混ぜて、それと絡めているからだろう。全体に混ざった味が、口の中で爽やかに広がっていった。

本日のメインディッシュは肉料理だったのだが、その肉料理のちょっとこってりした感じを、生姜のさわやかな風味が吹き飛ばしてくれる。つまりは、箸休めに最適だった。

「これはまた、随分と生姜の味がするな」

「でも、おかげで凄《すご》く食べやすいですよ。キュウリもめかぶも美味しいですけど、生姜の風味がとても良いですね、これは」

ブルックの言葉に、ジェイクがにこにこと微笑んだ。食の細い学者先生はお肉の量も控えめではあるのだが、口直しに食べたこのキュウリとめかぶの生姜醤油和《しょうがじょうゆあ》えがえらくお気に召したらしい。口の中がさっぱりしますと幸せそうに笑っている。

ジェイクと同じ意見の者はそこそこいるらしく、肉を食べて口の中が疲れてきたら、キュウリとめかぶの生姜醤油和えを食べている。口の中を一度リセットして、美味しく食べるためだ。寿司屋のガリみたいな感じかもしれない。

「ちなみにユーリくんこれ、生姜の搾り汁がたっぷりなのは食べやすさを考慮してですか？」

「はい。暑い日が続いているので、ちょっとさっぱりしたおかずがあった方がいいかなと思ったんです。でもお酢を多くすると皆は酸っぱいっていうし、梅干しだとありきたりになるかなと思って……。今日はヤックのアイデアで生姜です」

「生姜もいいですよね。美味しいだけでなく、栄養もありますし」

「身体《からだ》の調子を整えるのに、生姜は年中使えるのでいいです」

「そうですね」

穏やかに会話をする悠利《ゆうり》とジェイク。そう、生姜は夏でも冬でも美味しくいただける。さっぱりして美味しいのもあるし、身体を温めたり発汗を促したりする作用もあるのだ。新陳代謝を促す食材は健康にとても良いのである。

そして、キュウリは旬の食材として身体の熱を冷ましてくれる。さらに、めかぶには海藻の栄養がたっぷりと詰まっている。基本ねばねばした食材というのは栄養が豊富で、ねばねばも含めて食べるべきだ。こういう風に和えた料理の場合、最終的に器に残った水分も皆はきちんと飲み干してくれる。

具材の旨味と調味料が混ざって、いい感じのお出汁《だし》のようになるからだ。勿論、塩分過多になるようなときは全部飲まなくてもいいのだが、今日はそれほど大量に調味料を入れているわけでもないので、めかぶのねばねば成分とキュウリから出た水分を余すところなく飲み干してもらいたい。栄養は大事だ。

まあ、小難しいことをうだうだと並べ立てなくとも、皆は美味しいから全部食べるし、美味しいから器の底に残った水分を飲み干すという感じだ。きっと食事というのはそれでいいのだ。難しく考えすぎない方が美味しくいただける。多分。

「ユーリ、これ美味しいけどお代わりないの？」

「レレイは何でもよく食べるねえ」

「ないの？」

「もうちょっとだけ冷蔵庫に入ってるよ」

「食べていいの？」

「いいよ」

「やった」

元気よく喜んで、レレイは冷蔵庫に向かって小走りで移動した。基本的によく食べる彼女だが、どうやらキュウリとめかぶの生姜醤油《しょうがじょうゆ》和えは随分と口に合ったらしい。

お代わりだー！　と元気よく叫ぶ姿はまるで子供のようだが、そんな姿も何となく憎めないのがレレイである。……一応は成人女子なのだが、多分ご飯が絡んだときの彼女の枠は見習い組と同じお子様枠である。

まあ、気に入ってくれたならいいよねと思いながら、悠利は自分の分を食べる。キュウリに生姜醤油の味が染み込んでいて、どこを食べても美味しい。めかぶそのものにはあまり味はついていないように思うが、ねばねばとした部分に調味料が絡んでいるので口に含んでしまえばきちんと味が広がる。生姜の搾り汁をたっぷり入れたおかげで、どこを食べても生姜の風味がするのもポイントだ。

これがいいんだよねえと顔を綻《ほころ》ばせる悠利。身体にいい食材を食べやすい味付けで食べる。そして、それを美味しいと思って仲間達が食べてくれる姿を見るのが、悠利には何よりの幸せなのだった。

やっぱりご飯は、美味しく食べてもらうのが一番ですね。

エピローグ　ちょっぴり変わり種、豆腐たらこスープ

「たらこってさぁ、おにぎりとパスタ以外に使い方ってないの？」

「へ？」

突然の問いかけに、悠利はぱちくりと瞬《まばた》きを繰り返した。問いかけたのはカミールだった。だがしかし、他の見習い組も同じ気持ちだったのか、皆がじっと悠利を見ている。

そこで悠利は気付いた。たらこを購入して時々食卓に出してはいるものの、確かにカミールが言うようにおにぎりとパスタがメインである。酒の肴《さかな》として焼いたたらこを出すこともあるが、お子様組には馴染《なじ》みがない。

たらこを使った料理というと、たらこと茹《ゆ》でて潰《つぶ》したジャガイモを混ぜて丸めて揚げたタラモボールがあるが、そんなに頻繁に作ってはいない。言われてみれば本当に、おにぎりの具材にするか、たらこパスタにするかしかしていなかった。

「えーっと、別にそういうわけじゃないよ。他にも使い道はあるし」

「どんなの？」

「一番簡単なのはマヨネーズに混ぜることかなぁ……」

タラマヨは美味しい。ピザでもトーストでもワンランク上の味わいを与えてくれる。それも美味

しそうという顔をする見習い組だったが、完全に納得したわけではなさそうだった。何故だろう。

「何かほら、梅干しとかって色んな料理にしてるけど、たらこってそういうのはないのかなって」

「あー、そういう感じの疑問だったんだ」

「うん」

「じゃあ、今日は一品、たらこを使った料理にするね」

「楽しみにしてる」

にこにこ笑顔の悠利に、カミールも笑顔を向けた。ウルグスとヤックも期待に満ちた眼差《まなざ》しをしている。約一名、本日の料理当番であるマグだけは、あんまり興味がなさそうだった。まぁ、出汁が絡まないと彼はそんなものである。


そして、食事の支度の時間。宣言通り悠利は、たらこを使った料理をメニューに加えていた。

「と、いうわけなので、今日は豆腐とたらこでスープを作ります」

「諾」

「……マグ、実は全然興味ないでしょ……」

「否」

「嘘だ……」

そんなことないと主張するマグだが、悠利は信じなかった。確かにマグは基本的に無表情だし、単語で喋《しゃべ》るし、何を考えているのか解らない。しかし、料理に興味があるときとないときだけは、悠利にだって解る。伊達《だて》に場数は踏んでいない。

今のマグの返事は、特に興味がないからこそあっさりと出てきたものだ。興味があるときとないときの差が激しいのがマグの持ち味である。そんな持ち味いらないのだけれど。

ただ、悠利としては言っておかねばならないことがある。マグの暴走を抑えるためには、あらかじめ伝えておくのが大事だった。

「あのね、マグ」

「……？」

「スープだから出汁を入れるけど、味見はちょっとだし、食べるときは一人で鍋《なべ》を抱え込まないように」

悠利が告げた瞬間、マグの目が光った。どうやら、豆腐とたらこのスープの味付けのイメージが湧いていなかったため、出汁を使うと思わなかったらしい。瞬時にいつもの出汁の信者モードになりかけたマグに、悠利はもう一度告げた。

「皆で食べる分なので、味見は少しだけだし、ご飯のときに独り占めするのもダメです」

「………諾」

「頷《うなず》くまでが長い……」

先ほどとは打って変わって、長い沈黙の後の返事である。マグの中で色々と考えて、暴走して取り上げられるよりも言うことを聞いた方が良いという結論になったのだろう。最近はそういう風に考えてくれることが増えたので、ちょっと助かる悠利だった。

何せ、念押ししておかないと、味見だけで量が減ってしまうのだ。美味しいと思ったら猫まっしぐら状態で突撃するのがマグなので。

「じゃあ、準備に取りかかるよ。下準備が必要なのは、ニンニクと生姜のみじん切りと、たらこを皮から外す作業。手分けしてやろうね」

「諾」

悠利の言葉にマグはコクリと頷いて、作業に取りかかる。

メイン食材は豆腐とたらこだが、味付けとしてニンニクと生姜も必要になるのだ。ニンニクのみじん切りは悠利が、生姜のみじん切りはマグが担当した。どちらも慣れた手つきで綺麗《きれい》にみじん切りしていく。

それが終われば、次はたらこをほぐす作業だ。縦半分に包丁で切ったら、箸で挟んでぎゅーっと皮から身を剥《は》がしていく。今回は後で鍋に入れる必要があるので、小さなボウルに入れておく。この作業がちょっと楽しい悠利だった。

なお、たらこをほぐし終えたら、残った皮は二人の口の中だ。ちょっぴり塩気があるが、たらこの風味が感じられて美味しい。この塩気を把握するのも大切な仕事である。スープの味付けにどれぐらい調味料を入れるかの目安になるので。

「下準備が出来たら、鍋にごま油を少量入れてニンニクと生姜を炒《いた》めます」

「諾」

「強火だと焦げちゃうから、弱火か中火でね」

「諾」

鍋にごま油を入れ、そこにニンニクと生姜のみじん切りを入れて炒める。ヘラで丁寧に炒める悠利の横で、マグは大真面目に頷いていた。……ここにいずれ出汁が入って美味しい料理になるのだと理解しているので、作り方をしっかり確認しているのだ。安定のマグ。

しばらくしてニンニクと生姜の香りが立ってきたら、そこへほぐしたたらこを入れる。火は弱いままで、さっと火を通すように混ぜる。全体に混ざったら、炒めるのは終了だ。

「後はここに水を入れて、沸騰してきたら鶏ガラの顆粒《かりゅう》だし、お酒、塩、醤油《しょうゆ》を入れて味を調えます」

「出汁」

「あくまでも味付けに使うだけなので、そんなに大量には入れません！」

「……諾」

水を入れた鍋に向かって大量の鶏ガラの顆粒だしを入れようとしたマグを、悠利は全力で止めた。ただまぁ、マグがこよなく愛する昆布系の顆粒だしではなかったので、まだ比較的大人しかった。

スープが沸騰したら調味料を入れて味を調える。味が調ったら、そこに食べやすい大きさに切った豆腐を入れて、ことこと煮込むだけだ。

たらこの塩分と、ニンニクと生姜のみじん切りが入っているので、調味料はそこまで必要ない。仕上げに風味付けのごま油を加えたら、食欲をそそる香りがふわりと漂った。

「……美味？」

「お豆腐が温まって少し味が馴染むまで待ってください」

「……諾」

「ほら、その間に他の料理を作っちゃおう？」

悠利《ゆうり》に促されて、マグはコクリと頷いた。どうせ味見をするなら美味しくなってからというのは理解してくれたらしい。ことことと弱火でスープを煮込みながら、二人は手分けして他の料理の準備に取りかかるのだった。

そして、他の作業がある程度終わった頃、悠利は鍋の中身を確認した。弱火で煮込んでいたのでスープが沸騰して減るようなこともなく、豆腐が崩れることもなかった。ほんのりピンク色のたらこが全体に散らばっていて、何とも美しい。

「それじゃ、味見してみようね」

「諾」

小皿に一口分ずつスープをすくい、それぞれ味見をする。ごま油の匂いと、炒めたことで香りが強まったニンニクと生姜《しょうが》の匂いがぶわりと鼻腔《びこう》をくすぐった。

口の中に含めば、最初に感じるのはごま油の風味。次に、鶏ガラの顆粒だしで味付けされたすまし汁っぽいスープの味。けれど、そこにニンニクと生姜の風味が加わることで、コクと旨味がグッと増していた。

また、全体に散らばるたらこのプチプチとした食感が楽しい。火が入っているので生のたらこのような食感は残っていないが、それでもスープに混ざるつぶつぶ食感は健在だった。これがちょっと楽しい。

スープの味に問題はなく、ごま油とニンニク、生姜のおかげで食欲をそそられる。たらこの風味と食感も彩りを添えていて、悠利としては満足な仕上がりだった。

「良い感じに出来たと思うんだけど、マグはどう思う？」

「美味」

「……うん、お口に合ったのは解ったから、とりあえず前のめりになるのやめようか」

「美味」

「ご飯のときにお代わりはしても良いけど、皆に確認してからね？」

「諾」

お代わりの権利をもぎとったマグは、嬉《うれ》しそうに頷いた。心なしか目が輝いているように見える。本当に、色々と、解りやすい出汁《だし》の信者であった。

そして悠利は思った。入れたのが水で良かった、と。海の物と海の物のコラボで昆布出汁を入れなくて良かった。うっかりそんなことをしていたら、多分鍋を抱え込むレベルで執着されただろうと予想が出来たので。

そんなこんなで夕飯の時間。見慣れないスープに首を傾《かし》げる皆に、悠利は笑顔で説明をした。

「こちら、豆腐とたらこのスープです。味付けにはニンニクと生姜も入っています」

たらこのスープ？　みたいな反応をした皆であるが、匂いを嗅《か》いでみれば美味しそうな香りだったので文句は出なかった。不思議な料理もあるんだなぁぐらいのノリである。悠利への信頼が半端ない。

説明を受けた後、皆は特に気にせずスープに口を付けている。たらこは食べ慣れているし、匂いからは美味しそうな気配しかしなかったからだ。奇抜な味付けでも、奇抜な見た目でもないからだろう。初めての料理ではあるが、誰も戸惑ったりはしていなかった。

「たらこはスープにもなるんだな」

「カミールに、おにぎりとパスタ以外のたらこ料理はないのかって聞かれたので、スープにしてみたんです」

「なるほど。確かに、考えてみるとその二つによく使っているもんな」

「そうなんですよね。美味しいので、つい」

「解る。確かに美味しい」

うんうんと頷いているリヒトに、悠利はですよねーと笑った。リヒトはたらこのおにぎりもたらこパスタも好きなので、その二つが出てくると美味しいと言って食べてくれている。下戸なので酒の肴として用意される焼きたらこは食べたことがないが、新しいたらこの可能性に興味を持ってくれているらしい。

まずはスープを一口飲む。ごま油の香りとニンニク、生姜の風味がぶわりと口の中に広がる。これは食欲をそそる匂いだなと思っているところへ、醤油ベースの優しい味わいのスープが口中を満たす。

ふわりと柔らかな豆腐は、弱火でじっくりことこと煮込んだので、スープの味をきちんと吸い込んでいた。ただ豆腐が入っているだけではなく、味が馴染んでいるところがポイントだ。豆腐を噛《か》んだ瞬間に、豆の旨味とスープの味が一緒に広がるのが何とも言えない。

そして最後に、たらこだ。いや、たらこは最初からそこにあった。全体に広がるつぶつぶ食感。仄《ほの》かな塩味がたらこの旨味と合わさって味に彩りを添えている。調味料の塩とはまた違う、たらこの旨味と合わさった塩味はスープに奥深さを足している。

「うん、これもとても美味しいな」

「お口に合って何よりです」

「すまし汁っぽいと思ってたけど、香ばしさとコクというのかな？　それがある気がする」

「ごま油でニンニクと生姜を炒めているので、それだと思います」

「なるほどなぁ。肉が入ってるわけでもないのに、こう、しっかりとした味がするから驚いた」

リヒトはしみじみと呟《つぶや》く。確かにその通りだった。

たらこは全体に散らばっているとはいえ、パンチがあるかと言えば特にない。むしろ陰の主役という感じで、裏方に回って味を支えている印象がある。肉がどーんと入った旨味爆弾みたいなスープに比べれば、確かに見劣りするかもしれない。

しかし、そこで登場するのがニンニクと生姜のコンビだ。後、ごま油。香りと味をぎゅぎゅっと凝縮させたこれらのおかげで、シンプルな味わいのはずのスープに濃厚なコクが生まれている。つまりは、食欲をそそられるのだ。

そして、そこに豆腐が入っていることで全体を柔らかく包み込んでくれる。スープの味がどれほど濃厚でも、豆腐が間に入ることで食べやすくなる。スープの味を吸い込んだ豆腐は、まろやかでとても美味しい。

「今日はそのまま出しましたけど、とろみを少しつけても美味しいと思います」

「そうなのか？」

「はい。ただ、とろみをつけるとなかなか冷めないので……。暑い季節には不向きかなぁと思って、今日はとろみなしなんです」

「……まぁ、暑い季節じゃなくても、とろみなしの方が良いかもしれないけどな」

「……あー……」

リヒトの視線を追って、悠利は何が言いたいのかを理解した。そこでは、猫舌のレレイが、ふーふーと一生懸命スープを冷ましていた。熱くて食べにくいので、冷ましながら飲んでいるらしい。

こういうときのレレイが不憫《ふびん》なのは、彼女が何でも美味しくもりもり食べる大食い娘だからだろう。猫舌なので熱いものは冷まさないと食べられない。しかし彼女は美味しいものが大好きで、目の前にあるのは美味しいことが解っている料理。何とも可哀想な状況である。

とはいえ、悠利にレレイの猫舌を直すことは出来ないので、レレイの分を一番に盛りつけるとかの配慮しか出来ないのだ。……それをやっても、皆が熱々をはふはふ言いながら食べているときに、彼女は冷めるのを待っていたりするのだが。体質はどうにもならないので仕方ない。

「とりあえず、レレイも美味しそうに飲んでるみたいなので、よしということで」

「そうだな」

平和に会話を交わす悠利とリヒト。平和にご飯を食べたい彼らの気持ちは、一緒である。

そんな悠利の耳に、ウルグスの叫びが届いた。……予想はしていたので、悠利はそちらを見ない。見なくても何が起きているのか解る。

「マグー！　お代わりちょっと待てって言っただろ！」

「美味」

「お前がこのスープを気に入ったのは解る！　解るが、皆がお代わり終わってないのに、二回目のお代わりに行こうとすんな！」

「美味」

「美味しいから食べるのは当然だ、とか言うんじゃねぇわ！　皆のだわ！」

今日もウルグスくんは、通訳をしながらマグの確保に追われている。安定の飼い主。飼い主というと怒るのだが、もうどう考えても野良猫とそれを躾《しつ》けようと頑張っている飼い主にしか見えない。頑張ってほしい。

そんな二人の会話を聞きながら悠利は思った。そっか、お代わり一度目はもう終わってるんだ、と。どうやら豆腐たらこスープはマグのお口に合ったらしい。美味しかったのだろう。だから早々にお代わりをし、さらには二度目のお代わりをしようとしているのだろう。

二人のやりとりを聞いた仲間達の中で、何人かがそろりとお代わりに行った。マグが心置きなくお代わりが出来るように、食べたい人は先にお代わりをした方が良いだろうみたいな雰囲気だった。

仲間達も慣れたものなので、落ち着いて行動している。

そんな中、まだ器に入ったスープを半分以上飲めていないレレイが、この世の終わりみたいな顔をしていた。お代わりはしたい。でもまだ自分の器にはスープが残っている。どうしたら良いんだ、みたいなやつだ。

何せ、ここでお代わりに行かなければ、マグが全部飲み干してしまう可能性がある。マグならやる。その小さな身体《からだ》のどこに入るのか不思議なのだが、気に入った料理はもりもり食べるのがマグだ。レレイはそれを知っている。知っているからこその、悲しそうな顔なのだ。

……そんなレレイを見て、悠利はため息と共に告げた。見ていられなかったので。

「レレイ、お代わりは別の器によそっておいでよ」

「……ふぇ？」

「レレイが飲み終わるの待ってたら、マグがお代わり出来ないしね。器はまだあるんだから、新しいのに入れてきたら良いと思うよ」

「そっか！　ユーリ賢い！」

その手があったね！　とうきうきで立ち上がるレレイ。新しい器を取りに行くレレイの背中は、スキップでもしそうなほどに弾んでいた。とても解りやすいお嬢さんである。

「マグー、あたしがお代わりするまで、待っててねー！」

「…………諾」

「レレイさん、お代わりするのは良いけど、分量考えてくれってマグが言ってます」

「今の一言にそんな意味あったの⁉」

ウルグスの言葉に、レレイは驚愕《きょうがく》の表情をした。頷《うなず》くまでに時間があったのは解ったが、そこに含まれていたのがそんな意味だなんてレレイには解らなかった。いや、レレイだけではない。ウルグス以外の誰にも解らなかった。

しかし、マグからは否定の言葉が出なかったので、それで正しいのだろう。相変わらず、安定の通訳っぷりだった。

そんな風に賑《にぎ》やかに消費された豆腐たらこスープは、「美味しかったからまた作って！」と皆に言われるのでした。皆のお気に入り料理が一つ増えたようです。

特別編　白蛇ナージャの平穏な日々

白蛇ナージャの一日は、音量を落とした目覚まし時計を止めるところから始まる。

何を言っているのかと言われそうだが、実際彼女は部屋に置いてある目覚ましが小さな音を立てた瞬間に、ペシリと叩《たた》いて止めることを朝の日課としている。ちなみにその目覚まし時計の音量は、最小にまで下げられている。

最小にしてあっても、人間よりも聴力に優れたナージャには問題なく聞こえる。その微《かす》かな音で目覚めた彼女は、可愛い可愛い、誰よりも大切に思っている主人が目覚めるより先に目覚ましを止めるのである。なお、目覚ましをセットしたのは部屋の主《あるじ》であるアロールで、彼女が目覚ましをセットしたときにはそれなりの音量だった。しかし、アロールが寝入った後、ナージャは毎日毎日、日課のようにその目覚ましの音量を下げるのだ。

下げておくことで、主の健やかな眠りを守っているのである。無論、目覚ましを止めたところでアロールを起こさなければいけないことぐらいは、ナージャも解っている。しかし、時計の音で可愛い主の睡眠を妨害するのは、どうにも彼女の主義に反するのである。これは彼女らが実家にいたころから変わらない。無機質なアラームでアロールが起こされるのを、ナージャはよしとしないのだ。

時計を確認し、そろそろ起こさなければならない時間が近いと理解したナージャ。彼女はベッドの片隅、アロールの傍らで再び蜷局《とぐろ》を巻いていたのだが、それをしゅるりと解《ほど》いた。そして、伸ばした尻尾《しっぽ》でぺしりとアロールの頬を叩いた。

叩くと言っても撫《な》でるに近いような優しい動きだ。ひんやりとした蛇の体温にうーんとアロールが小さくむずかる。まだ眠りの中にいる彼女は、そのまま頬に触れるナージャの尻尾を振り払うように叩く。まるで邪魔だと言いたげな仕草である。無論アロールは眠っているので、ナージャに対して悪感情があるわけではない。

それを理解しているので、ナージャはもう一度ぺしりとアロールの頬を叩いた。やはりアロールはむずかるようにナージャの尻尾を押しのける。朝というのは、やはり誰でも眠いのだ。起きてしまえばある程度動くことは出来ても、起きるのには何だかんだで段階が必要なのである。

無論ナージャとてそれは解っている。だが、起床しなければならない時間が迫っているのは事実だ。アロールを寝坊させるわけにはいかないので、ぺちり、ぺちりとなかなか起きないアロールを咎《とが》めるように、その頬を何度も叩く。重ねて言うが、叩くと言っても撫でるに近いような力加減で痛くはない。

ナージャの身体はひんやりとしているので、その冷たさも相まって眠りの中にいるアロールを起こすのだろう。幾度かやりとりがあった後、アロールは面倒そうに目をこすりながらゆっくりと起き上がった。

「ナージャ」

まだ眠そうなその声にナージャは「シャー」と鳴いた。おはようという意味で。

「ふぁあ……。あのさぁ、起こしてくれるのはありがたいんだけど、いつも言ってるだろう？　何で目覚ましを勝手に止めるんだよ」

はぁ、と盛大な溜息《ためいき》を吐《つ》くアロール。自分がセットしたはずの目覚まし時計の音量が下げられ、かつ自分が気づくより先にナージャによって止められているという現実。もう何度目になるか解らないやりとりではあるが、いつも通りアロールは文句を言った。

たとえ、毎日同じことの繰り返しだろうと、どれだけ言ってもナージャが聞かなかったとしても、意思表示はしておかねばならないのだ。アロールはまだ十歳だが、それでも一人前になることを目指して日々切磋琢磨《せっさたくま》している身。そのアロールにしてみれば、きちんと目覚ましで起床したいというのに、毎朝毎朝信頼する従魔に起こされているというのは何ともやるせないのである。

何というか、いい加減それくらいのことは出来るようになりたいのだ。というか、子供扱いされているようで落ち着かないとも言える。しかしナージャはどこ吹く風だ。起きたのなら身支度を整えろと言わんばかりに、先ほどまでいた場所で蜷局を巻いてくつろいでいる。アロールには着替えという準備があるがナージャにはそんなものはないので、早く準備をしろと言いたげな視線を向けるだけである。

ナージャは誰よりもアロールのことを可愛がっているが、同時に保護者や世話役のような心情で接しているので、こういう感じになる。朝から実に仲の良い主従である。

アロールはそんなナージャにブツブツと文句を言いながらも、完全に起床する。起きるまではむずかる幼い子供のような一面もあったが、目覚めてしまえば彼女はてきぱきと身支度を調える。日常生活で子供扱いはされたくないからというよりは、十歳にして一人の個人として己に出来ることは己ですることが身についていたからだ。それはアロールが育った環境のせいでもある。

別に、彼女が家族から可愛がられていないわけではない。むしろ逆だ。最も年が近いのは双子のいとこ、ヴィオラとヴィクトルだが、彼らとアロールの間には十歳以上の年の差がある。それだけ年が離れて生まれたアロールなので、それこそ親族からは目に入れても痛くないほどに可愛がられて育った。

しかし同時に、彼らはアロールに魔物使いとして接する場合、子供としては扱わない。異言語理解という技能《スキル》を持って生まれたが故か、アロールは幼い頃から従魔達の言葉が解った。彼らと意思の疎通を図るのに何の不都合もなかった彼女は、それだけでも優れた魔物使いの資質を宿していたと言える。

むしろ幼かった頃は、従魔達が人間とは違う言葉を話しているとは思いもしなかったほどだ。それほど自然に、彼女は従魔と当たり前のように言葉を交わしてきた。そして多くを学び、まるでスポンジが水を吸い込むかのように知識を吸収し、わずか十歳にして一族でも屈指の魔物使いとしての才能を見せている。

だからアロールの周りの者達は、彼女を一人の魔物使いとして扱う。故にアロールも相手をその能力で判断して、対等な存在として扱ってきた。一族の中ではそれで良かったのだ。年齢も性別も経験も関係なかった。彼らにとって必要な判断基準は、実力だけだ。

また、対等に扱うからといって敬意を払わないというわけではない。それが解っているからこそ、誰が相手であろうと呼び捨てにし対等な口調で話すアロールの姿は、一族内では問題にならなかった。そんな環境で育ったがためにアロールは、同じ年の子供に比べて随分と大人びている。

無論、年齢相応に可愛い部分もある。ナージャは、そういう子供っぽい部分もきちんと知っているが、その可愛いアロールを知っているのは、自分や一部の身内達だけでよかろうと思っていた。アロールを侮る輩《やから》がいれば威嚇し、アロールの機嫌を損ねる輩がいれば威圧する。その程度には過保護な従魔である。認めた相手以外に、可愛い可愛い愛《いと》し子の愛らしい姿を見せるつもりはないのかもしれない。

そのナージャの過保護ぶりがアロールの人格に影響を与えることはなく、過保護にされていると解った上でアロールは自立している。それは、なかなか出来ないことだ。ナージャに依存せず、ナージャの存在を己の実力と過信しない。それが出来るアロールだからこそ、ナージャは可愛がっている側面はあった。

ナージャは今の見た目こそ小さな愛らしい白蛇だが、その正体はヘルズサーペントと呼ばれる強力な魔物だ。簡単に言うと、彼女の正体は巨大なヘビの魔物である。それなりに力のある魔物使いにしか従えることが出来ない、そういう強力な魔物である。

そのナージャは、アロールが生まれたときに傅役《もりやく》として彼女の従魔になることを選んだ。この子供の成長を見守ろうと決めて、大切に慈しんで育ててきたのだ。だから、ナージャがアロールに対して過保護になるのは仕方がないことなのだ。多分。

そんな風に朝から慈しみに満ちた眼差《まなざ》しでアロールを見つめていたナージャに、アロールは面倒くさそうに声をかける。

「支度出来たから朝ご飯食べに行くよ」

ぶっきらぼうな口調が照れ隠しであることを、ナージャはちゃんと解っている。解っているので、お年頃なのか少々意地っぱりな主に対して「シャー」と小さく鳴くのだった。

「あ、アロール、ナージャさん、おはよう」

「おはよう、ユーリ」

食堂に着いたアロール達を出迎えたのは悠利《ゆうり》だった。クランのおさんどんを担当するこの少年は、相手が魔物であろうと丁寧な態度を崩さない。どうも、ナージャを年上だと思っているらしく、呼び方はさん付けである。アロールに対しては砕けた口調なのだが、悠利の中ではそういう風になっているらしい。

「それじゃあナージャ、ルークスとご飯食べてきて」

「シャー」

アロールの傍らで食べるときもあるが、まあ大体はナージャと同じ従魔であるルークスと共に食事をしている。そのルークスはといえば、朝食の支度を手伝っていたようだ。正確には食事の支度ではなく、食事のときに出た生ゴミの処理であるが。

スライムというのは便利なもので、何でも吸収、分解してしまえる。そして、それらを活動するためのエネルギーに回せるのだ。しかも雑食。とても燃費がいい。なので、厳密に言うと食事というものはなくても良いのかもしれない。日夜、あちこちで掃除と称していろんなものを処理しているルークスなので。

しかし、ルークスを可愛がっている悠利は「ルーちゃんのご飯出来たよ」とルークスにも食事を用意している。そして、ルークスはそれを喜んで食べるのだ。そんなルークスと共に食事をすることになっているナージャは、少しばかり面倒くさそうな顔をしつつも、ルークスがいる食堂の片隅へと移動した。

ナージャが面倒くさそうな顔をしている理由は、すぐに判明した。ルークスは彼専用に用意された野菜炒《いた》めを美味しそうに食べていたが、ナージャの姿に気づくと食事をやめる。そして、ピッと姿勢を正してぺこりと頭を下げる。ぺこりどころではない。ぺこぺこである。愛らしいサッカーボールサイズのスライムが愛らしい瞳《ひとみ》をキリリとさせて、真剣な面差しでお辞儀を繰り返す。

これは、「先輩おはようございます」というアレだ。体育会系によくあるような雰囲気のやつである。ちなみにこれは、ルークスがナージャを従魔の先輩として慕っているからだ。ナージャの方は面倒くさそうに適当に頷《うなず》くと、そのまま自分用に用意された食事に向き直った。いつものことである。

ヘビの例にもれず、ナージャも卵が好きだ。ただ、魔物の餌として調整されたフード的なものでもいいし、シリアル的なものも食べる。食事にそこまで煩《うるさ》くはない。ただまあ、好みでいうならやはり卵であった。

そして今日、ナージャの分として用意された器に入っているのは、ゴロゴロとしたゆで玉子の山だった。大きさは大小様々だ。よくある鶏卵から、色々な魔物の卵まである。これはわざわざ作ったのではなく、こういう風にゆで玉子の状態で売っているものだ。魔物の餌を販売している店もあるので、買ったものが食卓に並ぶこともある。今日は卵の日かと思いながらナージャはパカッと口を開ける。

今、ナージャの身体《からだ》は小さいが、そもそもヘビは自分の身体と同じぐらいの大きさの獲物を丸呑《まるの》みにするような生態をしている。なので、小さな口をパカリと大きく開いたまま、危なげなく大小様々なゆで玉子を飲み込んでいく。

噛《か》むのではなく飲み込むので、ナージャの食事は比較的速い。飲み込んだ後は、腹の中に溜《た》まったそれが消化されるまで少々ぽこりとお腹が出ているように見えるが、それもまた愛嬌《あいきょう》である。

とはいえ、皆が食事を終える頃には消化が終わっているので、ナージャのお腹がぽこりと出ているのを見ているのは、側《そば》で食事をしているルークスくらいだ。アロールの傍らで食事をとるときは、彼女の首に巻きついていたり、邪魔にならないように蜷局状態になっていたりするので、意外とお腹が出ていることに気づかれない。

そんなナージャの、ゆで玉子を食べるたびにその形に動く身体を、ルークスは興味深そうに見ている。ルークスは、自由自在に形を変えることが出来るスライム。食事に関しては、吸収と分解と消化で行われている。つまりは食べたものの形状にお腹が膨らむなどということは、起こり得ない。なので、物珍しそうに見ているのだ。

見られていることに気づいたナージャは、ちらりと視線をルークスに向ける。静かな眼差しであるが、鋭いその目の意味するところは、「何か用か？」とか「何を見ているんだ？」といったような冷ややかな圧である。

先輩の機嫌を損ねてしまったと気づいたルークスは、ぶんぶんと身体を左右に振って何でもないとアピールすると、ぺこぺことナージャに頭を下げた。そうして謝罪をしてから、自分の食事に戻る。

ちなみにナージャがルークスに視線を向けたのは、じっと見られているのが鬱陶《うっとう》しかったからではない。いや、それも多少あるのだが、それよりも「さっさと食事を終わらせろ」という意味の圧である。従魔の彼らは、人間達と同じスケジュールでは動かないが、彼らなりに今日の予定というものがあるのだ。

ちなみにナージャの予定というのは、アロールの予定によって変更される。お目付役を兼ねている従魔なので、当然と言えた。

アロールが依頼なり授業なりで外に出かける場合は彼女に同行する。アロールの保護者を自認しているようなナージャである。まるで警備保障会社のようなレベルで過保護なので、外へ出かけるときにアロールを一人で行かせることはない。その辺りは、ルークスが悠利の外出に絶対についていくのと似ている。

正しくは、ルークスは従魔の先輩であるナージャの行動を真似ているのだ。愛するご主人様の身の安全を守るのは、側に控える従魔の務め。それは、ナージャがルークスに教えた基本の心構えである。

そんなナージャであるが、今日のアロールはアジトで座学ということなので、側に付きっきりでなくてもいい。アロールがアジトにいるときの彼女は、ルークスと一緒にちょっとしたお仕事をする。

そのお仕事とは、雑草を刈ったり、害虫を駆除したりというものだ。普段はルークスが一匹でやっているのだが、アジトにいるときはナージャも手伝っている。ルークスが来る前はアロールに言われてナージャが行っていたのだが、後輩たるルークスが来てからはほぼほぼルークスの仕事である。

ただし、これは別に押し付けたとかではなく、アジトの掃除が自分の仕事だと思っている愛らしいスライムが、自発的に思いっきり張り切っているだけなのだ。大好きなご主人様に危害を加える可能性のある害虫の駆除も、己がやるべき仕事の一つだと思っているのだ。

故に、普段のルークスは一匹でそういった作業をしていても文句一つ言わない。そもそもこの出来るスライムは、諸々《もろもろ》の雑務にも文句を言うことは一度もなかった。お掃除を頑張れば皆に褒めてもらえるので、ご機嫌なのである。

そんなルークスをナージャは、チョロいなと思っているのだが、あえて口に出したりはしない。従魔同士は会話が出来るのだが、彼女がそういったことをルークスに伝えたことはない。まあ伝えなくてもいいだろうと思っている。本人がやる気に満ちているのだ。あえて水を差す必要はないのである。

そして、アロールがアジトで勉強をする予定なので外へ出かける必要のないナージャは、ルークスと共に食べ終えた食器を片付けると、するりとキッチンの片隅にある裏口から外へ出る。……何と、この賢い従魔達は、自分達だけで外に出られるのである。ナージャもルークスも、扉を開けるなどお手の物だ。その程度のことに手こずったりはしない。

ルークスが開ける場合は、身体の一部をちょろりと伸ばし、人間がするようにハンドルを回す。ナージャの場合は、スルスルと壁を伝って取っ手の位置まで移動し、身体を巻き付けて体重をかけて開ける。どちらもとても器用である。

よく、猫はドアを開けて外に出ると言うが、この二匹の従魔もドアを開けて勝手に外に出る。そして賢いことに、外に出た後はちゃんとドアを閉めるのだ。開けっ放しが良くないということは解っているので。

そうして外に出た二匹は雑草と害虫の駆除に勤《いそ》しむ。基本ルークスは、分解、消化、吸収などの手段でしか掃除が出来ないので、微調整が難しい。まあ、アジトでの生活にも大分慣れてきたこの賢いスライムは、どの程度まで溶かすのが良いかなどをきちんと解っているので問題ない。

そう、全てを溶かしてはいけないのだ。丸裸になると、それはそれでまた何か違うのだ。いらないものだけを駆除して、必要な分の草は良い感じに残す。それを理解出来る賢さがあるというのに普段誰も不思議に思わないのだから、悠利の従魔というインパクトの強さを思い知らされる。主《あるじ》がアレだから、従魔がコレでも普通だという感じで。

そんなわけで、朝食中の主人を置いて庭へと出た二匹の従魔は、手分けして作業に取りかかった。

今日はナージャがいるので、ナージャが口から飛ばす真空刃で雑草や害虫を刈り取り、ルークスが残骸《ざんがい》となったそれらを吸収し、分解、消化する。実に適材適所である。

スライムであるルークスには、対象を吸収して消化することや、物理的に叩《たた》くことは出来ても、風の刃を飛ばして切り裂くなどという恰好《かっこい》良いことは出来ない。害虫駆除に関しては叩いて消化してしまえばいいのだが、雑草に関してはいい感じの高さで刈ることが出来るナージャの真空刃はとても便利だ。

目線を合わせた二体の従魔。こうやって連携するのは初めてではないので、どちらも慣れたもの。ナージャはパカリと口を開けると、真空刃を吐き出した。スパスパと刈られていく雑草。なかなか目に楽しい光景だ。

勿論《もちろん》、常日頃ルークスがきちんと掃除をしているので、見苦しいほど生えているわけではない。ただ雑草というのは、実に早く生えてくる。本当は根から抜けばいいのだろうが、根から抜いてしまうと今度は土だけになるので、あまり美しくない。なので、いい感じの長さに刈る場合と、根こそぎ処理する場合がある。

今ナージャが刈っているのは、そのいい感じに残すべき場所である。まあ、ここは冒険者のアジトである。誰も景観や美観などは気にしていないのだが、何となくその方が良いような気がして、彼らが自主的にやっているのである。

ルークスは、ナージャが刈った雑草をむにむにと這《は》うようにして吸収し、分解している。ついでに根こそぎ雑草を駆除すると決めた部分に関しては、雑草をむにゅっと包み込み、土をちょっと掘り起こし、根っこまで吸収、分解するようにした。これは、ルークスが何度かアジトの庭を掃除して覚えたことだった。もう生えてきてほしくない場所の雑草は、根っこから全部処理しなければまた生えるということを、ルークスは知らなかったのだ。まぁ、スライムの人生（？）にそんなものは不要だったので。

しかし、悠利の傍らで《真紅の山猫《スカーレット・リンクス》》の掃除担当として生きるからには、任された仕事をきっちりこなさねばみたいな矜持《きょうじ》がある。なので、この出来るスライムは日々学習を欠かさない。

ちなみに、雑草は根っこから処理しないと再び生えてくるということをルークスに教えてくれたのは、頼れる先輩のナージャだった。ナージャは生えてきたらまた刈れば良いくらいに思っているのだが、その教えを聞いたルークスは「じゃあこの辺は根こそぎ枯らしてしまっていいんですね？」みたいな状態になり、今では慣れた様子で雑草を駆除している。

そうやって雑草を処理する傍ら、二匹は目についた害虫を手早く倒す。ほとんどはただの虫なのだが、ごくまれに微量の毒を持っていたりして、主達が触れるとよろしくない虫もいる。

毒といってもそれほど恐ろしいものではない。まあ噛まれると痒《かゆ》くなるとか、ちょっと赤くなるとかその程度だ。しかし、従魔達にとってはその程度ではない。大好きな主人にそんな傷をつけるなんて、許されることではないのだ。よって、ルークスもナージャも雑草よりも害虫の駆除に精を出す。

普段はルークスに任せているナージャであるが、やるからには本気を出す。ルークスが来るまでは、彼女がきちんと務めていた役目である。手ぬかりはない。

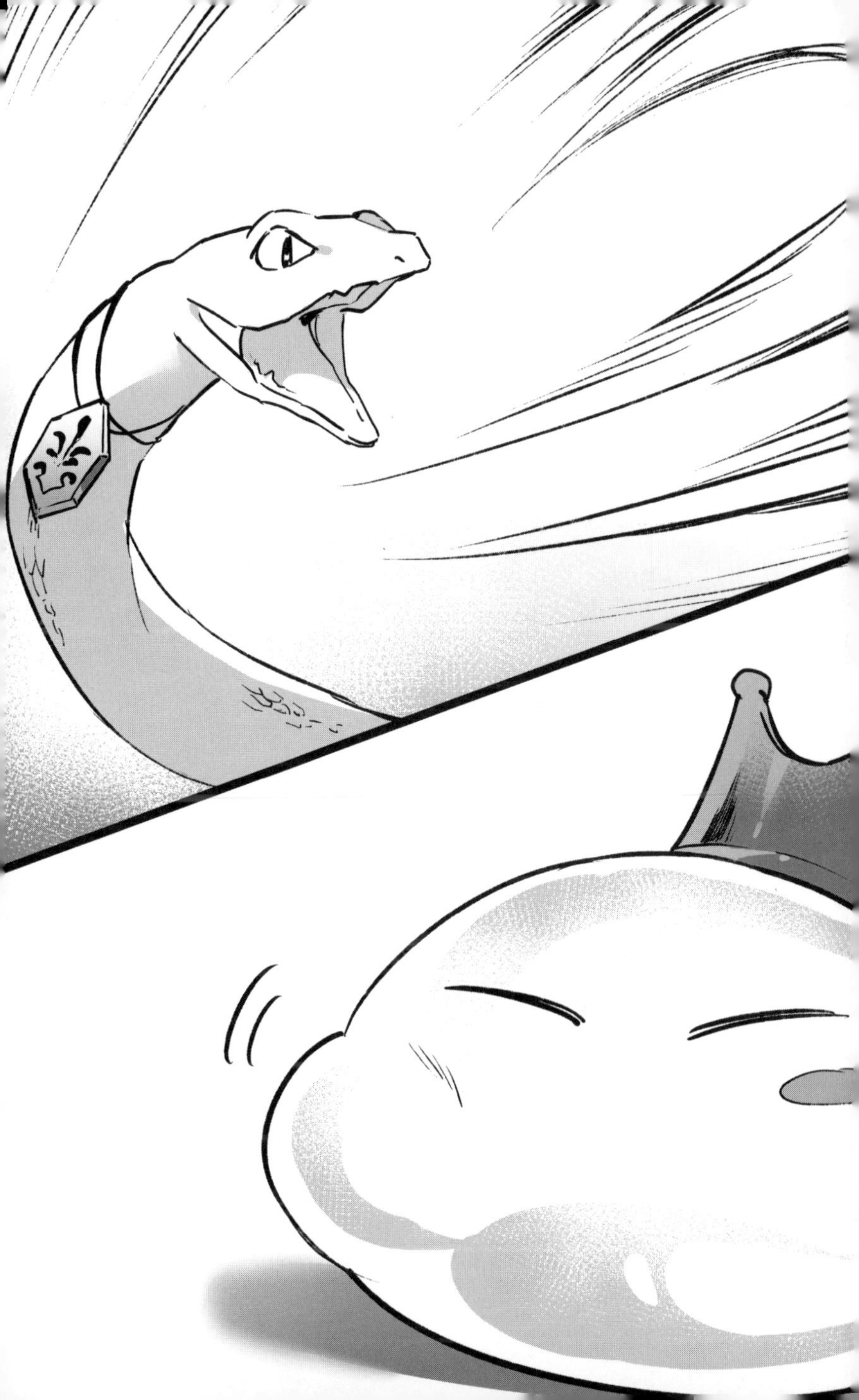

そんな風に二匹の従魔は庭掃除に勤しんでいた。ふと気づくと、外へ出かける仲間達が玄関から出てくる。庭で雑草と害虫の駆除をしている二匹を見かけては「行ってくるなぁ」「今日もお疲れ様」「いつもありがとう」などと声を掛けてくれるので、ルークスはそのたびに嬉《うれ》しそうに鳴いてぴょんぴょんと飛び跳ねている。だが、ナージャの方は至ってクールにおじぎをする程度。このクールな反応もまた「まあナージャだし」という感じで、いつもの光景といえた。

雑草と害虫の駆除が終わったら、ナージャとルークスは別行動だ。

ルークスは悠利《ゆうり》が洗濯物を干す準備をしていれば、荷物運びを。そうでなければアジトの掃除、特に水回りの掃除を念入りに行う。今頃食事の後片付けが終わった頃だろうかと、ルークスは裏口から食堂へと戻っていく。

無論その前には、尊敬する先輩であるナージャにぺこっとお辞儀をして「お先に失礼します」みたいに挨拶するのも忘れない。この愛らしい従魔は何故か、物凄《ものすご》く解りやすくナージャを尊敬している。

ただし、ナージャの方は相変わらず実にそっけない。さっさと行けと言わんばかりの眼差しだ。しかし、それもいつものことなので、ルークスはしょげることもなく、ぽよんぽよんと跳ねて去っていく。もしかしたら、この愛らしいスライムはそんなナージャの行動を「先輩、クールで恰好良い」と思っているのかもしれない。だいたいいつもキラキラとした目でナージャを見ているので。

そんなルークスを見送ったナージャは、本日の予定の一つであるアジトの見回りを実行する。これはルークスもやっていることではあるのだが、アジトに変な輩が近づいていないか、何か不審物が置かれていないかを確認するという重要な仕事だ。

なお、別に誰かに頼まれたわけではない。二匹の従魔が勝手にやっているのだ。やはり、愛する可愛い主の安全確保を考えれば、これくらいの行動は当然ということなのか。後、従魔二匹がやる意味があるとすれば、人間の目線では気づかない変化に気づけることだろう。

例えば、先ほどの害虫駆除もそうなのだが、人間の視界よりも低い位置でうろうろするものは意外と見えにくく、気づくのが難しいのだ。そういう意味でルークスとナージャは実にいい仕事をしていた。

そしてナージャは、細く身軽なヘビの身体を利用してスルスルと狭い場所にも入り込みながらアジトの周辺をくるっと一周する。《真紅の山猫》のアジトはそこそこ広く、その敷地を一周するのもなかなか大変だ。ただ移動するだけならすぐ終わるが、不審物がないか、不審者が近づいていないかを確認しながらなので、必然的にゆっくりになる。

勿論、ナージャは強い力を持った魔物なので、気配で相手を察することが出来る。しかし、気配だけでは意味がない。不審物の場合は、やはり目視で確認しなければならないからだ。

人目につきにくい場所も、壁と壁の間も、ヘビのナージャならば問題ない。難なく移動し、不審物、不審者の気配がないことを確認し、満足げに頷《うなず》いた。

ご満悦のナージャに、不意に声が掛けられた。

「ナージャじゃないか。今日の見回りはアンタなのかい」

優しいその声は、アジトの近所で宿屋を営んでいる女将《おかみ》さんのものだ。特別親しい間柄ではないが、ナージャやルークスがこうやってアジトの見回りをしているときに遭遇することがある。手荷物を持っているところから判断するに、買い物の帰りらしい。

ナージャはぺこりとお辞儀をして、そのままくるりときびすを返す。これがルークスであったならば、「今日もお疲れ様です。こんにちは！」とでも言うように嬉々《きき》として挨拶《あいさつ》をするだろう。しかしナージャはそういう部分は非常にドライだった。

とはいえ、別に敵意を向けているとかではなく、身内以外と接するのが面倒くさいというだけである。そんなナージャを理解しているのか、女将さんは特に気分を害した風もなく、「今日もお疲れ様だね」と声を掛けて去っていった。

彼女がゆっくりと去っていくのを気配で察して、ナージャはアジトへ戻る。本日の見回りが終了したことをアジトの掃除に勤しんでいるルークスに伝えるためだ。ルークスが見回りをしてもいいのだが、一応自分が先にやっておいたということを伝えておくべきかと思ったのだ。ホウレンソウは大事である。

ナージャがいないときはルークスが一人で見回りをしているのだが、ナージャがいるとルークスは見回りをナージャに託し、己はアジトの掃除に精を出すのだ。どうも、掃除が己のアイデンティティだと思っている節がある。

アジトに戻るために玄関へ向かったナージャは、そこで今まさに玄関から出てきた少年と鉢合わせした。見習い組のカミールである。

「ナージャか。何？　掃除でもしてたのか？」

「シャー」

不思議そうに声をかけられて、ナージャはとりあえず返事をした。カミールにはナージャの言葉は解らないので首を傾げているが、まあいいかとすぐに気にしなくなった。

そんな彼は、ナージャが入りやすいように扉を開けておいてくれるような優しさがある。そんなカミールにぺこりとおじぎをして、ナージャは玄関へと入る。

そのカミールはといえば、買い物用の魔法鞄《マジックバッグ》を持っているところから見て、これから昼食に使う材料の買い出しに出かけるのだろう。どうやら本日の料理当番は彼のようだ。じっとカミールを見上げるナージャ。その視線を受けて、カミールは口を開いた。

「ナージャがいるってことは、今日はアロールいるんだよな?」

「シャー」

「じゃあ、チーズでも買ってきてやるかー」

「シャー」

「あっ、別にからかうわけじゃないぞ。この間、解んないところを教えてもらって助かったから、そのお礼」

言い訳するように付け加えるカミールに、ナージャは何も言わない。それならいいと言うように、コクリと頷くだけだ。妙な圧のある小さなヘビとの会話を終えて、「買い物行ってくるなー」と去っていったカミール。

彼は商家の生まれであるためか、とても目端が利く。そして、コミュニケーション能力がとても高い。だからなのか、人付き合いが若干不得手のアロールにちょいちょいちょっかいをかけてくるのだ。

アロールに対して過保護なナージャであるが、カミールが彼女に接触するのは許している。同年代との他愛《たわい》ないやりとりというものが、今のアロールには必要だと解っているからだ。カミールはその辺りのさじ加減が得意で、アロールを怒らせるようにおちょくってはいるものの、ナージャの逆鱗《げきりん》に触れるほどのことはしない。その辺りの見極めがとてもうまいのだ。

そんなカミールが相手だからこそ、ナージャもアロールに接触することを許しているともいえる。ただ、まあ、釘《くぎ》を刺すことは忘れない。不必要に可愛い可愛いアロールの精神をすり減らすようなマネをしたときには、静かに冷えたオーラがカミールを襲うのだ。カミールもその辺はしっかりと理解しているので、ナージャが怒ったときにはすぐに身を引く。何だかんだで、アロールを間に挟んで相互理解が出来ている一人と一匹であった。

カミールとのやりとりを終えて、ナージャはアジトの中を移動する。ヘビは足音を立てないので、時折彼女がいることに気づかずに遭遇した者が驚いた声をあげるが、彼女はそんなことにはお構いなしだ。というか、彼女は相手の気配に気づいているので、別段ぶつかることも踏みつぶされそうになることもない。

なお、この気配に気づかずに驚くのは、見習い組や訓練生の一部だ。戦闘能力に長《た》けている訓練生や指導係の者達は、そこにナージャがいることに気づいているので驚きもしない。

そんな風に移動して、ナージャはルークスを捜し出した。出来るスライムは洗面所の掃除に勤しんでいた。水回りというのは、どうしても汚れが蓄積しやすい。一応悠利や見習い組が毎日掃除をしているし、ルークスだって掃除をしている。

それでも、総勢二十一人で生活している《真紅の山猫》の水回りはどうしても汚れてしまうのだ。なので、全員が朝の身支度、洗顔や歯磨きなどを終えた後の洗面所を、ルークスはせっせと磨いているのであった。

人間達が道具を使って掃除をするよりも、ルークスが掃除をする方が圧倒的に速く、美しく終わる。というのも、水垢《みずあか》はそれなりにしっかりこすりとらなければならないが、スライムのルークスは自由自在に形を変えられる。汚れのある箇所に吸着し、汚れを吸収、分解することでピカピカにしているのだ。しかも、掃除する対象の材質によって道具を変える必要性はない。タイムロスが全く存在しないのだ。

そんなわけで、ルークスは鼻歌を歌うようにキュイキュイと鳴きながら、楽しそうに掃除をしていた。やはりこのスライム、掃除が生きがいとかアイデンティティとかになっている可能性がある。

「シャー」

今まさに掃除を終えてぴょんと飛び跳ねたルークスに、ナージャが声をかけた。そこにナージャがいることに気づいていなかったのか、ルークスは驚いたように空中で回転して着地する。このスライムは戦闘能力は高いのだが、時々こんな風にちょっと抜けた姿を見せる。ルークスはまだ子供なので、好奇心旺盛《おうせい》であったり、ちょっと詰めが甘かったり、どこか抜けていたりする。それも含めて愛されているスライムである。

「シャー」

「キュピ！」

魔物同士だと意思の疎通は簡単に図れるので、ルークスはナージャが何を言いたいかを理解した。今日の見回りはやっておいたという主旨の連絡である。頼れる先輩の言葉を聞いて、ルークスはぺこりと頭を下げた。

少なくとも午前中の見回りはしなくて良いと解って掃除を張り切るつもりらしい。ぴょんと跳ねて次の掃除場所へ向かうルークスは実に楽しそうだった。しばらくその後ろ姿を見送って、そして興味をなくしたかのようにナージャは移動するのだった。

アロールと共に外出しないときのナージャの日常は、実に平和だ。アジトの見回りを終えた後は、アロールの側やリビングなどでまったりとくつろぐ。昼食後も人間達は忙《せわ》しなくそれぞれの用事で動いているが、ナージャには特に仕事はない。

ルークスの方は掃除に行ったり、悠利《ゆうり》が外出するときにはその護衛として出かけたりする。後は、手の空いている者達に愛《め》でられるのもルークスの仕事だろうか。あちらは癒やし枠のマスコットのようなものなので、そういった役割がある。役割というのとは少し違うかもしれないが。

ナージャは主であるアロールの目付役、あるいはお世話係という認識を皆が持っているので、ルークスに向けられるような可愛いもの、幼いものに対するような態度はない。ナージャの方も、仲間達とそれほど距離を詰めるつもりはないので、静かな時間をそれなりに楽しんでいる。

そんな風に午睡を楽しんでいた昼下がり、騒々しい破砕音が聞こえた。破砕音、である。平和なはずのアジトには相応《ふさわ》しくない音だが、時折聞こえる音でもある。まどろみから覚醒《かくせい》し、ナージャはゆっくりと身体を伸ばす。音の発生源はどこかと視線を向ければ、庭で盛大にやり合う訓練生の姿が見えた。

テンションが上がっているのか、実に楽しそうに攻撃を繰り出しているのは妖艶《ようえん》美女たるダンピールのマリア。見た目だけは文句なしの色気たっぷりのお姉さんだが、戦うことが大好きで気持ちが昂《たか》ぶると暴走してしまう、血の気の多い残念な美人さんである。

その残念美人の相手をしているのは、白い獣耳が印象的な虎獣人の青年、ラジ。身体能力にすぐれ、本人の性格は穏やかで冷静。攻撃に能力を全振りしているようなマリアの相手が出来るのは、訓練生の中でもごく一部だが、彼はその数少ない存在だった。

おまけに、彼はマリアに引きずられない。レレイも彼女の相手を出来るが、同じように戦闘を楽しんでしまって相乗効果で大変なことになるのだ。

相変わらず騒々しいやり取りをしているな、とナージャは思う。それなりに力のある魔物であるナージャにとって、訓練生達が手合わせをしている姿は別段恐怖でも何でもない。ただ、破砕音はいただけないと思う。

何せ煩《うるさ》くて午睡の邪魔だし、破砕音がしているということは周りに被害が出ているということだ。これは一歩間違えれば、ナージャの愛しい愛しい主《あるじ》に被害が及ぶ可能性がある。

手合わせをしているのが他の面々ならまだしも、その一人がマリアである。頭に血が上れば、周りが全く見えなくなる戦闘本能の塊。自発的に止まることはあるまい。なので、ナージャの中で「アレは止めるべきもの」と決定づけられた。

決定したら、行動は早かった。音も立てずにススッと移動する。窓を開けて移動するのもお手の物だ。

庭に出たナージャは、ラジとマリアの動きを眺める。マリアを止める必要はあるが、ラジの邪魔をしてはいけない。だからこそ、タイミングを見ているのだ。

そして、一瞬の隙を見計らって、しゅるりとマリアの顔に絡みつく。突然視界と口を塞《ふさ》がれたマリアは、声を上げることも出来ずに驚愕《きょうがく》し、そのマリアの攻撃をいなしていたラジはぱちくりと目を見開いた。

けれど、すぐに何が起こったのかを理解したラジは、ナージャに協力するようにマリアの身体を拘束し、その首筋に手刀を落とした。説得するより、力尽《ちからず》くで落とした方が早いという判断である。話をしても通じないので仕方ない。

がくんと崩れたマリアの身体を抱き留めて、ラジはナージャに視線を向ける。

「ありがとう、ナージャ。ちょっと苦戦してたところなんだ」

「シャー」

気にするなと言いたげに、ナージャは息の音を立てる。別段、ラジを助けたつもりはナージャにはない。すべてはアロールに危害が及ばぬようにするためだ。

ナージャは時折、こんな風に訓練生達の鍛錬へ割り込んでくる。その理由は皆には解らないのだが、ナージャの中では一貫してアロールに危害が及びそうなときには止めるというものになっている。安定である。

暴走しまくったマリアを止めることが出来て、ラジはひと安心と言いたげに息を吐いている。そしてそのまま、彼女を背負って歩いていく。虎獣人のラジにとって、マリアを背負って運ぶことなど朝飯前だ。

その背中を見送って、ナージャはやれやれという風に息を吐きだした。

今日はそんな風にちょっとトラブルに首を突っ込んだが、基本的にナージャは静かに日常を過ごしている。おやつの時間になれば悠利に呼ばれてアロールが食堂に姿を現し、そこで可愛い主の様子を確認する。

アロールが部屋で本を読んだり、調べ物をしたり、自主的な勉強に励んだりしているときには、ナージャはあまり側にいない。側で見られていると気が散ると以前言われたからだ。恐らくは、保護者に見張られているような気分になるのだろう。

だからナージャはアロールがアジトにいるときは別行動をとる。本当は、四六時中可愛いアロールの側にいたいのだ。しかし、それをすると可愛い主は「子供扱いするな！」と怒るので、ナージャは色々と空気を読んでアロールに一人の時間をプレゼントしているのである。おやつが終われば、アロールはまた勉強をしに部屋へ戻っていく。悠利は少し休憩した後に夕飯の仕込みに入るが、ナージャは別にそれを見ている趣味はないので、速やかに食堂から出ていく。

ルークスは、悠利の側にいたくて食堂の掃除をしているときもあれば、他に気になる場所があるのか、アジトの中を移動しているときもある。今日は後者だったのか、ぽよんぽよんと跳ねながら食堂から出ていくルークスの姿があった。

夕飯までの時間、ナージャは暇を持て余している。やることもないし、また昼寝でもするかと思っていたとき、ルークスが何やら荷物を運んでいた。スライムは変幻自在なので、ちょろりと伸ばした身体の一部で箱を幾つも抱えている。どうやらそれは日用品で、すぐには使わないので備蓄として倉庫へ運ぶ分らしい。誰かに頼まれたのだろうルークスは、キュイキュイ鳴きながら荷物を運んでいる。

それを見て、ナージャはシュルシュルとルークスの方へと近づいた。今のナージャの姿は、小柄なヘビ。荷物を運ぶのには向いていない。だが力はあるので、少し考えた後、ルークスが持ち上げている荷物をナージャが押して移動することにした。

少なくとも、廊下ならば箱を押して移動させたところで問題はない。廊下は頑丈だし、箱も頑丈だ。大きくなれば背に乗せて運ぶことも可能なのだが、そちらよりはこうして押している方が安定性がある気がした。後、不必要に大きくなると皆に驚かれるので、あまり擬態を解くつもりはないのだ。

そんなナージャに感謝の気持ちを示すように、ルークスは律儀にぺこぺこと頭を下げている。先輩、手伝ってくださってありがとうございます、という心境なのだろう。それに鷹揚《おうよう》に頷《うなず》くことで応え、ナージャは荷物を運ぶのを手伝う。

まあつまるところ、早い話が暇つぶしである。やることがなかったので、手伝ってやるかという感じだ。このまま夕飯まで寝るのもどうかと思っていたので、良い暇つぶしを見つけたという感じなのである。

ちなみに、二匹の従魔が協力しながら荷物を運んでいる姿を、クランメンバー達は微笑ましい眼差しで見ていた。なんせ、ルークスは愛らしいサッカーボールサイズ。ナージャもヘビという見た目で恐れられることもあるが、今は小さなサイズ。つまりは、マスコットのようなのだ。愛らしいマスコット枠がせっせと働く姿は、実に微笑ましかった。

そんな風にルークスの手伝いをして過ごしたナージャは、夕飯の時間になったのでアロールを迎えに行く。生真面目な彼女は、油断すると根を詰めて勉強しすぎるのだ。夕飯の時間が近づいてもやって来ないアロールを、ナージャは迎えに来たのだった。

案の定というべきだろうか。室内に入ったナージャが見たのは、真剣に勉強をしているアロールの姿。一応、ノックをしてみたのだが、全然気付いていない。集中しているようだ。これでは、悠利達が呼んでも聞こえないだろう。

やれやれと呆《あき》れながらアロールに近づくと、ナージャはぺちりとその細い足を叩《たた》いた。突然足を叩かれたアロールが、驚いたように声を上げる。そうして足元に視線を向け、何か言いたいのかじっと見上げてくる頼れる従魔を確認した。

「……呼びに来てくれたのは解ったけど、何で叩くかな」

「シャー」

「はいはい、片付けるよ。ありがとう」

文句は言いつつもナージャが呼びに来てくれたことに感謝して、アロールは机の上を片付ける。

何だかんだで、この過保護な従魔をアロールは信頼しているのだ。

そうして食堂にたどり着いた瞬間、夕食が始まる。ナージャはいつも通り、ルークスと共に別の場所で食事だ。わいわいがやがやと賑《にぎ》やかに人間達が食事をするのを眺めつつの夕食である。

本日のアロールの同席者は、職人コンビである山の民のミルレインとハーフリング族のロイリス。見習いながら、それぞれ手に職を持つ存在で仕事もこなしている彼らは、アロールとも適切な距離を保って生活してくれる仲間達だ。

お互いに自分達の仕事に信念があるからだろう。不用意なちょっかいはかけないし、会話は穏やかに進む。また、大皿料理を無意味に取り合うようなこともない。実に平和だ。

アロールが和やかに仲間達と会話をしながら食事をしているのを見て、ナージャは小さく息を吐いた。実に喜ばしいことである。同席者によっては、食事中も口論めいたやり取りになることがあるので、今日はそうではないことにちょっと安心したのだ。

なお、いつものように、いっぱい食べたい！　という精神で突っ走るレレイに対してクーレッシュの叫びが飛んでいたり、出汁《だし》を使った料理に反応したマグが大皿を独り占めしようとしたのをウルグスが止めていたりと、賑やかなのは賑やかである。まあ、その程度はいつものことなので、誰も気にしない。それを気にしていたら、ここでは生活出来ないのである。

そんなこんなで夕食を終え、入浴も終え、リビングでのちょっとした雑談も終えて、一人と一匹はアロールの自室へと戻る。幾らしっかり者であろうと、大人顔負けに仕事をこなせようと、アロールはまだ十歳の子供である。体力は大人達に比べれば少ないし、夜は早く寝るに限る。

ちなみに《真紅の山猫《スカーレット・リンクス》》の風呂《ふろ》は大浴場なので、アロールも仲間達と一緒に入浴する。ナージャは特に風呂に興味はないので、時々水浴びをする程度だ。たまーにアロールと一緒に入浴するが、基本的には別行動。アロールが入浴中は脱衣所で待っていたりもする。

そんなわけで後は寝るだけとなったアロールは、ベッドにもぐりこんで静かにナージャを呼んだ。

「ナージャ。そろそろ寝るよ」

「シャー」

ナージャは小さく答えてシュルシュルとベッドによじ登る。そして、サイドテーブルに置かれた目覚まし時計をセットするアロールをじっと見つめる。実際は、ナージャはこんなに早く寝なくてもいいのだが、アロールが眠るのならばその傍らで眠るのが彼女の日常だ。

アラームをセットし終わったアロールは、ナージャを見て一言告げた。

「目覚まし、勝手に触るんじゃないよ」

それに対してナージャは何も答えなかった。何も答えないナージャに、アロールは面倒くさそうな顔をする。きっと今日もまた、自分が寝入ったら目覚まし時計の音量は下げられてしまうのだろうなぁと理解して。理解していても言ってしまうのは、いい加減これくらい自分でやらせてくれという意思表示なのだろう。

解っていてもナージャは、まだそれをアロールに許すつもりはないのだ。今少し、まだ少し、子供でいてくれと思っているので。

「まあいいや、おやすみ、ナージャ」

そう告げて、アロールはゴロリと横になる。そんなアロールの傍らで、ナージャもゆるりと蜷局《とぐろ》を巻く。寝つきの良いアロールは、しばらくしてすぐに穏やかな寝息を立て始めた。

彼女が完全に寝入ったのを確認すると、ナージャはゆるりと移動し、目覚まし時計の音量を下げる。音量が最小になったことを確認して満足そうに頷くと、再びナージャはアロールの傍らへ戻る。これで安心して眠れると、蜷局を巻いて目を閉じた。

夜が更けるにはまだ早いが、彼らにとっての一日はこれで終わりだ。明日もまた、愉快で楽しい一日が待っていることだろう。

あとがき

初めましての方、お久しぶりの方、毎度お馴染《なじ》みの方、本書をお買い上げいただきありがとうございます。作者の港瀬《みなとせ》つかさです。

さて、遂に二十巻です。二十巻ですよ、皆さん！　いやちょっと、数字として記すと、改めて凄《すご》いことになってるな……？　という気持ちです。随分と遠いところまできたものだ……、と感慨深く思いつつ、でもやってることは何も変わらないなこの主人公、と考えてしまう作者です。一巻の頃と同じようなことをやってるままの悠利《ゆうり》ですが、どうぞよろしくお願いします。

記念すべき二十巻なんですが、まぁ、中身はいつもと同じでわちゃわちゃしつつ、美味《おい》しいご飯を食べたり雑談したりという感じです。強いて言うなら今回は、ウルグスとカミールの兄姉が登場しているのがいつもと違うところでしょうか。仲間達の家族関係がちょぴっと解る感じの仕上がりとなっていると思います。多分。

基本的にインドア派の悠利が知り合うのは狭い範囲の方々なので、こういう風に仲間達の伝手《つて》で知り合いが増えるのは楽しいなぁと思っている作者です。放っておくとアジトでご飯を作るだけで全部終わってしまう悠利なので、お知り合いが増えて楽しいことを知ってくれるのは良いことだと思います。

今回はプロローグにのみゲスト出演みたいな感じでダンジョンマスターのマギサもいますので、それも合わせて楽しんでいただければと思います。幼児っぽいダンジョンマスター、可愛くて大好きな作者です。怒らせたら怖いところも含めて。

また、不二原理夏《ふじわらりか》先生作画のコミカライズも九巻が発売されております。原作小説だと五巻のお話になっておりまして、イレイシアちゃんが登場しています。不二原先生の描く人魚の美少女、大変愛らしくて素敵なので、是非ともご覧くださいね！　いつものごとく、ファン一号として大喜びしながら楽しんでいる作者です。

コミカライズ版は小説版とは違った楽しさ面白さがあるので、両方合わせて違いを楽しみながら読んでいただければと思います。どっちも面白いと思っていただけたら、一番嬉《うれ》しいですね！

今回もシソさんには素敵なイラストを描いていただいて感謝が絶えない作者です。また、編集さんをはじめ、関係各所の皆様のおかげでこうして無事に本になっているので、そちらにも感謝の念が絶えません。どの方角に向けて拝めば良いのか解らないので、とりあえず拝んでおります。今後ともよろしくお願いしたい所存です。

それでは、今回はこの辺りで失礼します。少しでもこの本を楽しんでいただければ幸いです。お買い上げ、本当にありがとうございます！

カドカワBOOKS

最強《さいきょう》の鑑定士《かんていし》って誰《だれ》のこと？ 20
～満腹《まんぷく》ごはんで異世界生活《いせかいせいかつ》～

2024年1月10日　初版発行

著者／港《みなと》瀬《せ》つかさ

発行者／山下直久

発行／株式会社KADOKAWA

〒102-8177
東京都千代田区富士見2-13-3
電話／0570-002-301（ナビダイヤル）

編集／カドカワBOOKS編集部

印刷所／暁印刷

製本所／本間製本

●お問い合わせ
https://www.kadokawa.co.jp/（「お問い合わせ」へお進みください）
※内容によっては、お答えできない場合があります。
※サポートは日本国内のみとさせていただきます。
※Japanese text only

Printed in Japan
ISBN 978-4-04-075288-4 C0093

新文芸宣言

かつて「知」と「美」は特権階級の所有物でした。

15世紀、グーテンベルクが発明した活版印刷技術は、特権階級から「知」と「美」を解放し、ルネサンスや宗教改革を導きました。市民革命や産業革命も、大衆に「知」と「美」が広まらなければ起こりえませんでした。人間は、本を読むことにより、自由と平等を獲得していったのです。

21世紀、インターネット技術により、第二の「知」と「美」の解放が起こりました。一部の選ばれた才能を持つ者だけが文章や絵、映像を発表できる時代は終わり、誰もがネット上で自己表現を出来る時代がやってきました。

UGC（ユーザージェネレイテッドコンテンツ）の波は、今世界を席巻しています。UGCから生まれた小説は、一般大衆からの批評を取り込みながら内容を充実させて行きます。受け手と送り手の情報の交換によって、UGCは量的な評価を獲得し、爆発的にその数を増やしているのです。

こうしたUGCから生まれた小説群を、私たちは「新文芸」と名付けました。

新文芸は、インターネットによる新しい「知」と「美」の形です。

2015年10月10日

井上伸一郎

Colate
魔王《まおう》になったので、
ダンジョン造って
人外娘と
ほのぼのする
MAOU NI NATTA-NODE
DUNGEON
TSUKUTTE
JINGAI-MUSUME
TO HONO-BONO
SURU.
カドカワBOOKS